Lindy West

Shrill

わたしの体に
呪いをかける

リンディ・ウェスト／金井真弓

わたしの体に呪いをかけるな

父へ

はじめに

わたしがこの前書きを執筆している今は、二〇一六年の大統領選挙〔ドナルド・トランプが当選した選挙〕の二週間後である。状況はもっとよくなるかもしれないし、さらに悪くなるかもしれないから、読者のみなさんが忘れてしまった場合に備えて言っておくと、激動の世の中だという気がする。知り合いの誰もが混乱して怯えている。「気分はどう？」と尋ねられて、もはや「最高！」なんて言う人はいない。返ってくるのはこんな答え。「あー、まあ、わかるでしょ」もっと悪い返事の場合もある。わたしは毎晩、眠りにつくのを先延ばしにしている。世界がもう変わってしまったことを一瞬忘れていたのに、目を覚ました瞬間また思い出す羽目になるのがあまりにもつらいからだ――子宮頸部生検みたいに体の奥からズキズキする痛み。ハサミでチョキン、と切られたような。選挙後の朝、『ザ・ニューヨーク・タイムズ』紙にわたしが書いたように、「生々しくて重苦しい悲嘆と見分けがつかない苦悩」である。

あらゆるものが不確定だ。ヒラリー・クリントンがウィスコンシン州、ペンシルベニア州、ミシガン州での票数合計の監査を求めるのかどうか、まだわからない。票の改竄がどれくらいあるのかも、それを知ることができるのかどうかもわからない。ロシアが何をしているのかも、何をしていたのかもわからない。破滅的になりそうなトランプ政権の高官に任命された人が最終的に何人、職にとどまるのかもわからない。議員たちがわたしたちのために戦ってくれるのか、わたしたちが電話をかけることによって何らかの違いが生じるのかどうかもわからない。トランプが弾劾されるのかどうかもわからない。イスラム教徒やメキシコ系、黒人、トランスジェンダー、身体障害者といった人々が安全でいられるのかどうかもわからない。中絶手術の失敗が原因で、十代の少女がどれくらい亡くなるのかもわからない。生物圏が崩壊するのかどうか（崩壊するとしたら、いつなのか）もわからない。二〇一六年十一月八日が、アメリカ合衆国の最後の公正な選挙になるのかどうかもわからない。トランプが国民から盗みを働くだけなのか、盗みを働いた上にホロコーストの種を蒔くのかどうかさえもわからないのだ。

　本書を読んでいる、未来のみなさんはこういう事柄の多くについて知っているに違いない。それがうらやましい。知らないということは、とても恐ろしいものだ。わたしは子どもを生むことがもはや倫理にかなうのかどうか迷っている。子どもは欲しかったのだけれど。みなさんもご家族も無事であることを願っている。

　わたしはこの本を二〇一六年の選挙が始まろうとしている期間に執筆した——ドナルド・トランプがまだジョークにすぎず、進歩というものが勝っていると感じられたころに。この本を『シリル〔「甲高い声」の意。本書原著のタイトル〕』と名付けた理由は、ヒラリー・クリントンにある。ヒラリーの選挙運動に対する反感があることはわかっていた。とりわけ、彼女が民主党の大統領候補者として指名獲得を確実にすれば、反感は猛烈で暴力的なものになり、美醜（女性の価値を測るための、わたしたちの文化で唯一の安楽な測定基準）にこだわった下劣で侮辱的なものになると。ヒラリー・クリントンは若くないし、性的魅力がなく、「とにかく彼女の声が嫌いだ」と言われていた。〝甲高い声〟は性差に基づく侮辱だ。ある人の声を〝甲高い〟と呼ぶことは、あるにおいを〝麻薬でハイになった〟と呼ぶ感覚に等しい。甲高い声を出す行為は身の程知らずで、相手を心地よくさせたり喜ばせたりする義務を怠ったとみなされる。要するに「自分の話を聞かせようとしている」と思われてしまうのだ。

今回の選挙が悪い結果に終わることは予期していた。自分の経験から、甲高い声を出す女たちは罰せられるとわかっていたのだ。わたしが予期しなかったのは、何百万ものアメリカ人が大志を抱く女性を生意気だと考えて拒絶反応を起こすあまり、資質がゼロで良心の呵責はさらに少ない、自らを性犯罪者と認めているような男を選ぶことだった。しかし、こんなことは予測すべきだったのだろう。わたしは何年もの間、そうしたアメリカ人たちの警告を受けていたのだから。

わたしが二〇一二年ごろにインターネットトロール〔インターネット上で嫌がらせをする人。悪意に満ちた想像上の怪物トロールからきている〕について書き始めたとき、それが重要なことだとは理解していたが、その理由についてはよくわからなかった。まだモンスターの姿をちゃんと認識できていなかったのだ。わたしは次第に、一見すると異質な、怒れる男たちの集団を見守るようになった。五年もの間、インターネット上でわたしや同僚にしつこくつきまとってきた彼らの多くについて、本書では言及している――「男性の権利」活動家、ナンパ師たち、ゲーマーゲーター〔ゲームに関連してネットで性差別的な言動を繰り返す人〕、4ちゃんねらー〔元「2ちゃんねる」管理人の西村博之がアメリカで管理する匿名掲示板サイトのユーザー〕、右翼のトークラジオのご機嫌取りたち、レイプ擁護論者、反ポリティカル・コレクトネスの団体――彼らは「オルタナ右翼〔右翼思想の一つ。白人至上主義や排外主義を唱える〕」という婉曲語の裏で、そしてのちにはドナルド・トランプ大統領候補の陰で一つにまとまった者たちだ。もちろん、これは完全に筋が通った話である――トランプ自身がツイッター上のトロールなのだから。彼は「アメリカをふたたび偉大にする《メイク・アメリカ・グレート・アゲイン》」と約束した。アメリカを半世紀前まで引き戻すつもりなのだ。黒人は白人に意見を言わず、女性はレイプされたことについて口をつぐみ続けていたころに。わたしは、戦略的な有権者の抑制《ボーター・サプレッション》や選挙人団、アメリカのDNAに組み込まれている白人至上主義によってトランプが大統領に選ばれるのを見ていた。ホワイトハウスから数ブロック離れた連邦ビルでネオナチの団体が会議を開くのも、クー・クラックス・クランが「勝利のパレード」を計画するのも、メディアや〝立派な〟中道派の白人たちがこうした状況をことごとく必死で「たいしたことじゃない」と思い込もうとするのも見ていた。

わたしは本書でこのような意味のことを述べている。「インターネットトロールはでたらめでバラバラなものではない――知覚があるし、方向性を持ち、強力に武装した体制のならず者である」「インターネットトロールは政治的な意図を持った力だ」けれども、それが文字どおり現れるとは予測していなかった。わたしが長らく主張してきたのは、インターネットトロールは男性の特権がじわじわと死に近づいている状況に対するパニックの症状だということだ——多様性が勝利しつつあり、自分たちの支配力が衰えつつあることを感じる白人男性たちによる、権力を維持しようとする最後のあがきだと。だが、彼らが摑んだ何かを放すまいと、がっちりと拳を握り締めて振り回すことをわたしは予期すべきだった。

インターネットトロールは単なる兆候というだけでなく、一つの指標でもあった。トロールは社会が人種差別《レイシズム》や女性蔑視《ミソジニー》やトランスジェンダー嫌悪《フォビア》を、どの程度まで「たいしたことじゃない」と言うか、試していたのだ。誰かが何かをやるだろうか？　誰かが行動を起こすだろうか？　誰か力のある者がこの状況を真剣に取り上げるだろうか？　答えはノーだと判明した。攻撃のターゲットになるわたしたちのような者が助けを求めると「もっと打たれ強くなれ」と言われた。インターネットは〝現実の人生ではない〟のだからと。驚いたことに、インターネットそのもののような男が大統領になるまでの話だったが。そして、社会は憎悪発言《ヘイトスピーチ》にあまりにも慣れてしまっていたので——わたしたちの境界線は徹底的に破壊され、〝政治的公正〟はさんざん非難されていた——防御することもできなかった。

わたしがこの本の中で明確に述べようとした、シンプルな方針がいくつかある。いい仕事をせよ。弱さを隠すな。物を作れ。人には親切にせよ。そのような選択——自分がどんな人間になりたいかを選ぶこと——についての意識は、かつてないほど重要になっている。この国があらゆる人間を大事にしようとしないのなら、取り残された人々にわたしたちが手を差し伸べなければならないのだ。

選挙のあと、わたしはこんなことを書いた。

〈わたしたち女性は長い間、このような疑念と暴力というハリケーンを乗り切ってきたし、今ではかつてないほど明確に、敵の存在も、自分たちに主導権があることもわかっている。女性たちの生殖器へと卑劣な手を伸ばす、薄笑いを浮かべた抑圧の神はいるのだ。だが、わたしたちには一般投票がある。白人優越主義の安全確保のためなら自分の人間性を犠牲にする白人女性もいることが、出口調査からはっきりとわかっている。だが、わたしたちには買いだめできる経口中絶薬があり、守るべき隣人や教えるべき子どもたちがいる。見つけるべき、適任の女性がいる。一年以内に地方選挙がある。

敗北したという事実のせいで状況が悪くなるわけではない。彼らがわたしたち女性など存在しないもののように考えていても、わたしたちが消え失せることはないのだ〉

進歩は今もなお勝利を収め続けている。勇敢になれ、そして甲高い声をあげよう。

リンディ・ウェスト

二〇一六年十一月二十二日

レディ・クラック

いったい、どうしてだろう？　子どもに「大きくなったら、何になりたいの？」と訊いてしまうのは。「ハロー、お子様たち。いたずら書きを褒める言葉が尽きてしまったから、ちょっと教えてくれない？　未来という名で知られる、荒れ果てて先の見えない悩みの沼で、どんなニッチな分野を切り拓くつもり？　それから、警告してくれた人はいた？　あなたたちの愛する人はみんないつか死んでしまうって」それはエアホーンで叩き起こした犬に、今からおまえが大統領だよと話すようなものだ。たいていの子はこんなふうに答えるだろう。「ぼく、わからないよ、ジェフおじさん。今やってるのはね、このへんてこなアイスキャンデーを、どうしたら二本の棒でうまく持てるかを考えることなんだ」

とても幼かったころのわたしはその質問に即答したという。答えはバレリーナ。と思うと、たちまち獣医師に変わった。わたしは〝獣医師〟を〝動物をかわいがる人〟が成長したものだと間違って信じていたからだ。のちに、獣医師とは「断続的に猫殺しをしながら、絶えず動物のウンチに触れている人」を指す言葉だと知って落胆し、愕然とした。そして、この計画は放棄された（まあ、獣医師になりたがるどの子どもの理由もとてもバカげたものだ——就学前の年齢の子どもたちに獣医学を宣伝することは、いまいましいホワイトハウスで働くように欺瞞的なものだろう）。

あの時代——わたしが自分のことしか頭になくて、苦もなく確信が持てて、文化の影響によってアイデンティティがまだゆがんでいなかったころ——はあまりにも遠い昔で、なかなか容易に記憶を引き出せない。自分がそういう子どもだったことを思い出せないのだ。記憶にある限り、新しい大人——必ず神経質になり（子どもというものが何かも、どうやって話したらいいかもわからないからだ）、常備しているお決まりの陳腐な質問をあれこれ探っている——に出会うたび、わたしの想像力は虚しい結果に終わったものだった。お医者さんは？　ゾッとする。消防士は？　大変そう。プリンセスは？　そういうのはおとぎ話なんだよ、わかる？　宇宙飛行士は？　ウケる。

そういう決まり文句の前に、〝宇宙飛行士〟が子どもの夢の職業だと決めたのは誰だろう？宇宙飛行士なんて九七パーセントは数学で、一パーセントはロシア男のおならのにおいを嗅ぐことで、別の一パーセントは死で、残りの一パーセントはぞっとする粉末状のアイスクリームを食べる仕事だ。もし、あなたが最高に幸運な宇宙飛行士だとしたら、空気のない荒れ地を五分間訪れてさらに数学に取り組み、その後、地球に帰れるという大いなる見返りがある——アイスクリームを食べられる保証はない。だが、とにかく抜け穴はある。「カリフォルニア・サイエンスセンター」では、宇宙食用アイスクリームを買えるのだ。数学も死も求められずに。だから、わたし、リンディは宇宙飛行士なんて「別に」って感じ（もっとも、骨密度の低下を抑制する方法を知ることができるなら話は別だけど。その場合は……わたしも譲歩するだろう）。

とにかく、そんなことはどうでもいい。宇宙飛行士がわたしの検討対象になることは一度もなかった（太った子どもに、宙に浮く職業を目標にすべきだと説く人に幸あれ）。世の中に文化的なメッセージが満ちあふれていたおかげで、わたしは自分がどういう存在でないかをはっきりと心得ていた。小柄、痩せている、かわいい、女の子らしい、普通、体重が軽い、ウイノナ・ライダーみたい、といった存在ではないことを。けれど、わたしがどんな人間か、どんな存在であり得るかを説こうとする数少ないメディアもあった。わたしにとって彼らの言う「大人になったら何になりたい？」は、はるかに差し迫った質問を含んでいた。「太りし子よ、お前は何者だ？」という。

わたしは目を細めて未来を見てみたが、何も見えなかった。

「大人になったら何になりたい？」

わたしには答えられなかった。おとなしくしてればいい？　雪の野原みたいに？　それともベッドシーツみたいに？　それともサワークリーム？……サワークリームって、仕事なの？

子どものころ、わずかでも自分に似た人間をテレビで見たことなどなかった。映画でもテレビゲームでも、子ども向けの演劇でも本でも、視野に入ってくるどこにも見たことがなかったのだ。端的に言えば、若くておもしろくて有能で強くて善良な太った女性なんて、そこにはいなかった。太った男の人なら、トニー・ソプラノ〔テレビドラマ『ザ・ソプラノズ』の主人公〕がいる。コメディの『ロザンヌ』でダンを演じていたジョン・グッドマンがいる（今でもわたしが最も夢中になっている有名人だ）。ジョン・キャンディもいた。外見的なおもしろさがないとしても、おもしろい人だ——けれど、太った女性はと言えば、性的魅力がない母親だったり、哀れなジョークのオチにされたり、恐ろしい悪人にされたりしていた。わたしの言うことが信じられない？ まあ、いい——以下に書き記してみるから。

次に挙げるのは、わたしが若かったころに手に入れられた、太った女性のロールモデルの完全なリストだ。

1、レディ・クラック

レディ・クラックはディズニーの『ロビン・フッド』に出てくる、マリアン姫の世話をしていた（そして、おそらくマリアン姫の乳母をしていたのだろう。ニワトリの母乳で？）やかましくて太った雌鶏だ。クラックはとても太っていて、大きさはオスの熊ほどもある。四百ポンドもあるニワトリだから、ライオンやゲイのヘビ[*1]（ライオンはレディ・クラックのボスだったというのに！ #LeanIn《リーンイン》〔フェイスブックのCOOシェリル・サンドバーグが講演や著書で提唱した、「夢や野心を持つことを恐れず一歩踏み出そう」というメッセージに賛同するハッシュタグ。女性に男性優位社会の論理の中でのし上がることを奨めるものとして批判も受ける〕だ）に戦いを挑むことを恐れなかった。彼女は巨大な乳房を持っていたが、性的魅力は描かれず、母性の表象のようになっていた。それは完全なインチキだろう。まるで、彼女は熊のバルーと特大サイズの乱交パーティを開いたりしないとでもいうようだ！（母性が性的魅力と無縁のものとされているのは奇妙である。わたしはほとんどのアメリカ人が女性の生殖器系に無知だと知っているが、大半の赤ん坊に共通する点が一つあるとすれば、パパがママの中でへまをしたということだ）

2、セクシーな占い師の服装をした熊のバルー

宝石で飾り立てたプリンス・ジョンの退廃的な行列を狙うロビン・フッドを手助けするため、熊のバルーはスカーフや古着や金の腕輪で身を飾り、いたずらなシロッコ〔サハラ砂漠から南ヨーロッパに吹き付ける熱風〕のようにぐるぐる回って見せ、プリンス・ジョンの護衛の犀《さい》たちの注意をすっかりそらしてしまう。バルーは自分の巨大で官能的なお尻の曲線を楽しみながら、セクシーな占い師のような格好をした。自意識過剰という言葉はバルーの辞書に存在しない。彼は自分がすてきに見えることを知っているのだ。わたしがこのロールモデルのリストを作りながら最も意気消沈したのは、セクシーな占い師の格好をしたバルーが、わたしの若いころの唯一かつ最大のポジティブな見本だったことだ。

3、『不思議の国のアリス』のハートの女王

わたしはこの不愉快な女《ビッチ》をどう扱っていいのか、皆目わからない。彼女の性質の特徴は「赤が好き」ということだけだ。彼女はクロッケー〔ゲートボールのような球技〕で失敗した臣下たちの首を刎ねようとする以外に何の統治もしていないみたいだし、髭が生えた、身長が一フィートの小柄な男と結婚している。今考えてみると、彼女は完璧なフェミナチ〔フェミニストに批判的な保守派が、急進的なフェミニストに対して用いた蔑称〕のパロディーである。太っていて、やかましくて、不合理で、暴力的で、威圧的で、絶えずフラミンゴでハリネズミを打っている。ああ、なんてことだろう！　わたしはハートの女王にあらゆることを教わったのだ。

4、『最後のユニコーン』〔ピーター・S・ピーグルが一九六八年に発表した名作ファンタジー小説を原作とするアニメ。原作は日本でも人気が高く、たびたび翻訳されている〕に登場する性的な木

大きな紫色の木は、ダメな魔法使いのシュメンドリックにナンセンスな魔法でみだらな老婆に変えられてしまったとき、自分のやるべきことを心得ていた。巨大なお尻でシュメンドリックを挟み、窒息させかけたのだ。慌てふためく男たち、太った木のお尻で圧死したくないなら、恋人に変身させる相手はもっとほっそりしてセクシーなものを選ぶべきね。たとえばスパゲッティとか、クラリネットとか。

混乱した呪物のようなこの性的な木の描かれ方にわたしが教えられたのは、太った女性の性的欲望はばかげたものだということだけではなかった。そんな欲望は息が詰まりそうで、非常に不快で、相手を押しつぶすようなものでもあるということだった。

5、『マペット・ショー』のミス・ピギー

ピギーに対するわたしの心情は完全に引き裂かれている。多くの太った女性たちにとって、ピギーはまさに自己を投影できる存在だ。パワフルで妥協せず、自分のセクシュアリティを強く主張し、完全に冷静で、サイズ4以上の人間が否定されがちな、これ見よがしの魅力を持っている。名前どおり豚である彼女は、同じような体形をしたファンに、挑戦的な皮肉を込めた辛辣な言葉を取り戻させた――彼女は美しい肥満像を提示したのだ。

しかし、みなさん、ミス・ピギーは一種のレイピストとも言えるのでは？　もしかしたら、あなたがカーミット〔『マペット・ショー』に登場するカエルのキャラクター。ミス・ピギーに時折暴力的なまでに溺愛される〕をとても愛する人なら、彼の身体的インテグリティ〔自らの肉体に対する不可侵性〕に敬意を払うべきである。実際、カーミットはミス・ピギーから逃げ出している〔二〇一五年のテレビシリーズ『ザ・マペッツ』前に「破局」が発表された〕。

6、『プリティ・リーグ』〔全米女子プロ野球リーグを題材にしたアメリカ映画〕のマーラ・フーチ

『プリティ・リーグ』は長い間の問いが託された、典型的な家庭向けのコメディである。その問いとは、もしも女性が……何でもできたらどうなるだろうか、ということだ。具体的に言うと、『プリティ・リーグ』の女性たちは野球をやっていて、マーラ・フーチはその中で最強の野球選手である！　マーラはホームランを打てるし、走ってベースを回れるし、ボールを遠くまで投げられる。その間ずっとポジティブな態度を保ち、監督役のトム・ハンクスの熱い尿がかかりそうになっても身をかわす！　唯一の問題は、マーラがほかの選手と違って性的魅力がないことだ――彼女はジュークボックスのような体つきで、話しかけられるたびにカメのような顔をする――それだけ聞くと野球が全然うまくなさそうだ。幸い、結末では、彼女は同じくジュークボックスのような体、カメのような顔の男性と出会い、他人から「うわーーーー、見て！　あのブサイクな人たち、自分たちが人間だと思ってるのよ！」などと上から目線で言われそうな結婚式を挙げた（たぶん、彼らは互いの性格も好きなのだろう――え？　どうでもいいって？　魅力に欠ける人は社会から隔離しなさいとでもいうの？　はいはい!!）。

マーラ・フーチについて大事なのは、彼女を演じたミーガン・カヴァナグが実際にはとても好感の持てる普通の女性だということだ。わたしはレイチェル・ドラッチ〔アメリカのコメディエンヌ、俳優〕が自伝で語っていたことについて考える。「わたしは単に〝性の対象にされない人《アンファッカブルズ》〟と呼ばれる役

を積極的に演じるように求められているだけです。現実の世界では、通りを歩くわたしを見かけても、指さしたり、たじろいだり、吐く真似をしたり、灌木の後ろに隠れたりする人はいないでしょう」ハリウッドでの美人の基準はあまりにも奇怪なので、ジーナ・デイヴィスみたいじゃない者は誰でも、便器も同然だと思わせられてしまうのだ。

7、『ピートとピートの冒険』〔アメリカのコメディドラマ〕に登場する、腕に贅肉がついた隣人

大きなピートと小さなピートが、年老いた隣人の、贅肉がついた腕を揺することにこだわるエピソードが出てくる。わたしはそれを見てから二十年間、タンクトップを着なかった。

8、『リトル・マーメイド』の海の魔女アースラ

アリエルの声と、向精神薬を過剰摂取したような王子とのあらゆることは、単なる市民的不服従の行為にすぎない。アースラが本当に求めているのはトリトン王の体制を倒すことだった。彼女やウナギの兄弟たちが残る生涯ずっと、みじめなヘドロの庭の手入れをしながら暗い穴で暮らさなくても済むように。それは『ライオンキング』も同じことだ——どうしてハイエナたちはひどい暮らしをすべきということになっているのか？　歴史というものは勝者によって記

されているのだ。だから、「P90X」〔筋力トレーニングと栄養管理などを組み合わせたエクササイズ〕を行なっている海の王様による、隣の洞窟にいる過激な太めの人間に対する中傷を信じなくても、わたしを許してほしい。

9、『ネバーエンディング・ストーリー』〔ミヒャエル・エンデの小説『はてしない物語』の映画化作品〕に登場する年老いたモーラ

とても太っていてきたならしくて、元気がないカメ。人々は彼女を山と間違える。

10、『ニムの秘密』〔アメリカのアニメーション映画〕のシュルーおばさん

『ニムの秘密』に出てくる第二の悪役は、シュルーおばさんという名の、文字どおりに口やかましい《シュルー》、金切り声のガミガミ女だと言っても差し支えないだろう。この映画の主人公も女性で、彼女は強くて勇敢だから、シュルーおばさんがより憎まれ役っぽくなる。でも、本当にそうだろうか？　シュルーおばさんのような女は重要ではないのか？　女性蔑視者《ミソジニスト》が押しつけるステレオタイプの代表格のような歯並びが悪い牙を与えられた彼女が、それを「個性」と呼んでいることに感謝する。

11、『美女と野獣』のポット夫人

結末で人間に戻ったとき、チップは四歳の男の子になったのに、どうして彼の母親であるポット夫人は百七歳くらいに見えるのだろうか？　おそらく、あなたはこう思っているだろう。「リンディ、きみの記憶違いだ。あの親切で白髪で、雪だるまみたいな体形で、ミセス・ダウトのような状況から判断すると、彼女はチップの祖母に違いない」それは違う！　ポット夫人はチップの母親なの。ちゃんと確認して。彼女は四年前にチップを産んだの。それに、チップの父親はいったいどこにいるの？　百三歳のシングルマザーなんて想像できる？

どうやらポット夫人は母親になったとたん、十六オンスの沸騰した茶色の湯を備えて帽子をかぶった、この世で最も年寄りの女に変わったみたい。ちょっと時間を取って比べてみて。文字どおり球形の体をしたポット夫人と、七人の子の父親なのに、くっきりと割れた腹筋を持つトリトン王の描かれ方を。

12、『マチルダはちいさな大天才』〔ロアルド・ダール著、クエンティン・ブレイク画、宮下嶺夫訳、一九九一年、評論社〕のトランチブル校長

そう、確かにトランチブル校長は辛辣で強情で残忍な女のモンスターで、ブルース・ボッグトロッター〔作中に登場する食いしん坊の少年〕との太った者同士の連帯などこれっぽっちも感じていない（本当なの、

トランチ?)。でも、自分がトランチブルになることをあなたは想像できるだろうか?「ミス・いまいましい・ハニー」と一緒に育つことを想像できる? この世の中は、大柄で醜い女には優しくない。嫌な奴でいることが唯一の防御だという場合もあるのだ。

以上。

全体的に、ここに挙げたのは、わたしが子ども時代に自分の性格や、人生における可能性について学んだものごとだ。

気取ったカエルに性的暴行を加えでもしないかぎり、わたしには自らが性的行為の主体性がある存在なのだと主張する機会はない。あるいは、宝石強盗の一味になるとか、労働者階級の犀のような、卑劣で好色な愚か者を誘惑しようとしないかぎりは。そして、とにかく自分の性的な要素を訴えることにこだわれば、海の洞窟に追放されて、虫けらのいるじめじめした庭で永遠に暮らす羽目になるだろう。たまにだまされやすいホットな若い娘がやってきたら、罠にかけてセクシーな声を奪い取れるのにと願いながら。そういった稀なシナリオの中でさえ、わたしの性はジョークとか異常なものとか脅威として描かれるのである。もし、髪にリボンをつけていない以外は怪しいほど自分にそっくりの、丸々と太った愚かな男性をわたしが見つけたら、プラトニックで滑稽なロマンスが生まれるかもしれない。そして、まわりの人たちはひそかに安堵のため息をつくだろう。その男性とわたしの二人が、より広い遺伝子プールから除外されてよかった、と。それとも、わたしはひどい苦悩や恨みを生涯感じることに屈し、おぞましいけだものに変身してしまうかもしれない。そして、ナイフ用の戸棚に無力な子どもたちを閉じ込めて、いい気分になるかもしれないのだ。

「母親になるか、モンスターになるか。オーケイ、お嬢ちゃん――どちらかを選びなさい」それがこの社会の教えなのだ。

＊注1

〝ゲイのヘビ〟というのはなんだか妙なので、友人のガイ・ブラナムに携帯メールを送ってみた。

わたし：サー・ヒスをゲイのヘビだと呼んだら問題？

ガイ　：彼は間違いなくゲイだと思うよ。狡猾なゲイの洒落男たちのイメージの中に存在しているんだ。

わたし：だけど、それでもやっぱり妙だよね。プリンス・ジョン〔ライオンのキャラクター〕はゲイなの？　ちょっと待って。ジャファー〔『アラジン』のキャラクター。邪悪な大臣〕はゲイなの？？？

ガイ　：ジャファーは間違いなくゲイだ。プリンス・ジョンはなよなよした無能な奴だ。スカー〔『ライオンキング』のキャラクター。オスのライオン〕はゲイだよ。

わたし：今あげたのって、みんなそっくり同じキャラクターじゃん！　声すら同じだし！　ディズニーって最悪。

ガイ　：ポップ・カルチャーが最悪なんだ。ディズニーは我々が前に見たことがあるキャラクターのステレオタイプを用いているだけだよ。ぼくたちゲイは自然に反していて、権力のことで頭がいっぱいになっているっていう、ね。ここでの共通のテーマは、ゲームを盗もうとする狡猾な部外者だ――権力を手に入れて、高潔ではないやり方でそれを守るためのシステムを操る奴らだ。蛇の舌グリーマ〔『指輪物語』の架空の人物〕、あらゆるユダヤ人、ゲイ、無駄口を叩く女、きれいになって従順でいること以外は何でもやる女といった者たちを指す。

わたし：従来の正当な〝群れを支配する雄〟の権力を擁護するために、ディズニーがどれほど積極的に子どもたちに教え込んでいるかと思うと、ほんと、うんざりする。
ガイ　：状況は変わりつつあるよ。
わたし：パーティではちゃんと楽しもうね。

骨になってゆく女たち

わたしはいつも巨大な人間だった。生まれて数カ月後、医師はわたしの頭の大きさにひどく驚き、何度も何度もわたしを連れてくることを親に求めた。体重を測り、体の大きさを測定し、抱き上げて〝普通の〟赤ん坊の隣に並べ、詳しく調べるために。わたしの頭は〝ぶっちぎりで大きい〟と医師は言った。科学では、わたしの巨大な頭を説明できなかった。何年もの間、〝ぶっちぎりで大きい〟はウェスト家のジョークとなった――わたしはいつも、それは脳が巨大だからだと言って批判をそらした――けれども、みんなが何を言いたいかはわかっていた。わたしは生まれたときから、大きすぎたのだ。異様なほど大きかった。医学的に異常なほど。理解不能なほど大きかったのだ。

世の中には人間の大きさをした人たちがいて、そうでないわたしがいるというわけだった。では、あまりにも自分が大きい場合、あなたならどうするだろうか？　大柄なことが美的見地から好ましくないだけでなく、道徳的な弱点もあるのではないかと思われるような世の中では？　あなたは折り紙のように体を折りたたんだり、ほかのやり方で体をもっと縮めてみたりして、自分があまり場所を取らないようにする。自分の体を持て余してしまうからだ。あなたはダイエットする。断食したり、喉に血の味がするほど走ったり、アーモンドを一粒一粒、数えて食べたりする。何ポンドか贅肉を落として、人間らしさを買い戻そうとするのだ。

わたしも幼いうちから、自分を小さく見せるのがうまくなった——体を縮めるのは無理でも、人との関係の中で小さく見せたのだ。八歳になるまで人前では母としか話さなかったし、話すときでも蚊の鳴くような声で、顔を母の脚にぴったり押しつけていた。ファンタジー小説や映画やコンピューターゲームの世界に引きこもった。やがてはコメディの世界にも——安全だと感じられるし、どんな人にもなれて、どんな場所にも適応できる世界だ。絵を描くよりも絵を写すほうが好きだった。わたしにとってお絵描きはあまりにも大胆な創造的行為で、あまりにもおこがましいと感じられたのだ。

小学校三年生のとき、ある誕生生パーティにたくさんの友人に混じって出たことがあった。裏庭で遊んでいると、並んで二つのグループに分かれようと提案した者がいた——体重が百ポンド〔約四五・三キロ。一ポンドは約四五三グラム〕以上の女の子と、それ以下の女の子とに。太ったほうのグループにいたのはわたしを含めてたったの二人だった。彼女とわたしはお互いに見つめ合った。これからどうしたらいいのか、わからずに。体の大きさで誰かをジャッジするほど価値観のでき上がった子どもはまだいなかったが、そこに何らかの意味があることはみんなわかっていた。

わたしの父はボブ・ドローと友達だった。ボブは『スクールハウスロック！〔朝の子ども向け教育番組〕』の、算数を歌で学ぶコーナー『掛け算ロック《マルティプリケイション》』をすべて作曲した年配のジャズボーカリストである。「♪三は魔法の数字」と歌う陽気なカエルのような声を聞けば、みんなわかるだろう。「ある男の人と女の人に小さな赤ん坊がいたよ、そう、いたんだよ。彼らはさーーーーん人家族だ……」わたしが二歳か三歳のとき、ボブは『掛け算ロック』のレコードにサインしてくれた。「かわいいリンディへ」と書いてあった。「大きく育てよ！」と。ティーンエイジャーのとき、わたしはそのレコードを隠した。人々が目にして、こう思うのではないかと恐れたからだ。「彼女はあの言葉を真剣に受け取りすぎたんだよ」

　わたしは婉曲表現としての〝大きい〟という言葉が嫌いだった。たぶん、わたしを愛してくれ、感情を傷つけまいとしている人々が、よかれと思って選ぶことが最も多い言葉だからだろう。だが、愛してくれる人たちには、現実のわたしの体からも目をそむけないでほしい。わたしの体の大きさや形を見て、気まずく感じてほしくない。肥満が恥だという考えをなんとなく抱いているとか、わたしを嫌っているシステムに順応していたとしても、「本当のあなたはそんな人間ではない」というふりをしないでほしいのだ。わたしは何か荒々しくて警戒すべきものみたいに、鎮められたくなどない（もし、荒々しくて警戒すべきものになるつもりなら、自分の思いどおりにやる）。わたしには婉曲表現が必要だなんて、これっぽっちも思われたくないのだ。

　〝大きい〟は子どもをコントロールするために使う方便である。「もっと大人に《ビッグ・ガール》なりなさい！」、「お兄さん／お姉さん《ビッグ・キッズ》らしく振る舞いなさい！」と。〝大きい〟という言葉を大人のあなたに当てはめてみると、人々が隠している本音が暗示される。その言葉によって、太った人を子ども扱いしたり、性的でないものとみなそうとしているのだ（性的でないものとみなすというのは、性の対象として見ることの別の形にすぎない。「あなたは性的対象ではない」と太った女性に伝えることは、そもそも自分が女性を性欲の対象として見ていることを伝えるようなものだ）。太った人々は最も気まぐれな欲望にとらわれた、無力な赤ん坊なのだ。自分にとって何が最善かを知らない太った人々は子どものように導かれ、叱られる必要があるのだ……という本音から発せられる子どもじみていて出来の悪い文句が、子ども時代から大人になるまで、日々の暮らしにずっとつきまとう。そんなわけだから、わたしがウイスキーよりもホットチョコレートのほうが好きで、ハリー・ポッターのオーディオブックをセラピー代わりにしているのも、まあ不思議でもないのかもしれない。

わたしの体の全細胞は〝大きい〟よりも〝太った〟という言葉のほうがましだと告げている。大人は真実を口にするものなのだ。

どうか忘れないでほしい。わたしの体が、わたし自身なのだということを。体が小さくなっても、やっぱりそれはわたしだ。体が大きくなっても、相変わらずそれはわたしなのだ。体の内部には、救い出されるのを待っている痩せた女性など存在しない。わたしは一個の体なのだ。それに、わたしは肉の培養器の中で動き回っている子宮でもない。女性の体から生殖に関する自己決定権を奪おうとする者――妊娠中絶や避妊はヘルスケアではないという嘘を唱え続けるあいつら――の不快さと、女性とその体のサイズは別物で、お互い無関係な存在なのだと思い込ませようとする者の不快さの違いは実質的にはない。どちらも「あなたの体はあなたのものではない」と言っているのだ。どちらも「人間らしくありたいなら我々に懇願せよ」と要求している。どちらも「あなたの自己決定権は条件次第だ」と主張しているのだ。そんなわけで、肥満とはフェミニズムの問題なのである。

わたしの体はわたしのものではないと、これまでの人生でずっと周囲から言われてきた。ティーンエイジャーのころ、シアトルのインターナショナル・ディストリクト〔シアトルにあるアジア文化が共存する地域〕の通りを歩いていたとき、年老いた女性がわたしに駆け寄ってきて、名刺を手に握らせた。名刺には読めない文字が書かれていたが、下のほうにそれが翻訳された言葉があった。「減量／脂肪燃焼」と。わたしは名刺を返そうとした。「いえ、いりません」でも、老婦人はわたしの体を上から下へと身振りで示した。「太りすぎ」彼女は言った。「電話して」

二十代前半のころ、夏だけの仕事として高所得者向けの雑貨屋兼ギフトショップ（うちの近所では「派手な陶器の鳥のためにお金をドブに捨てるブルジョワ専門店」として知られていた）のレジ係をやっていたとき、六十代くらいの日焼けして筋張った体格の男が大股でレジに近づいてきたことがあった。覚えている人がいればの話だが、彼は悪名高い「シルバーレイクの歩く男」〔ロサンゼルスのシルバーレイクで有名だった、毎日のように二十マイル歩いていた医師〕に似ていた。または、ジャック・ラレーン〔アメリカのフィットネスの第一人者〕が日焼けサロンへ行って、ベンジャミン・バトン〔映画『ベンジャミン・バトン　数奇な人生』の主人公。八〇歳で生まれ、年をとるごとに若返る〕みたいに若返って現れたという感じだった。

「いくらか体重を減らしたくないか？」彼は自己紹介もせずにいきなり尋ねた。

わたしは落ち着かない思いで笑い声をあげ、相手が立ち去ってくれることを願った。「ハハ、みんなそうじゃないですか？　ハハ」

彼はカウンター越しに、スムージーデトックスのマルチ商法らしきもののパンフレットを押してよこした。わたしはそれをちらっと見て押し返した。「いえ、いりません」

彼はさっきよりも攻撃的にまたパンフレットを押した。「持っていきなさい。わたしを信じて。きみにはこれが必要だ」

「興味ありません」わたしは言い張った。

彼は一瞬こちらをにらんでから言った。「じゃ、そんな見てくれでもかまわないし、癌になってもいいんだな？」

わたしの耳はカッと熱くなった。「失礼ですね」なんとか言えたのはそれだけだった。そのころはまだ、内なるわたしは小さな存在だったのだ。彼は嘲るように笑い、立ち去った。

時が経つにつれて、自分が大きすぎることを自覚し、わたしの人生はだんだん小さくなっていった。〝好きなもの〟は靴やアクセサリーだと主張した。わたしが普通の店では服を買えず、恥ずかしくてそう言えないことに友人たちは気づいていなかったからだ。ディナーを食べる予定のレストランにとりわけ狭い通路とか、壊れそうな椅子があったことを思い出したときは、誘いを断った。ほかのみんながフィッシュ・アンド・チップスを食べているときでも、わたしはサラダを注文した。スキーが大嫌いなふりをした。男性用の巨大なスキーパンツを穿くとわたしはお化け煙突みたいに見えたし、リフトの椅子に座ったら、自分の巨体のせいでひっくり返るのではないかと恐れていたからだ。友人たちがハイキングやサイクリングやセイリングや登山やダイビングや探検に出かけているとき、わたしは家にいた——自分が遅れずについていけはしないことがわかっていたし、困難に陥ったときはどうしたらいいのだろう？　友人たちはわたしを押し上げて断崖を上らせることができないし、土手から下ろすこともできず、狭い裂け目に押し込んで通り抜けさせることもできなければ、熊のひと噛みからわたしを抱えて引き離すこともできないだろう。わたしは誰かにときめきを感じたことを一度も表に出さなかった。こんなムカつく体を性的対象として考えたら、人々は——わたしを愛してくれる人たちでも——たちまち吐き気を催す（もっと悪い場合は哀れみを覚える）だろうからと自分に言い聞かせて。いまいましいことに十年もの間、泳ぎにも行かなかった。

いつの間にか大人への階段を上っていくうち——十四歳、十五歳、十六歳、十七歳と——わたしは友人たちがほっそりして、苦もなく優美な姿へ変わっていくのを眺めていた。わたしは待った。ずんぐりむっくりのままだった。別に友人を妬んでいたわけではない。彼女たちを愛していたが、なんだか自分がだまされたように感じた。

ティーンエイジャーはほんの数年で完璧な女性になる。若くて洗練されて華やかで、価値ある存在に——わたしはそんなふうに、メディアや広告に教え込まれていた。だが、そのための手段がわたしには見つからなかった。そのことを考えていると、おへそ（異常なほど隠れてしまっている、大嫌いなおへそ）がうずくのが感じられ、絶望的になって取り乱しながら、そのあたりをかきむしった。心の奥底の正直な部分では、手段などすでにないとわかっていた——二十歳になるはるか前に、わたしには妊娠線《ストレッチマーク》やセルライトができていたのだ——自分を十二分に嫌悪すれば、完璧になるための尾羽を一枚か二枚はつかみとることができると、世間では言われている。完璧さを追い求めることは女性の義務であり、生まれながらに持つ権利だと。それがどんなものか、わたしにわかることはないだろう——女性にとって最も重要だと言われている、こういったものが。

完璧さは手に入らなかった。失敗した。わたしは女性ではなかったのだ。人生は一度しかない。それに失敗してしまった。

ある種の魅力を備えた女性はいるものだ。彼女は優美だ。スリムだ。そう、彼女はあなたとカヤックに乗りに行きたがる。彼女の体つきに関して言うなら、痩せてはいるが柔らかで、だぶだぶのTシャツを着ていても〝だらしない〟のではなく、おしゃれに〝あまり手をかけなくていい〟ことをにおわせている。ポニーテールはつやつやで、小型冷蔵庫の上に載ったテニスボールみたいには見えない。彼女はスポーツサンダルだの、彼氏のジーンズだのといった見苦しいものでもうまく身に着けるばかりか、なぜかそういった格好のせいで美しさがいっそうはっきりと際立つ。彼女は「ジェイクルー」の古着で倹約している。椅子に座って脚を上げ、胸まで両膝を引き寄せることができる。彼女は海がそこにできそうなほど、くぼんだ鎖骨をしている。

人々はオッパイだのお尻だの、細いウエストだのについて延々と話すが、女性の好ましさの本当の基準となるものは鎖骨だと思う。鎖骨は性的興奮を覚えさせるアイテムである。鎖骨がちゃんと出ていなければ、性的な意味での女性の価値はミートローフも同然だろう。〝ミートローフ人間〟とは、鎖骨が肉に埋まりすぎて単なる都市伝説みたいになっているにもかかわらず、さんざんセックス経験がある男性のことは意味しない。我が国の文化では、肉付きのいい男性の骨なんかに性的関心を持つという奇妙な習慣はないからだ。

女性だけなのである。骨を見せろ、と言われるのは。たとえ、もう骨ばかりというほど痩せていても。

女性が痩せていることにアメリカ人が偏執狂的なこだわりを持っているというのは、非現実的な話ではない。事実、それは女性学の研究者によって分析されたり、底の浅い〝ボディ・ポジティブな〟まとめ記事（「十一人の太った女性のうち、あなたがどうにかまだセックスする気になれるのは誰でしょう――七番目の女性は、ほぼ普通の女性に近いです！」）のネタにされたりしている――それはあらゆる女性の固有の人生をゆがませる、絶えず生じ、蔓延している汚点なのだ。ひいては、あらゆる主要な文化を方向づける、いわば文化の羊水に存在しているものと言える。

女性は重要な存在である。人類の半分は女性だ。なのに、どの女性も自分が取るに足りない存在だ、欠陥商品だ、病気だと信じ込まされて育てられる。治療法は飢餓状態になること、拘束されること、小さな体になることだと。女性は互いに争わされ、恥や飢えという手枷をかけられ続け、自らの力や可能性よりも欠点にこだわってしまう。そういうことのせいで、自分のお金や時間を徐々に奪われるのだ――女性のお金や時間は、世界が進む方向を変えるものなのに。そのせいで、「人間性」という概念は保守主義や障壁や限られた男性の利益になるように誘導されてしまう。そして、女性は自分たちの安全や人間性が、男性の喜びや便利さの二の次にされた世界で漂い続けている。

わたしは友人たちがすらりと美しくなっていくのを眺めていた。彼女たちがナンパされ、「ジェイクルー」の服を着て、臆することもなく小さなボートに乗り込むのを眺めていた。しかし、彼女たちがお腹をすかせたり、体に害になることをしたり、迷走したり、身を落としたりする様子も見ていたのだ。彼女たちは悪い人間に引っかかっていた。故意に彼女たちを傷つけ、自信をなくさせ、いつまでも追い立てられる蟻地獄に閉じ込めてしまう人々に。マジで詐欺だなと思うのは、ただ痩せているだけでは足りないということだ。ゲームは不正に仕組まれていた。完璧さなど、どこにも存在しないのだ。

大学時代、わたしは毎朝、ラジオでハワード・スターン〔著名なラジオパーソナリティ。卑猥なジョークをよく言った〕の番組を聴いていた。ハワードが大好きだった。今でも彼を愛している。もっとも、今ではフェミニズムへの気持ちが揺るぎないものになっているから、胸の痛む思いで彼に別れを告げなければならないが（ある意味でフェミニズムとは、愛するものに自分が嫌われていることを、じっくりと時間をかけて悟っていくようなものだ）。かつてスターンのラジオを聴いていたと言うと、わたしがキャットフードを食べていたと言ったかのような目で見る人が多いが、彼らがわかっていないのは、『ザ・ハワード・スターン・ショー』が毎日、何時間も何時間も流れていることだ。そう、確かに大喜びでしつこく女性蔑視の発言をしている番組だが、その大部分は、少なくともわたしが毎日のように聴いていたころは、自分の神経症が妥当かどうかをハワードが探り、ロビン・キバース〔ラジオのパーソナリティ〕はレース中にお腹が緩くなる「ランナー下痢」のことを笑いながら話し、アーティ・ラング〔コメディアン〕は前日にヘロインで朦朧とした状態で化け物のように大きいサンドイッチを食べたことを詳しく語り、自分の品位が落ちたことを嘆くといったものだった。ハワードは外科医のように、用心深いセレブたちをうまくおだてて真実を引き出していた。ハワードは実に自然に、滑稽なタイミングでニュースをおもしろく味付けした。サグラダ・ファミリア教会のように未完の内輪のジョーク、さまざまな言及や思い出や愛や、人生についての要点をいそいそと切り開いて吟味した。毎日、優れたラジオ番組を作るために。それはすばらしいエンターテインメントだった。なんだか家族みたいに感じられた。

とはいえ、女性のリスナーがその家族の一員になろうと思うことは、かなりの犠牲を伴った。

ハワードは女性蔑視的な発言を（思うに、番組を聴いていないほとんどの人も彼にそうした発言をイメージしているだろう）、さぞかしセクシーな若い女性たちがいるスタジオでしていたのだろう。ハワードはろくでもない馬の医者みたいに、彼女たちをじろじろ見ていたはずだ――き甲〔馬の肩甲骨の間の高くなっている部分〕や脇腹に手を走らせ、噛み合わせだの背中の揺れ具合だのを調べ、巨大なオッパイを握りながら――そして複雑な詳細を述べて、体のどこが悪いのかを告げるのだ。彼に言わせれば、女性たちにはいつも何かしら悪いところがあった。もし、彼女たちが百十ポンド〔約四九・九キロ〕を超える体重なら、百ポンドに落とさねばならない。もし九十ポンドなら、貧弱だということになる（「どうして体がそんなことになったんだい、かわいこちゃん？」）。もし彼女たちがCカップなら、Dカップになれば、もっとセクシーだということになった。運動しすぎてはいけない――脚が筋肉質になりすぎる。二十九インチのウエストは基準を満たしていない――二十六インチだったころに戻れ、と。

　そして、わたしという人間がいた。体重は二百二十五ポンド〔約百二キロ〕、ウエストは四十インチ〔約百一センチ〕。ブラのサイズはまったく不明。ちゃんとしたブラを買おうと気にかけたことがなかったからだ。そもそも、ダサくてみじめな円柱状の体をした女など、誰が見るというのか？失敗作であるわたしの体と完璧な体との差は、ここと地平線の向こうとの距離くらい開いていた。ハワードによれば、存在しないも同然の女だった。

　もしも、愛するこのコミュニティ――不愉快で退屈な世界で正気を保てるようにしてくれ、男性たちと同じようにリスナーという形で自分が資金を提供している百万ドル規模のこの集団——の一部になりたいなら、にっこり笑いながら、わたし自身を崩壊させるものに加わらなければならないのだと悟った。男性によって気まぐれに測定され、実現不可能な「普通」に囚われ、彼らに管理される価値しかない二次的な存在であることを毎日のように受け入れなければならない。

二十二歳のときのわたしはみんなに溶け込むことしか望んでいなかったのに、そんなふうに拒絶されたせいで、破滅的で絶望的で孤独だった。何年かのち、とうとう注目を浴びてもかまわないと覚悟ができたとき、「自分はほとんどの人に求められていないのだ」と気づいたことは解放であり、元気づけられる出来事でもあった。戦うべき相手ができたのである。この気づきは、女は軍隊のようになれるのだと教えてくれた。

二十二歳のころの自分の写真を見ると、完全に己が欠陥品であると信じ込んでいるようだ。今のわたしには完全に普通の女性に見えるのだが。わたしはエイリアンのことを考える。もし、宇宙の彼方の星「ヴラクスノイド7」からエイリアンが地球へやってきたとしたら——ガス状の球体のものであれ、ポリアモリー〔多重的な性愛関係を営むライフスタイル〕の猫人間であれ、何であれ——わたしとアンジェリーナ・ジョリーの違いすら言うことができないだろう。ましてや、女性をセクシーさの度合いでランク付けすることなど不可能に違いない。エイリアンはこんなふうに言うだろう。

「ああ、そうか、じゃ、こいつらは顔の下のほうにでかい袋をつけているのか。で、もう一種類の奴にはぶら下がったパンツみたいな鼻がついている。なんて不気味な奴らなんだ。『ヴラクスノイド7』の庭へ戻ってどんちゃん騒ぎするのが待ちきれないよ」

〝完璧な体〟というものはまやかしである。わたしは長い間、そんなものがあると信じ込んでいて、それが自分の人生を形作るのを許し、人生そのものを小さくしていた――本当の人生は、わたしに現実の体があることによって存在しているのだ。あなたがなすべきことを、架空の存在に言い含められてはならない。

「ヴラクスノイド7」のどんちゃん騒ぎの中では、あなたの腕についた贅肉のことなど誰も気にしないだろう。

わたしの体はわたしのものだ

わたしの生まれつきの体が醜くてゾッとするようなものだと初めて知らされたのは、友達の家でのことだった。わたしたちは八歳か九歳で、まだ小さかったから〝ハングアウトする〟ではなく〝遊ぶ〟ということをしていた。光によって色合いが変わる長いブロンドの毛が生えたわたしの脛を、友達は見下ろした。「うわあ」覚えたての嫌悪の表情で彼女は言った。「脚を剃らないの？」わたしは家に帰るなり、剃刀が欲しいと母に言った。今でもそのときの母の顔が目に浮かぶ。

「あのね」懇願しながら相手に罪悪感を抱かせるような口調で母は言った。「おばあちゃんは一度も脚の毛を剃ったことがなかった。ママも剃らなければよかったと、いつも思ったものよ。おばあちゃんの脚の毛はとても柔らかかった。一度剃ったら、元の柔らかさには戻らないの」

「もういい」わたしはうめくように言った。無愛想な口調だったに違いない。わたしも脚の毛を剃って後悔したくなかった。

わたしは大人になるのが待ちきれない子どもではなかった。子ども時代というのは堅実な詐欺のようなものだ！　食べ物を買ってくれて料理してくれ、服をすべて洗ってたたんでくれ、クリスマスプレゼントをくれて、旅に連れていってくれて、家を清潔に保ってくれて、眠りに落ちるまで本の読み聞かせをしてくれる人たちがいた。わたしを興味深い存在だと思ってくれ、人生に秩序や特徴をもたらしてくれる、暖かくて愛に包まれて安全なバブルをわたしのまわりに作ることに多くの時間を費やしてくれた人たちが。こうして大人になった今、その成果としてわたしには何があるだろうか？　オーディオブック、税金、汚れた堅木張りの床、きたない足、百ドルの借金？　そんなのは、現実的すぎてしんどい大人向けの広告みたいなものだ。「夕食にはキャンディを食べる？　ところで、足底筋膜炎〔足裏に大きな負荷がかかりすぎることによって起きる炎症〕になってませんか？」みたいな。

子ども時代はわたしのためにあるような時間だった――幸運に恵まれていたし、人生はシンプルで楽しかった――だから、大人になるあらゆる前兆をできるだけ考えまいとした。思春期のことは特に考えたくなかった。小学校四年生のときにベビーシッターがコメディ映画の『アニマル・ハウス』を見せてくれたころから変な気分になっていた。具体的には、ある女性が胸の空洞から白いティッシュの詰め物をたくさん取り出しているという場面（オッパイにはそんな役目があるの？）が嫌だった。それに、当時は自分に膣《ヴァギナ》があることに納得していなかったから、ヴァギナが月に一度チョコレート・ファウンテンと化して（失礼）、パンツを殺人現場さながらにしてしまうことへの心構えはまったくできていなかったのだ。ヴァギナはなんてバカげたことをするのだろう！　それに、恐ろしいピンク色の剃刀を週に一度、脚や脇の下に走らせて、完璧に無害なブロンドの細い毛を取り除かなければならなかった。わたしに言わせれば、そもそも何の目的もなく生えている毛を。ただ剃り落とすことになるだけなら、どうしてそんな毛が生えなければならないのだろう？　ただ恥ずかしい思いをするだけなら、どうしてヴァギナなんて持っていなければならないの？

〝思春期〟とは、生殖器が自分の心身を裏切る時期を言い換えるためのおかしな言葉だった。子どものころ、誰もが月経について、パーティバスでマウンテン〔アメリカのハードロック・バンド〕のコンサートへでも出かけていくかのように語っていた。キャーーーーー！って感じで。それは「花が咲いている庭」とか「脚の間に咲く蘭」といったロマンチックな比喩で呼ばれ、子どもたちはそういうイメージを受け入れる。十一歳の少女たちは婉曲語法がどんなものかを知らないからだ。一方で、月経は秘密にされるものでもある――扉を閉ざされた部屋で女性同士がする打ち明け話なのだ。こんな二つの矛盾するアプローチ（月経ってすてき！　というものと、月経についておおっぴらに話してはいけないというもの）のせいで、わたしはカルト的なディストピア小説の中でただ一人、洗脳されていない人間のように感じた。ほかの女の子たちは言うかもしれない。「ああ、なるほど。あなたは〝管理部門〟から月経を贈られたときの、女の人としての喜びを想像できないのね！　それと、初潮のことをわたしたちのグループ以外のところで話すと、月経が来なくなるからね」と。

七十年代の女の子たちは最もカルト的だったようだ——彼女たちは月経が始まるのが待ちきれず、それについて絶えず日記に書いたりした。「ああ、今日、メンス〔月経のやや古い俗称〕が始まればいいのに！　あのムカつくフランシーンよりも先に、ヴァギナから嫌なにおいの血を出さなくちゃならないんだから」もちろん現実には、思春期になったからといって、魔法みたいに女性として花開くわけではない——あなたは相変わらず思春期前と同じ、ちっぽけな愚か者だ。ただ、今では月に一度、まるで壊れたスラーピー〔シャーベット状の炭酸飲料〕の自動販売機みたいに、秘密の部分から茶色の熱い血をひたすらドロドロと出している。永遠に出し続けるのだ。あるいは少なくとも、十一歳の子どもには想像もつかないほど年を取るまで。心配いらない。対処するには、コットン製の切断された足の指みたいなもので穴に栓をするだけでいい（だが、たびたびそれを取り替えないと、脚が壊死して取れて死ぬことになるだろう）。または、オムツみたいなナプキンを使ってもいい。あるいは、経血の量が途轍もなく多いなら、タンポンとナプキンの両方を使えば、パンツに不名誉のしるしをつけずにすむだろう。彼ら——カッコいい中学二年生の男の子たち。わたしはいまだに恥ずかしくて、あなたたちのことを口に出せないの——の前で。さらに、子宮はナイフで刺されたみたいに痛いし、便秘になるし、ホルモンバランスが崩れて、ニキビができるはず。小学校六年生のうちに楽しんでね、マーガレット。

　個人的に、わたしはそういうダークな知識にまったく対処できなかった。だから、思春期になる前は（正直なところ、思春期になってもその後十五年間は）、自分の生殖器系を『ネバーエンディング・ストーリー』に出てくる〝無〟のように扱った。「それを見るとき、自分の目が見えないかのように振る舞う」ことにしたのだ。つまり、月経のことなんか忘れて洗い流してしまおうとしたわけだが、役に立たなかった――わたしが本当にわかっていたのは、やがて月経にひどい目に遭わされ、この輝かしい黄金の子ども時代が破壊されるだろうということだけだった。月経というよりは、そう、ヴァーーーーギーーーーーナーーーーによって。
わたしが十一歳のときにグーグルがあったら、検索履歴は次のようになっただろう。

どれくらい出てくるのか
何カップくらい出てくるのか
月経の止め方
月経をなくす
月経がない人たち
月経を遅らせる呪文
月経を止める魔法
血の魔法
魔術
魔女

魔女たち
ロアルド・ダール
新しいロアルド・ダールの本
子ども向けのロアルド・ダールの無料の本
（検索回数順）

母は——おそらくわたしの不安を見抜いていたのだろう——「成長していく女性《グローイングアップ・フィーメール》」*1という名の、母親と思春期の娘のための講習にわたしを引っ張っていった——ある晴れた土曜日、わたしは自分の小学校の図書室に四時間ずっと閉じ込められ、ペニスだの乳首だのといったことについて母と話した。おかしなことだ。そうしたところで、やがて訪れる、陰毛が生えるときのきまり悪さは変わらない。

みなさんにあまり余計な情報を与えたくないけれど、わたしの〝月経おばさん〟がとうとうやってきたときのことだけは言っておこう。初潮を避けたい気持ちばかりを着実に募らせていたので、実際にそれが来たときの記憶はほぼ完璧に遮断されてしまった。そのため確かなことはわからないが、おじの家の近くの海で泳いでいたときだったと思う。潮が満ちてくるまでは陽光に浅瀬が暖められている、浅くて広い入り江だった。そして、わたしは熱い泥のようなものを感じ、海水が風呂の湯のように変わった。自分がたちまち困惑してパニックに駆られたことは思い出せる。あの奇妙なほどべたついた砂浜のそばの、使ったこともない化粧室で、後ろめたい思いでトイレットペーパーをホルダーから取り外したことは。

月経については人に話したくなかった。進んで話すことを避けていたので——何年間も——詰めるための〝コルクやオムツの塊〟のストックがなくなっても、更年期の母親にそれを伝えるのをいつも忘れてしまった。そして、とんでもない時間に母親を雑貨店へ走らせることになり、その間わたしは車の中で言葉もなく涙を絞り出していた（もしもこれがロアルド・ダールの本なら、母は予知能力を発達させ、念力や配達してくれる巨人を使ってタンポンを呼び出しただろう。何でもない[*2]普通の人間のお母さん、ありがとう）。

こんなふうに現実を避けていたせいで、わたしの人生はある朝、過去最悪の事態に直面した。母が出勤前に店へ往復する時間がなかったため、わたしは月経帯をつけて学校へ行く羽目になったのだ。たぶん、一八六一年くらいからずっと、我が家の救急品が入っている引き出しにあったものだろう。古代博物館なんかに入ったことがなく、そんなものを見たことがないという人のために説明しよう。月経帯は文字どおりウエストに巻きつけるベルトみたいで、前と後ろの股の割れ目あたりにぶら下がる二本のストラップがついていて、恥ずべき谷間を覆う小さなクッションみたいなナプキンを支えるための冷たい金属製クリップがある。「備えあれば憂いなし」の教訓を学ぶためにわたしがどんな経験をしなければならなかったか、うまく伝わっただろうか。

あるとき、特大サイズのナプキンからこれまで何度も剝がしてきた粘着テープのつるつるの細長い剝離紙に、文字が印刷されていることに気づいた。「コテックス〔米国の生理用品ブランド〕はわかっています」というスローガンがそこに書かれていた。最悪な気分のとき、月経がまるで死のように――無邪気な時代の死、安心感の死、わたしが太りすぎであまりにも奇妙で、あまりにも子どもっぽくて、あまりにもぶざまだとされる世界の入り口にいるという兆しのように――感じられたとき、わたしはトイレに座って体を丸め、そのスローガンをじっと見つめ、泣きたくなった。「コテックスはわかってくれる」のだ。どこかの、誰かがわかってくれるのだ、と。[*3]

その後も毎月、月経が終わるたびに、わたしはまたしても安楽な否定にしがみついた。女性としての部分など自分に存在しないふりをし、そんなところからは決して、一切、何も出てこないふりをした。毎月のように、またしても出血に驚く日が来るまでは。

わたしがとうとう人前で〝月経〟という言葉を口に出したのは、十二年後だった。

若いころはとりわけそうだったが、そんなふうに不安が生まれる原因の一部はわたしが隠遁者で、人と関わりを持たない人間で、夢想家であることだった。物語の世界に没入してしまうほうが簡単だった。大人になる現実が、急速に自分の身に迫っているという事実に対処するよりも。お金や孤独や自信喪失や死に対処しなければならない大人になることよりも。

不安が生まれる別の原因は、太った子どもだったわたしが、辱めを受けることを早いうちからいつも警戒していたことだった。自分の体が大きな肉の失敗作みたいに扱われるとわかっていたら、誰だって不必要に恥ずかしい思いをする状況に身をさらそうとはしないだろう。わたしは用心深くて要求の高い子どもだった。尊厳を保とうとしていた。今でさえ、自分の動きや進路には細心の注意を払っている。書いたものを発表する前には慎重を期して二重のファクトチェックをしているし、カヌーには乗らない。

思春期に月経について不安を感じた最も重要な原因は、わたしたちの社会では二〇一六年になっても（一九九三年はもっとひどかったが）ほとんどの子宮の完全に普通でありふれた機能について理解することが相変わらずタブーとされていることだ。タブーが強すぎるせいで、権力の椅子に女性が座ることは広く妨害された——ヒラリー・クリントンがホワイトハウスに入ったら、まずは「大統領の誕生日」〔米国の祝日であるワシントン誕生日のこと。二月の第三月曜日〕を「泣きわめく赤ん坊をブラウニー生地で黙らせる日」に変えるのではないかと恐れられた。タブーが強すぎるせいで、わたしはかつて、セックス中にいきなり月経が始まったことに驚いた男にふられたことがあった。そのときの光景は、彼が女性に抱いていた「汚れたものなどないお楽しみの相手」というポルノ的な幻影を粉々にしたのだ。タブーが強すぎるせいで、二〇一五年のロンドンマラソンでタンポンをつけずに走った女性の血が飛び散ったランニングタイツの写真は、ほぼ世界じゅうのソーシャル・メディアに嫌悪を催させた。噴出した血の池など、ホラー映画やアクション映画やニュースで誰もが見ているのに。血は単なる血で、どれも同じだ——違いは、どこから出てくるかということだけである。つまり、そうした嫌悪感は女性の自然な体に対するものであって、血そのものに対してではないことがわかる。

もちろん、遠まわしに月経について何かを述べることは可能だ——女性の現実の懸念が合法だと認めたくないのなら、彼女たちの不都合な感情をはねつけ、内に引っ込んだナニではなく外に出たナニを持っていれば（または男性というジェンダー・アイデンティティを持っていれば）人は本質的にもっと合理的で有能になれるのだという神話を不滅のものにでもしてみればいい。一方、月経の存在が嫌悪の対象ではなく、それどころか自然でいいことであると主張したり、または月経の血がどんなものか実際に人々に見せてみることを提案したりしたら、どうなるだろうか？（男性の多くはドン引きだろう。でも月経の血は、実際ただの血にしか見えない）それは国歌を、エアホーンと合唱するドナルド・トランプの歌と交換しようと提案するようなものかもしれない。

そう、個人的にはわたしは月経が大嫌いだし、うっとうしくておぞましいものだと思っているが、人間の体から出るほかのものと比べてことさらおぞましいわけではない。糞や尿や膿や胆汁や嘔吐物や、体から出る中で最悪の液体——母の専門的な意見によると——である痰以上にぞっとするようなものではないのだ。それに、化粧室へ行くたび、女性が恐怖に襲われているわけでもない。ウイルス性胃腸炎になる人がいたとしても、それに偏見を持つ人はいないだろう。月経が汚名を着せられる実際の要因はミソジニーなのだ。

みんなに経血を見せるなんてことはわたしのイカれた思いつきにすぎないが、人口の半分に当たる人々のごく普通の生殖器系が汚名を着せられている国で、子宮やヴァギナを持つ市民が、自分が保険料を払っている健康保険でこの生殖器系を充分にカバーしてもらうためいまだに必死に戦っていることとの関係性はゼロではないかもしれない。「赤い潮」とか「サメの一週間」とか、ほかにも神経毒性や切断を思い起こさせる婉曲表現で呼ばれることがなければ、月経はそれほど恐ろしいものとは思われないかもしれない。ヴァギナはけがらわしいゴミ捨て場であるという考えが固定化していなかったら、政府の役人はヴァギナの治療を文字どおり金をゴミ箱に捨てるようなものだとは思わなかったかもしれない。もしかしたら、女の子たちがひそひそ声ではなく、大声で月経について話してもいいのだと感じていたら、母親たちでいっぱいの図書室と同じように、男女同席の場でも大声で話していたら、男の子たちはヴァギナがおぞましくて謎めいたものだと思いながら成長することはなかったかもしれない。もしかしたら、ヴァギナは対処する価値があるものだと思ってもらえたかもしれない。もしかしたら、女性たちはもっと医師に診てもらったかもしれない。もしかしたら、子宮頸癌や子宮癌で亡くなる女性はもっと少なかったかもしれない。もしかしたら、誰もがもっといいセックスをしていたかもしれない。もしかしたら、女性は生殖器に欠陥があるノーブランドの男性とみなされることなく、人間として充分に形作られた存在だとみなされたかもしれない。

もしかしたら、わたしは自分をわかってくれる唯一の〝誰か〟がナプキンの粘着テープの剥離紙だと感じながら成長しなくてもよかったかもしれない。

そういったことをどうやって乗り越えてきたのか、覚えていない。たぶん、ただ時が解決してくれたのだろう。わたしは待っていただけだ。やがてわたしはナプキンからタンポンに移行し、そのうちにアプリケーター付きのタンポンから、指で挿入するだけのタンポンへ移った。そしてとうとう、心の中で死にそうな思いをすることなく女友達にタンポンをちょうだいと頼めるようになり、満員のバスの中でバッグからタンポンが落ちても平気になり、隣にいる女性を落とした犯人だと周囲に思わせるための複雑な策略を立てることもなくなった。そして今、わたしは普通の大人になっている。「多い日用」のスーパープラスのタンポンを買いに、夫を店に行かせることが怖くない大人に。ジャジャーン！

実を言えば、月経へのわたしの戸惑いは、月経自体と何の関係もなかったのだ（この本を読んでいる十代の女の子たちへ：とはいえ、月経は本当にゾッとするよね。確かに痛いし。でも、別に世界の終わりってわけじゃないから。まあパンツが汚れることもあるけど、誰もそんなのずっと覚えてないから）――月経は程度の差こそあれあらゆる女性が経験し、その人生の一部のようになっている、自分の体について感じさせられる疎外感の象徴にすぎなかった。「あなたの体は決してあなた自身ではない」「あなたの体はあなたの敵だ」「あなたの体はおぞましいものだ」「あなたの体は間違っている」「あなたの体は壊れている」「あなたの体は男性の体と違う」「あなたの体は胎児ほど重要ではない」「あなたの体は完璧であるべきで、そうでないなら隠さなければならない」といった、他人が押し付ける疎外感の。

そうね、わたしの名前はリンディ・ウェスト。太っていて、ときどき体の穴から血を流す。今では、わたしの体はわたしのものだ。「コテックス」ならわかってくれる。

＊注1
「グローイングアップ・フィーメール」での活動の一部に、全員が小さなカードに自分の最も恥ずかしい質問を書いて、短い縮れ毛のインストラクターが質問者の名を明かさずにみんなの前で答えるというものがあった。自分がどんな質問を書いたかは覚えていないが、よく覚えていることがある。山になったカードにわたしのカードを置きにいったとき、いちばん上にあったのが、母が書いたものだったことだ。「陥没乳頭について話してください」と簡潔に書いてあった。このことは、〝自分の片方の乳首が変なことを知る最悪の方法〟という神殿で、それに因んだ名前の料理（たとえば、「リンディ・ウェストの三重になった奇妙な乳首ディップ」とか）を有名シェフのガイ・フィエリに出されて知らされるよりは多少マシだが、空中文字に書かれて知らされるよりは最悪に近い。さらに、それはまったく不要な恐怖だった。陥没していたわたしの乳首はやがて自然に外に突き出したからだ。どこかでこの話をしてもいいだろう。まじめな話、そのときには読者のみなさんにも聴きに来てほしい。

＊注2
〝何でもない〟というのは、無条件の愛と支えと細やかな心遣いを除けば、という意味だ。そういうもののおかげで、わたしは自分の体や、性と生殖に関する健康について充分に教えられて世間に向き合うことができた！　本物の魔女じゃないことを許してあげる、お母さん。

＊注3
カルバーシティ〔カリフォルニア州の都市〕にいる、クレイグとかいう名の四十七歳のコピーライターがわかってくれる。

心を殺さないでよくなるための十八の簡単なステップ

あなたに新しい人生を約束してくれる人を信用してはならない。ナンパ師やライフスタイルの指導者、フェイスクリームのネズミ講やその熱烈な支持者、ダイエットプログラムの「ウェイト・ウォッチャーズ」のコーチ。こういう人々はあなたが失敗することでお金を稼いでいる。もしも自分たちの言葉や製品が謳い文句の通りに機能してしまったら、彼らは食い扶持を失ってしまう。だからといって、自己啓発商法が本質的に邪悪であるとか、彼らが提供するものがすべて無価値だというわけではない――ドクター・タニヤの薦めるギリシャヨーグルトを食べて体重を五ポンド落としてはいけないという意味ではない。あるいは、飛行士用眼鏡をかけたウーバーの運転手のそれらしい甘言に乗って、ヴァージンを失ってはいけないということではない。または、いとこの義妹からあなたの顔を充分に保湿してくれる何かを二十四ドル九十九セントで買って、二月分のボーナスを稼がせてあげるなというわけでもない――結局、誰もがなんとか生きていこうとしているだけだ。悲しいことに、魔法の弾丸[*1]〔「百発百中」の弾丸のこと〕なんてものはないというだけ。本当に変化を起こすには時間がかかるし、大変だし、その変化はほとんど知覚できないのだ。そして、人生は変えられることに抵抗する。

　そんなこんなで、首尾一貫したわかりやすいストーリーなどないわたしの人生をさかのぼって本質的な話を一つ引き出さなければならないなら、恐怖に襲われたネズミのような人間から、困難に直面してもパニックにならないブブゼラ〔プラスチック製の長いラッパ〕みたいな人間に変身したことを選ぶだろう。わたしの内気さは普通の子どもと同じような、かわいい感じのものではなかった――完全に〝ピッグル・ウィッグルおばさん〔ベティ・マクドナルドの本に登場する魔法使い〕にラディッシュを耳の中に植えられて、生意気なオウムに世話をされる〟という状態だった。わたしは病的なほど内気だったのだ。小学校一年生のとき、教室でお漏らししたことがあった。トイレに行っていいですか、と先生に尋ねるのが怖かったせいだ。クラスのいじめっ子がわたしの足の間にある水たまりに気がついたとき、わたしは教室の向こう側にある水差しを指さし、それがこぼれたのだと小声で言った。小さな水たまりがあったのはわたしの椅子の下だけだった。靴下も濡れていた。そして、水差しには何らかの理由でなみなみと尿が入っていたのだ。小学校のみなさん、そうだよね？（いじめっ子の彼もわたしの話を信じたはずだ）

　それから数十年後、わたしはこんなふうになっている。インターネットでエセル・マーマン〔アメリカの女優、歌手。「ブロードウェイの女王」と呼ばれた〕についてのくだらない意見を述べたりしているのだ。今では人から怒鳴られたり、からかわれたりして生計を立てている――最も不安に思っていることは二つ。一つは歯が一本もなくなることで、もう一つは、こっちのほうがましだけど、お金を稼ぐこと。女性たちからは、こんなことを訊かれる。「どうやって声をあげられるようになったんですか？どうしたらわたしも声をあげられるようになるでしょう？」助けてあげたくてたまらないけれど、本当のことを言うと、わたしだってどうしたらいいかわからない。かつてのわたしは自分が大嫌いだったが、やがて嫌いではなくなった。かつては内気だったが、やがて、とにかくしゃべりまくることが生活の手段になったのだ。

どんな人間も、さまざまな成功体験やトラウマや心の傷や、システムの中でなんとか折り合いをつけることや、親についての悩みといったものの、湿気を帯びたガス状の塊である。若いときに見たインターネット上の最悪なものや、本当にやりたいのはダンスなのに「雑貨店を継げ」と祖母からかけられたプレッシャーといったものも、そんな塊の一部だ。その中には、DNAによって偶然定まってしまっただけのものごとを、完璧に形作られた有害な復讐者に育ててしまうような肥料もある。誰もが一人一人違っているのだし、アドバイスなんて、運が左右するゲームのようなものだ。わたしが何かによって変わったのだとして、それがあなたのことも変えるはずだと言える根拠なんてあるだろうか？　そもそも、自分がどのように変わったかなんて、わたしにわかるとでも？　あなたが何か変化したとして、「最終的な自分になった」とどうして言えるのだろう？　その明確な基準はあるのだろうか？　人はいつだって、もう毛虫でもなくまだ蝶でもない、蛹《さなぎ》のようなものなのでは？

自分は自分自身の資質によって変わったのだと信じることは心地いい。だが、愛する者を失って平原をあてどなく歩く、謎めいた若い女がいたとして、傍からは固い決意と穏やかな自制心があるように見えたとしても、多くはもっと平凡な理由しかないだろう。用事があったから、たまたま、退屈だったから、疲れていたから、時間を潰すため……といったようなものだ。意志の力というものは本物だが、それをきちんと育むには適切な環境も必要なのだ。

とはいえ、わたしの具体的な経験を話すことならできる。おとなしい人からやかましい人への道を歩む途上で足掛かりになったと記憶する、いくつかのことを話すことは可能だ――心が死んだ瞬間、別に自分が本当に死んだわけではないと悟った瞬間、それから、次に心が死んだときはもう少しましになったこと。「ものすごい肥満」と短い見出しのついたわたしの結婚式の写真が、イングランド（ミスター・ダーシー〔ジェーン・オースティンの小説『高慢と偏見』の登場人物〕の目にも留まるところ！！！！！）の紙の新聞にいまいましくも取り上げられたとき、わたしの唯一の反応は一人でハイファイブをしたことだった。

もしかしたら、次にあげるいくつかのステップに従えば、あなたもそんな感じになれるかもしれない。

ステップその一：豆を一粒、万引きすること

わたしは四歳で、食料品店の中を母にくっついて歩いていた。乾物類が大量に置いてある売

り場で母が立ち止まったとき、わたしは豆が入っている大箱の深くまで手を突っ込んだ。ひんやりして滑らかな手ざわりだった。豆ってかわいい、と思った——黒い斑点の入った白い豆。これを植えれば、ダルメシアンのワンちゃんが育つんじゃないかな——こんなにいっぱいあるんだから、一つくらいなくなってもわからないだろう、と。家に帰ってから戦利品を母に見せた。驚いたことに、母はわたしを叱った。たった一つの豆だよ、とわたしは言った。盗んだんじゃないもん。

「食料品店へ来たみんなが〝たった一つの豆〟を取ったらどうなると思う？　お店にはいくつの豆が残るかしら？」

　これは中途半端な出題のしかただった。箱にはいくつの豆が入っていただろう？　食料品店には何人ぐらいが行くのだろう？　食料品店ではどれくらいの頻度で豆を補充するのか？　わたしにはもっと情報が必要だった。

　情報を与える代わりに、母は一足飛びに答えを言った。もう豆を取ってはいけない、と。もし、誰もが一つずつ豆を取ったら、豆はすっかり消滅し、わたしは孫たちに「クランチラップスプリーム」〔〈タコベル〉で売っているタコスの一種〕が食べられた時代について話すことになるだろう。父が今や消滅したロス・アンジェルス鉄道に乗ってグレンデールからサンタモニカまで旅したことを語るときに用いるのと同じ、畏敬の念がこもった小声で。わあ、大変！　ここでわたしは気づいた。母がわたしにその豆を返させるつもりだということに。

車に乗って（なんて化石燃料の無駄遣い！　石油を巡って戦争が起きているのに！）店へ引き返した。肉売り場のあたりをモップがけしていたティーンエイジャーの店員が顔を上げてわたしたちを見た。

「何かご用ですか？」

「娘があなたにお話ししたいことがあるんですって」

　わたしはダルメシアンの卵を差し出した。恐怖で固くなり、かろうじて聞こえる程度の声で言った。「これを取っちゃったの。ごめんなさい」

「ああー、えーと」店員は言い、ちらっと視線を向けた。まぎれもなく、ただのいまいましい豆にすぎないものに。「かまいませんよ。たいしたものじゃないし」

「いいえ」母は訂正した。「この子は学ばなくてはなりません」女友達の家でのパーティに間に合わせなくちゃと思いながらクソッタレなモップがけを終わらせようとしているとき、幼い子どもへの説明責任や盗みについての実地教育につき合わされる埋め合わせとして何が適切なのかはわからないが、四ドル二十五セントの時給であるはずはない。だが、とにかく、彼は協力してくれた。

「ああ。そうなんだ。正直に言ってくれてありがとうね？　二度とやっちゃだめだよ」

「やらない」わたしは小声で言った。そのとおり、二度とやらなかった。*2

ステップその二：母親の友人の不妊を意図せずジョークにしてしまうこと

　小学校三年生のときのことだ。母の友人がわたしを抱き締めようと両腕を広げて言った。「ここへいらっしゃい、いい子ちゃん！」最近覚えたての言葉を使ってみようと興奮しながら、わたしは怯えたふりで息をのんで見せた。「おばちゃんは不妊（sterile）？」

　わたしはこの言葉を〝バイキンがいない〟という意味で使っていた〔sterileにはどちらの意味もある〕。けれども、この言葉は子宮が本来の機能を果たしていないことを意味していたのだ。年をとったせいか、社会における権威主義的なプログラムの犠牲になったせいで。彼女はその場にふさわしいことを何か冷淡で皮肉な口調で言ったが、わたしは覚えていない。わたしはみんなに笑われ、それから一年間、狭い戸棚に隠れていた。

ステップその三：セロニアス・モンクについて平凡な口頭発表をすること

　ほかの友達のようにロックンロール好きの三百歳の父親ではなく、ジャズ好きの四百歳の父親を持って成長した子は、文化的なバックグラウンドが風変わりで時代錯誤なものになる場合がある。中学一年生の「言語技術」の授業で、黒人アーティストを選んで十五分間の口頭発表をしなければならないことがあった。九十九パーセントの生徒が「ホイットニー・ヒューストンにする！」とか「デンゼル・ワシントンだ！」とか言っていたのに、わたしは「ジャズの因習を打破した先駆者であるセロニアス・モンクに決まってるじゃない」としか思わなかった。今振り返ると、本当になかなかクールな選択だ――当時でさえ、本質的には恥ずかしいものじゃなかった――けれど、口頭発表というものは〝ママの脚以外のものには聞こえるように話さない〟というわたしの流儀に反していたから、その週に発表するときまでは震えて冷や汗を流しながら過ごした。

自分の名を呼ばれて気絶したりしないようにと思いながら教室の後ろのほうで座っていたとき、突然、合理的で穏やかな感情がこみ上げてきた――それはあまりにも思いがけない転換点だったから、今でも少し超自然的なことのように感じられる。わたしが左を見ると、幼稚園のころから電球をペットだと言って持ち歩いている生徒が目に入った。右を見ると、ランチのデザートとしてリップクリームをまるまる一本食べているのを見たことがある女の子が座っていた。いったい、わたしは何をまたしても怖がっているのだろう？　こういうクラスメートたち？　ばかばかしい。人前で話すことは、あらゆる場面で話すのと同じなのだとわたしは悟った――とにかく、鼻クソに覆われた大勢の中学一年生よりも手ごわい相手が誰だか知ってる？　わたしの母だ。母にはいつも話をしている。だから、こんなことなどやり遂げられる。

わたしは前へ進んで発表した。ちっとも怖くなかったし、唯一の出来事はほかの生徒たちが退屈したことだけだった。中学一年生はセロニアス・モンクになど関心がなかったからだ。

ステップその四：ショードッグを飼うこと

犬のモーツァルトはチベタン・テリアで、かなり珍しい品種だった――おもしろいと思うには大きすぎて、役に立つには小さすぎる――山の上で僧侶のそばに座っているためにつくられたという。白くて長い毛をして、クローン病を患い、エリオット・スミス〔アメリカのシンガーソングライター〕の歌に出てくるような性格だった。わたしが中学二年生のとき、うちの家族はリンダという名の女性からモーツァルトを譲り受けた。リンダがそれまでと同様にモーツァルトをドッグショーに出し、無制限に彼の繁殖を行なうことを認めるという条件つきで。わたしたちはモーツァルトの毛を刈ったり、睾丸に手をつけたりすることを禁じられていた。モーツァルトはあらゆる一般的なたんぱく質にアレルギーがあったため、母は肉屋からウサギをまるまる一匹買ってきて、犬のために大量のウサギ肉を料理したものだった。モーツァルトは朝食にスクランブルドエッグを食べた。

「ねえ、ママ、わたしもスクランブルドエッグを食べたいんだけど?」

「作り方なら知ってるでしょ。モーツァルトは知らないのよ」

少なくとも月に一度の週末には、リンダは「サンウインド・セ・アイレス・リンポチェ」〔リンポチェはチベット語で高位僧の称号を意味する〕（わたしがふざけていると思われると困るので言っておくと、モーツァルトのショー向けの名前だ）を迎えにくる。そして数日後、入賞を示すいくつものリボンで覆われたモーツァルトを連れて帰ってくるのだ。わたしたちもよくドッグショーへ行き、モーツァルトに声援を送ったものだった。リンダはわたしにジュニアハンドラー〔ドッグショーで犬のエスコートを行なう役目をする、十代のハンドラー〕にならないかと促した。わたしはそのことを考えてみた。本気で考えたのだ。二、三度、ショッピングモールの地下で売っている、ハンドラーが着そうなパンツスーツにドキドキしながら触れてみたことさえあった。でも、どうしても越えられない一線というものはあるのだ。

ステップその五：更年期の精霊の衣装みたいな制服を着た合唱団に加わること

それは巨大なパラッツォパンツ〔ワイドパンツの一種〕――ポリエステルの「JNCO」のジーンズみたいなものだ――に、長袖のベロア生地のシャツ、青緑色のカマーバンド、そしてペイズリー柄のアップリケとラインストーンが並んだフェルト地のベストといった制服だった。全体的にはこんな感じだ。「ある精霊の結婚式にいる、〈ホビーロビー〉〔アメリカの雑貨の店〕の駐車場で飾りをホットグルーガンでつけたような衣装を身に着けた花嫁の母親」

わたしはこの合唱団に十年間いた。[*3]

ステップその六：両親と『トレインスポッティング』〔一九九六年のイギリス映画。ヘロイン中毒の若者たちの日常が描かれている〕を見ること

まあ、生き延びようという体の全本能に対して、これは致命的なことではない。

ステップその七：スクールバスでハイ・ファンタジー〔異世界で繰り広げられる壮大な空想物語。トールキンの『指輪物語』など〕を読むこと

ああ、『ハリー・ポッターと謎のプリンス』にブックカバーをかけておくことが超カッコいいと思ってる？　『ゲーム・オブ・スローンズ』〔ジョージ・R・R・マーティンのファンタジー『氷と炎の歌』を原作としたテレビドラマシリーズ〕の次のシーズンが始まる前に、『王狼たちの戦旗』〔『氷と炎の歌』の第二部〕を読み終えようとしているから、自分は〝完全なオタク〟だと思ってんの？　一九九七年にスクールバスの中で脚の間にバスクラリネットのケースを挟んで、父親が職場から持ち帰った「マイクロソフト・ボブ」〔マイクロソフトが一九九五年に発売したウィンドウズ系のGUI〕の宣伝用のTシャツを着て、ロバート・ジョーダン〔アメリカのファンタジー作家〕を読もうとしてごらん。そのあと、ヴァージンを捨てられるかどうか、やってみればいい。

ステップその八：大学の人文科学棟の階段で靴のヒールを折って転げ落ち、みんなに下着を見られること

ねえ、とっても気が楽になることがわかったんだけど、何だと思う？　誰のお尻も、基本的にはあなたが思っているようなものだってこと。

ステップその九：アムステルダムで、小柄な友人の小さな自転車の後輪が折れ曲がってしまうこと

だから言ったじゃん。その自転車はダメだって。

ステップその十：あなたがヴァージンを失った相手であるヘヴィメタル好きの間抜けに「初めてなの」と言いそびれ、彼のベッドを血だらけにすること

「でも、ベッドが処女の血で清められるのって、超ヘヴィメタルっぽくない？」

「帰れよ」

ステップその十一：大家からの留守電を何週間も無視すること

これは自分の留守電を聞くためには何とかセンターに電話をかけて、暗証番号を打ち込まなければならなかったところの話だ。わたしは一度もそんなことをやらなかった。大家からの注意を聞きのがしたのは実にまずい失敗だった。大家が保険会社の鑑定人を二人連れてわたしのアパートメントの部屋に入り、中を見回っているちょうどそのとき、シャワー室から出ていくことになってしまったのだ。全裸で、ディズニーの『ポカホンタス』のサウンドトラックから「川の向こうで」を歌いながら！　ようこそ大間抜けの部屋へ、鑑定人さんたち。

ステップその十二：ちっとも静かではないセックスをすること

二〇一〇年十一月十七日、わたしはアパートメントの管理人である美形のゲイからこんなメールを受け取った。

〈ハイ、リンディ
こんな種類の苦情を言わねばならなくて申し訳ないのですが、仕方ありません。それに、あなたもわたしも大人です。
何人かの住人から、あなたのアパートメントからかなり遅い時間に聞こえる〝セックス中の騒音〟に関する苦情を受けました。苦情は深夜の（午前三時）何かがきしむ音や大声に関するものです。

敬具
〔編集済み〕〉

まあ、わたしはこれを読んでだいたい死んだから、問題は解決したってことでいいね。

ステップその十三：音楽フェスのマスコミ用エリアで「ドミノ」の「パーソナル・ペパロニ・パン・ピザ」を食べているとき、ピクニックテーブルをひっくり返すこと

フェスとはいわば、あなたよりもイケてる人たちが無料でいくらでも「ガーデット」〔スナック菓子〕を食べられるテントに入るための特別パスを手に入れようと争っている、集団二日酔い会場ってとこかな。そういうパスのないパンピーの手に入る食べ物は、掘立小屋で腹立たしげに売られる、値段の高い生ゴミみたいなものだけ。そんなわけで、二〇一〇年、わたしは気がつくと、「サスクァッチ音楽祭」のマスコミ用エリアのピクニックテーブルに一人で座っていた。四十五ドルの「ドミノ」の「パーソナル・ペパロニ・パン・ピザ」とダイエットペプシを汗だくになって飲み食いしながら、誰からも注目されないようにと願っていたのだ。

隣のテーブルでは誰かがヨット〔オレゴン州ポートランド出身のエレクトロ・ポップバンド〕にインタビューしているところで、わたしは淡々とスマートフォンを見つめながら、友人からのメールを見るふりをしていた。本当はメールなど来ない。というのも、おそらく友人たちはみんな無料でガーデットを食べられるエリアに戻って、歌手のサンティゴールドとVIP向けのボール遊びをやるとかなんとかしているからだった。ヨットのボーカルの女性がインタビューを受けているところを数分間眺めているうちに、彼女とわたしが同じ大学に行っていたことを思い出した。有名になる前の当時ですら、彼女は手が届かないほどクールで才能があるほっそりした人で、すばらしい美人だった。わたしは油っぽい豚肉の切れ端を噛んでいた。

そのとき、風が吹いてピクニックテーブルからドミノの紙ナプキンが吹き飛び、地面に落ちた。たいしたことではない。わたしはそれを拾うため、さりげなく身を乗り出した。ナプキンを拾わなくちゃ！　真っ赤な豚肉の油を顔じゅうにつけてピザを食べている太った女になるわけにはいかない！　あいにく、フェスという公共の場で、ただでさえ太っているのにドミノの「パーソナル・ペパロニ・パン・ピザ」を食べているところになど注目されてはならないと必死になるあまり、壊れやすいプラスチック製のピクニックテーブルの重心を判断しそこなった。わたしがナプキンを取ろうと身を乗り出したとき、テーブルも身を乗り出したというわけだ。

わたしは地面に倒れ込んだ。ピザはわたしの上に落ちた。ダイエットペプシはひっくり返って、ごぼごぼと音をたててドレスの上に流れた。わたしの上にピザが乗り、その上にペプシが乗って、さらにその上にテーブルが乗っていた。ナプキンはひらひらと飛んでいった。誰もがわたしを見ていた。音楽雑誌の記者たちが見ていた。ヨットのメンバーも。ダメージを最小限に抑えようとわたしは叫んだ。「すっかり酔っ払っちゃっただけ。だから、大丈夫！」それは本当のことですらなかったが、重い人間というよりは、午前十時に酔っ払っている人のほうがましじゃない？　人前で〝体に悪い〟物を食べている、ぞっとする大食いのデブ女と思われないようにと願っていたのに、ピザに興奮しすぎて地面に身を投げ出し、アライグマの死骸と戯れる犬みたいにピザの中で転げ回るデブ女という結果になってしまった。絵として完璧すぎた。

ステップその十四：スプーン〔二十年以上のキャリアを誇るオルタナティブ・ロックバンド〕のプレスリリースを執筆するために雇われ、奇妙すぎてとても使えない記事を書いたところ、スプーンがあなたにそっと小切手を送ってきて二度と口をきいてくれなくなり、本物のプレスリリースを書かせるためにもっと普通の誰かを雇うこと。

わたしが実際にスプーンのブリット・ダニエルにメールで送った記事の全文を、次にあげる。

〈数年前（どれくらい前かは明確でない）、一人の赤ん坊が生まれた。母親の誇りであったその赤ん坊は元気で丸々として、真珠のような目ととても小さなハムの塊のような拳をしていた。
赤ん坊はホワイトスネイク〔一九八〇年代に世界的人気を博したハードロックバンド〕のデイヴィッド・カヴァデールと名づけられた。

いっぽう、世界の反対側ではそれから何年も何年も経ってから、もっと優れた、もっと新しい赤ん坊が生まれた。その子はスプーンのブリット・ダニエルと呼ばれた。デイヴィッドとダニエルが会うことは一度もなかった。

世界を飛び回る床屋外科医（彼のモットー：「しまった！」）と、シェールかもしれないし、シェールでないかもしれない漆黒の髪の花嫁（歴史家じゃないことは間違いなかった）の息子であるダニエルは人格形成期の数年間、アメリカの中部地域を横断して過ごした。切断やパーマの技術を施す荷馬車の後部で、ヒルを使って瀉血をしながら。一家のビジネスに加われという、高まっていくプレッシャーにもかかわらず――「骨のこぎりを扱うダニエルの技は実に詩的である！」と『床屋外科医・イブニング・スタンダード・ダイジェスト』紙は熱狂的に書いた――ダニエルは歌を歌うという誘惑の声を聞き、切った毛のせいでムズムズする首や、血が飛び散った世界という狭い領域から逃げ出した。

このあとの闇に包まれた年月、ダニエルの居場所や交友関係についてはほとんど知られていない（コメントを求められたデイヴィッド・カヴァデールは言った。「頼むから、おれに近寄らないでくれ」）が、一九九四年、彼は姿を現した。ダニエルは自分の影を見て、スプーンというバンドを結成した。かつてないほど力強くて法外ですばらしいインディー・ロックのバンドだった。二〇〇一年の『ガールズ・キャン・テル』で大成功してから、二〇〇二年には『キル・ザ・ムーンライト』、二〇〇五年には『ギミ・フィクション』、そして二〇〇七年には『ガ・

ガ・ガ・ガ・ガ』のヒットを飛ばした後、ダニエルは――ジム・イーノ（蜂の髭の考案者）、エリック・ハーヴェイ（野性児の成功物語）、ロブ・ポープ（白人男性）とともに――『トランスファレンス』を制作した。ダニエルの言葉によれば、これまでのスプーンで〝最もオレンジ色〟〔オレンジ色は幻覚を起こさせるLSDの色でもある〕で〝大半は麻薬常用者向け〟のアルバムだという。

息子の新しいレコードについて尋ねられ、絶対にシェール〝ではない〟ダニエルの母親は皮肉を言った。「メタルすぎるわ！」と。ダニエルの、シェールではない母親が何かのメタル具合を判断する資格が本当にあるのかどうかについてコメントを求められ、デイヴィッド・カヴァデールは言った。「まじめな話、あんたはどうやっておれの電話番号を知ったんだ？」〉

スプーンに対しては、心から申し訳ないと思っている。

ステップその十五：何を書いても決して満足しない無数のコメンターがいる満天下に向けてブログを書く仕事を得ること

ある時点で、あなたは愚か者に侮辱のしぐさを見せて我が道を行かなければならない。

ステップその十六：パット・ミッチェル〔メディア業界の実業家〕を称えるパーティで「マーロ・トーマス〔アメリカの女優、作家〕さんですか」とパット・ミッチェル本人に尋ねること

あきれるくらい奇妙でおもしろい出来事だった。パット・ミッチェルは全然気にいらないだろうが。

ステップその十七：コメディ・ショーの舞台に座っていて、椅子を壊すこと

わたしはシアトルのブラックボックス型の小劇場へ、新作のジョークを披露する友人のハリに会いに行った。古めかしい劇場の座席はわたしの現代的なお尻には狭すぎたから、座席を取れなかった観客のために置いてあったステージ横の古い木の椅子へ移動した。ハリの公演が始まって数分も経たないとき、木が裂ける大きな音が劇場内にこだまし、自分の下で椅子が崩壊し始めるのを感じた。わたしは飛び上がり、緊急時にやるようにかがんで、さりげなさを装ってその姿勢でいたが、プロデューサーが舞台裏から飛び出してきて椅子を取り換えてくれた。スチールで補強された、軍事目的で使えそうなほどの油圧ジャッキに。

ステップその十八：前に書いた、教室でお漏らししたときの年齢を偽ったと認めること

実は小学三年生だった。三年生だったのよ、いい？　これで満足？

わたしができる助言はここにあげたようなものだけだ。こんな出来事が起こるたび、深呼吸して、自分に正直に尋ねてみよう。わたしは死んでいるの？　わたしは死んだの？　世界は変わってしまった？　わたしの魂はバラバラになって千もの破片となり、風で散り散りになった？

ほぼどの場合も、あなたは大丈夫だと気づくに違いない。人生は進んでいく。誰も気になどしていない。本当に取り返しのつかないものはほとんどない——死と犯罪以外は——し、本当にやばいことがあったときは、恥なんて最も気にならないものだ。

あなたはショックから立ち直り、髪にくっついたペパロニソーセージを取り除いてこう言うだろう。「すみません、パット・ミッチェルさん。お会いできてとてもうれしいです」そしてあなたは生きていけるの、小さな戦士たち。さあ、立ち上がって。

＊注1
「リーン・キュイジーヌ」〔低カロリーの冷凍食品のブランド〕の「フレンチ・ブレッド・ペパロニ・ピザ」という例外はある。それは食べることができる詩のようなものだ。

＊注2
数カ月前、母と〈ウォルグリーン〉に行ったときのことだ。わたしはついうっかり制酸剤の「ロレイド」を一個つかんだまま、店を出てきてしまった。わたしは駐車場で「大変！」と言い、拳を開いて見せた。母はわたしを見て言った。「どうしたらいいかはわかってるね」そして二人で店に戻ったのだった。

＊注3
実際、合唱団のおかげでわたしの人生は変わったし、集団に自分を捧げる方法や、少なくとも優れたものでなければ満足しないことを教えられた。けれども、あー、制服は最悪だった。

人生からレモンを与えられたとき

　わたしは月経の記録をつけていないし、そんなことをするのは神経科学者みたいなものだと思う人間だから、あの日〈ウォルグリーン〉へ歩いていって妊娠検査キットを買おうという気になったのはどうしてなのか、今でもわからない。もしかしたら、女性の魔法の三角地帯には奇妙で霊的な赤電話でも本当についているのかもしれない。自分にそんなものがついていると思ったことなどなかったが、どんな理由があったにせよ、あの日、店の一画を歩き回って妊娠検査キットを買い、ワンルームアパートに持ち帰って、尿をかけてみたのだった。たぶん、カモフラージュとして、キャンディやトイレットペーパーも一緒に買ったと思う。だから、もしかしたら〈ウォルグリーン〉のレジ係は、わたしが大量に排便しながらヒースバー〔チョコレートで覆われたキャンディーバー〕を貪り食うことを毎晩の儀式としていて、それを買うついでに、妙な衝動に駆られて妊娠検査キットを買ったと思ったかも知れなかった。

　わたしはアイスクリームや膣トレーニンググッズといった〝恥ずかしいもの〟を買わなければならないとき、カモフラージュになるような商品をいつもカートに放り込むことにしている

(もちろん、正論としては、こういった前提に賛成はしない——食べ物や衛生用品は〝恥ずかしいもの〟ではないのだ——けれど、大人という存在にとっては、目的地ではなくてその道のりが重要なのだ)。たとえば、もしも夕食に「トッツィーポップ」のキャンディを六本と「トティーノ」の冷凍ピザを食べたいなら、レモン一個とベビーキャロット一袋も一緒に買うだろう。自分が高潔で洗練された公爵夫人で、家にニンジャ・タートルズ〔アメリカン・コミック原作のアニメシリーズに登場する、ピザが大好きな亀のグループ〕がたまたま立ち寄った場合に備えて、食品庫にパーティ用のピザをストックしておく必要があるだけだと思わせるために。わたしが食べるのはにんじんだからね、レジ係さん。または、「超多い日用」のタンポンのスーパーエコノミー箱を買いたいときは、ガラスクリーナーとランチョンミートもいくつかつかみ取ることにしている。わたしの三角地帯で今まさに第三幕に入ろうとしている、ローカル劇場でかかる『キャリー』〔スティーブン・キングの小説を原作にした映画。生理をネタにいじめられた女の子が超能力でクラスメイトを皆殺しにする〕の劇場版からレジ係の注意をそらさせるために。もしかしたら、わたしは腕白坊主たちを殴りつけて、細密画を仕上げようと家へ帰る途中で、隣人のためにこれを買っているだけかもしれないでしょ、そこのあなた!(重要事項:カモフラージュとして、タンポンと一緒に「ベン&ジェリーズ」のアイスクリームを買うのは絶対にダメ。そんなことをしたら、『ブリジット・ジョーンズの日記』〔ヘレン・フィールディングの同名小説を映画化したコメディ〕のブリジットみたいに、生理の憂鬱をなだめるためにアイスクリームを必要としていると思われてしまうからだ。そうなると、カモフラージュのために商品を買うという目的すべてが無駄になるのだ、とアルベルト・アインシュタインなら言うだろう)

しかし、何かに尿をかけるというのは奇妙なものじゃない？　つまり、ペニスを持たない人間にとってはってことだけど。股間を描いたどんな図を見ても、わたしは尿道口がどこにあるか示せる――やれと言われれば一日じゅうでもできる――けれど、実際の話、どこから尿が出てくるのか、誰も正確にはわかってないのでは？　たぶん、前の部分あたりだよね？　玄関みたいなのがあるんだっけ？　でも、ノズルがあるわけじゃない。検尿コップに排尿しようとするのは、暗闇の中で部屋の向こう側から、スーパーソーカー〔ウォーターガン〕でコップにビールを満たそうとするようなものだ。しかも、月のない夜に。

そんなわけで、わたしは妊娠検査薬に尿をほんのちょっと、そして手にはたくさんかけてしまった。判定窓に二本の小さなピンク色の線が現れる。一本目の線は「おめでとう、これは尿です」と言っているみたいだったし、二本目の線は「おめでとう、赤ん坊がいます！」と言っているみたいだった。

まったく予期しなかったことだったし、同時に、まさしく予期していたことでもあった。

当時のわたしの〝ボーイフレンド〟（彼をマイクと呼ぶことにしよう）は感情をあまり見せない、クリエイティブではないけれど魅力的な男性だった。愛情を示す唯一の基準はコーヒーショップやバーで一切わたしに触れずに、何時間でも隣に座っていることだ。公平に言うなら、その基準から判断すれば、彼はわたしをたいそう好きだったことになる。共通点はほぼ皆無だったのに（マイクの関心の上位にあったのは、クロスカントリーランニング、妄想のクロスカントリーランニング――彼が発明したもの――、ニューイングランドという場所、ニューイングランドについて考えること、聖パトリックの祝日に外出することだった。わたしが関心を持っていたのはキャンディ、昼寝、ハグすること、魔術師だった）わたしたちは気の遠くなるような時間を一緒に過ごした――たぶん、二人とも孤独で賢かったからだろう。わたしからすれば、それまで出会った中で、マイクはカビの生えた地下室に閉じ込めるみたいにわたしの存在を隠すことなく、お尻を触ることに興味を持ってくれた最初の人間だった。わたしはこの関係を安定させるつもりでいた。たとえ、苦痛を与えられることになっても。

マイクは痩せた女性たちと〝表向き〟の交際をしていたが、友人たちはみな、彼は太った女ともしょっちょうつき合うと言ってからかっていた。数カ月ごとに、マイクは疲れ切ってわたしの手を握ったり、「きみはきれいだよ」と言ったりしてくれた。そして、最初にわたしが彼から去ろうとしたときは家まで追ってきて、ドアのステップのところで泣きながら「愛してる」と言った。翌日、わたしも「愛してる」と彼に言った。おそらく、どちらも本当の気持ちだったのだろうが、それは底の浅い、淡い愛だった――反復や諦めから生まれたものだったのだ。その気持ちはわたしたちの上で凝縮されて露のようになった。ずいぶん長い間、待っていたからだ。でも、「ほかに誰もいないから、あなたがいることに慣れてしまった」というのは「もうすぐ始まる大学クロスカントリーのシーズンについてあなたの考えを聞かせてちょうだい、わたしの王様」というのとはまったくわけが違う。

およそ交際と呼べるようなものではなかったが、二十七歳のわたしにとっては過去最高の関係に違いなかったから、歯を食いしばり、一種のロボットになろうとした。母親に話すときは、まだわたしを〝友人〟と呼ぶ人の、クロスカントリーの十キロ種目のゴールタイムに魅了されているふりをして。それはマイクにとってもフェアなことではなかっただろう――マイクは初めから自分の基準を明確にしていたのだ。彼はほぼこんなことを言った。「ぼくはあまり感情をあらわにしない人間で、一年あたり、大さじで二杯か三杯分の感情しかきみに提供できない」けれど、わたしはそれにしがみつき、引っ張ったり押したりした。マイクもわたしも疲労困憊してしまうまで。当時のわたしは、愛とは忍耐だと思っていたのだ。

どうして自分が妊娠したのかよくわからない――わたしたちはたいてい、気をつけていた――けれども、人間はときとして、ただ失敗するものなんじゃないだろうか。正直、いつどんな失敗をしたのかも覚えていない。人生とはそういうものだ。もし、出産予定日まで赤ん坊がお腹にいて、半分がマイクで半分がわたしという人間ができていたら、わたしたちは永遠の絆を結んだかもしれない。でも、どうせ出産のはるか前に別れてしまっただろう。一緒になるべきではない人というものがいるのだ。いったん赤ん坊が現実の、お腹を蹴ったり押したりするようなものになってしまったら、もはやこんなたわごとは何でもないというふりはできない。マイクといて、わたしは孤独を感じた。誰かといて孤独な気分を味わうのは、完全に一人でいることよりもはるかに悪い。

マイクがもっと優しい人になって、赤ん坊を愛することを想像してみた。わたしたちは円満に子どもの養育権を分かち合えるだろう。もしかしたら、わたしは両親の地下室（すてきなところだ！）へ引っ越して、当時の副業だった、マイクロソフトでの技術的事例研究に関する執筆の仕事をフルタイムで得られるかもしれない。もしかしたら、マイクは子どもの世話をわたしに押しつけて逃げてしまうかもしれない。でも、そんなことはありそうになかった。マイクは善良な人間だった。よい人生になる可能性はあったのだ。

とはいえ、マイクはシアトルにいることを望んでいなかった――ニューイングランドがトラクター・ビーム〔重力を操作し、対象物を引き寄せたり押し放したりするシステム〕のように彼の心を引き寄せていた。マイクが話すのはニューイングランドのことばかりだった。紅葉の見頃に、ランニングトレイルを疾走したこと。ブラトルボロ〔バーモント州の町〕のバーでアマースト大学〔マサチューセッツ州にある私立大学〕の女の子たちといちゃついたこと。マイクは彼がまだ幸福で可能性を語ることのできた栄光の日々に、いつも片足を残したままだった。その時代に戻りたがっていたのだ。当時のわたしはそのことに傷ついたけれど（どうして、わたしはバーモント州をぐるぐる走り回って、ブレアとかいう名の女の子たちとグラウラー〔生ビール用の持ち帰り瓶〕入りのインディアペールエールを分け合ってのめないのだろう？）、マイクのためにそれが実現したらいいと思っていた。

わたしがその後どうなったかと言えば、マイクの一部である胎児を身ごもっているとわかってから三カ月後に、自分の体を金輪際嫌悪しないでよくなる方法を見つけた。妊娠を知ってから五カ月後、わたしの記事で命を救われたという太めの女性からのメールを初めて受け取り、六カ月後、未来の夫と恋に落ちて、八カ月後、義理の娘となる子どもたちに出会い、一年後、世界が自分にどんなものを与えてくれるのか確かめるためにロス・アンジュルスへ移った。妊娠から一年半後、『ジュゼベル』〔フェミニストのためのウェブメディア〕で働き始め、三年後、初めてテレビに出演し、四年と十カ月後、出会った中で最高の人と結婚し、五年ほどのちに、この本の原稿を提出しようとしている。

すべては、妊娠中絶してからの五年間に起こった。わたしはわたし自身になったのだ。これは偶然の結果ではないし、妊娠中絶が謎めいた、フェミニストに力を与える血まみれの魔術のような通過儀礼だから（とても多くの――社会意識が高く、表向きは成熟した大人である――中絶権利反対派から、わたしはこの考えを非難される）でもなく、ただそのときが来たというだけのことだ。さまざまな変化が――何十年も前から、時間をかけて動き始めていたものが――一度に全部起こったのだ。鍵のシリンダーがカチリとはまるように。わたしの体、仕事、声、自信、力、人生を求める決意といったものが、ほかの人たちのそれと同じように強力で活気に満ち、明確で、複雑なものとなった。わたしの妊娠中絶は本質的に意義深いわけではなかったが、大人として初めての大きな決断だった――初めて明白にこう主張したのだ。「わたしは自分が求める人生をわかっている。今のこれは違う」と。わたしが自分自身の体のお荷物になることをやめて、進むべき道を選んだ瞬間だった。

ともかく、そのときわたしは例のアレに尿をかけ、小さなピンク色の線が完全に現れた。「アハハ、あんた六百ドル持ってんの？　デブのあばずれ」と。わたしはベッドに腰を下ろし、泣かないで言った。「オーケイ、これも人生の一部なんだね」マイクには打ち明けなかった。理由はわからない。彼が怒り狂うんじゃないかと思ったという、かすかな記憶がある。妊娠したのはきみが悪いんだとばかりに――わたしが彼につきまとって、愛されたいと必死になり、わたしたちが互いに慣れただけの知人ではなくて〝本物の〟カップルだと主張したのだと言わんばかりに。そんな妄想じみた願望がとうとう小さな塊となり、その根をわたしの子宮の壁にうずめたのだと言わんばかりに。わたしがどんなに哀れむべき存在かということが、形となって現れたのだと言わんばかりに。どうして、こんなことが起きてしまったのだろう？　当惑するばかりだった。マイクにはとても話せなかった。どっちみち、彼との関係ではいつも孤独を感じてきたのだ。この出来事にも一人で対処するのが理にかなっているだろう。

妊娠中絶するために複雑怪奇な手続きが必要だなんて、当時のわたしには思いもよらなかった。これが特権の罠だった。わたしはシアトルの中流階級の白人の家庭で育った。いつも保険に入っていたし、妊娠中絶は合法だった。だから、普通で合法のありふれた医療処置が必要な場合と同じように行動した――医師の予約を取ったのだ。十二歳のときから診てもらっている医師だった。彼女なら、わたしの中に胚が埋め込まれたという、この面倒な事態をすべて解決してくれるだろう。

看護師がわたしの名を呼んで診察室に招き入れ、体重を測って結果に舌打ちし、血圧を測って驚いたような顔をすると(太った人たちだって血圧は正常なのよ、ナンシー)、紙のシートを敷いた椅子に座るようにと言った。わたしは待った。かかりつけの医師が入ってきた。彼女はわたしよりも年上で、きつくカールした黒い髪をして、大げさな親しみを見せはしないけれど母親のような感じがする人だった。「妊娠しているんじゃないかと思います」とわたしは言った。「妊娠を望んでいるの?」医師は尋ねた。「いいえ」わたしは言った。「では、このコップにお小水を取ってきて」彼女は言った。わたしはまたしても尿を手にいっぱいかけてしまった。「妊娠してるね」医師は言った。わたしはうなずいた。何も感じなかった。

そのときの自分の冷静な態度を誇りに思ったことを覚えている。わたしは中絶手術を受けようとしているフォンジー〔テレビドラマ『ハッピーデイズ』の主人公の不良少年。レザージャケットがトレードマーク〕みたいなものだった。「それで、ゲームの計画はどんなふうですか、先生?」わたしは尋ねた。たぶん、ここまでスケートボードでやってきた人みたいに、レザージャケットの襟を立てながら。「さて、経口妊娠中絶薬《RU486》の処方箋をこっそり渡してくれませんか。そうしたら、ただ出ていきますから(サキソフォンでも吹きながら、部屋の出口までムーンウォークをしてね)」

医師はわたしをじっと見つめた。

「何ですか？」わたしは言った。髪に百個の櫛をつけていたとしたら、それが床にガラガラと落ちていくような気がした。

わかったのだ。この医師のところでは妊娠中絶ができないと。

わたしは今日のうちにこの件を処理できると確信を持っていた。自分一人で即日対処して、人生を前に進めていくのだと――ちゃんとした大人のふりをまたするようになって、人間関係をまあ我慢できる程度のものに、それどころか、よいものにさえするのだと。自分は普通の男性を愛した、普通の女性だというふりをするつもりだったのに。別のクリニックで予約を取らなければならないし、二週間は空きがないかもしれないと医師が言い、付箋にそこの電話番号を書き始めたとき、わたしは崩れ落ちた。

「そんなのばかげてます」わたしはすすり泣き、不安に負けそうになっていた。「先生は医者じゃありませんか。ここはクリニックでしょう。先生は中絶のやり方を知らないの？」

「もちろん、医大で学びました」医師は言った。腹が立つくらいに優しい態度で思いやりを示しながら。「でも、このクリニックではそれをやっていないの」

「だったら、どうしてわたしはここへ来たんですか？　こんな予約を取っても無意味だと、どうして電話で教えてもらえなかったんですか？」

「電話をかけてきた全員に、何の用件でかけてきたとしても、このクリニックでは妊娠中絶をやっていないと受付が話すべきだというの?」

「そうです」わたしはわめいた。

医師は何も言わなかった。わたしはさらに少しあえいだり泣いたりしたが、しだいに収まって、やがて落ち着いた。

「今、ほかにしてあげられることはある?」医師は優しく尋ねた。

「いいえ、大丈夫です」わたしはティッシュを受け取った。「取り乱してしまってすみません」

「いいの。ストレスなのはわかってるから」医師は肩を抱き締めてくれた。

わたしは家へ帰ってベッドに入って丸くなり、ほうぼうのクリニック(「アヴァロン」だとか「ダイナスティ」だとか「ファルコン・クレスト」だとかいった、曖昧で冴えない夜のメロドラマみたいな名前だった)に電話した。ヒステリーを起こしそうになって泣きながら。なんとしても世の女性に出産させようとする者たちが女性に思い込ませたがる、あらゆる〝産むべき理由〟のせいではなかった。自分の選択が道徳的にひどい苦痛を伴うものだと思っていたからでもない。恥じていたからでもなかったし、わたしたちの〝赤ちゃん〟のちっちゃな指の爪について考えずにいられなかったからでもない。人生があまりにもつらかったからだ。わたしは誰かに深く愛されたかった。いずれ子どもを産みたいとは思っていた。でも、本当に欲しかったのは家族だった。マイクはわたしの家族ではなかった。何もかも間違っていた。孤独で悲しくて、つらいだけだった。

電話に出た女性は翌週なら予定を入れられると言い、保険適用後に四百ドルかかるだろうと告げた。月の始めで、わたしは家賃を払ったばかりだった。銀行口座には百ドルほどしか残っていなかった。給料日は二週間後だった。

「後払いにしてくれませんか？」わたしは頼んだ。

「いいえ、当院では処置をした日に全額を支払っていただくことになっています」彼女は言った。型どおりの台詞で、そっけない口調だったが、不親切な感じではなかった。

わたしは被膜を剝がされたワイヤーみたいな気持ちになった。頭がこんがらがって、目に涙がこみ上げてきた。

「でも……そのお金がないんです」

「資金を用立てる時間がもっと必要でしたら、予約を延期することはできますよ」彼女は提案した。

「でも」とうとう気持ちがくじけてしまいながら、わたしは言った。「これ以上、妊娠したままではいられません。体を空っぽにしなくちゃ。妊娠するはずじゃなかったんです」

あと二週間も待ちたくなかった。毎日、妊娠のことを考えて暮らしたくなどない。自分の体の変化を感じたくなかった。わたしという人間の愛されなさが生み出したようなこの人工物を体に宿したまま栄養を与えるなんてまっぴらだった——男性との安定した関係なんて、わたしにとって何かの間違いにほかならないという物的証拠がこれなのだ。男性というものは、望んだ赤ん坊を、美しい女性との間に作る。太った女との間に子どもができた場合、それは過ちなのだ。わたしのあまりの号泣ぶりに、電話を受けた女性は怖いと思ったのだろう。彼女は上司を呼びに行った。

クリニックの責任者が電話に出た。穏やかで有能そうな声で話す女性だった——母親でもある、重要な地位にいるビジネスウーマンのように。たぶん、その推測は正しかっただろう。彼女はわたしがふたたび呼吸し始めるまで語りかけてくれた。そんなことをする必要はなかったのに。とても忙しいはずだったし、わたしはかんしゃくを起こして彼女の時間を無駄にしていた。赤ん坊を身ごもっている赤ん坊だったのだ。

「うちでは普通そんなことはしないんです」彼女はため息をついた。「多くの場合、いったん処置が済めば、患者はもう戻ってきませんからね。でも、あなたがちゃんと払うと約束してくださるなら——本当に約束するのなら——来週、こちらに来ていただいて、処置が終わったあとで請求書を送るということでかまいません」

わたしは約束した。心から約束したのだ。固く固く。ええ、ああ、もう間違いなく、イエスです。本当にありがとうございます。ありがとう。ありがとう！（そして実際に支払った——次の給与が入ったらすぐに。クリニックはとても驚き、お礼のカードを送ってきたのだった）

あのクリニックの女性が、ほかの患者にも同様のことをしてあげただろうと思いたい——彼女のような女性たち（わたしたちってことね、おこがましいかもしれないけど）の静かなネットワークがあり、世界中に広まっていって、ほかの女性に喜んで手を差し伸べるだろうと。彼女はそんな義務もないのに助けてくれたし、わたしはいつまでも感謝し続けるだろう。ただ、その耳に聞こえたわたしの声のどこが、信じてもいい人だと、賭けてみても安全な人だと彼女に思わせたのだろうかとも考える。クリニックに電話をかけた人の中で最も貧しい人じゃなかったことは間違いない。実のところ、たとえ何があろうと、わたしは妊娠中絶することはできた。二週間待つか、または望まないことだけど、支えになってくれるであろう、進歩的で経済的にもゆとりのある母親におずおずと話しさえすればよかった。特権とは、白人女性にとっては互いを支援するのが簡単であることだ。特権とは、最も助けが必要というわけではない人間が、最も助けを得られる場合が多いことなのだ。

クリニックへ行ったときのこと自体についてはよく覚えていない。建物の中へ入っていって、クリップボードに挟んである書類に記入し、名前を呼ばれるのを待った。待合室が混んでいたことを覚えている。わたし以外の全員に付き添いがいた。誰もお互いに視線を合わせようとしなかった。わたしは受付で働く女性に気づいた――高校の同窓生だった（そんなの、違法ってことにすべきだ――大人のおもちゃの店のレジ係が同窓生というのも、同じく）。――けれども、彼女は何も言わなかった。たぶん、こうしたクリニックではそういうのが慣習なのだろうとわたしは思った。もしかしたら、ティーンエイジャーのときのわたしはそれほど記憶に残らない人だったのかもしれない。いまいましいけれど。

処置に取りかかる前に、カウンセラーと話さなければならなかった。おそらく、わたしは宗教右派がいつも激しく嘆くような、パーティ気分の無神経な中絶を求めているわけではないのだと相手を納得させようとしていたと思う（ところで、妊娠中絶は合法なものである〔二〇二一年現在、アメリカのいくつかの州では違法化しようとする動きが優勢で、大きな議論になっている〕）。カウンセラーの女性はわたしよりも若くて親切だった。なぜ、〝パートナー〟に話さなかったのかと尋ねられ、相手の男性が全然パートナーなんかじゃないからだと、泣いて答えた。そして、彼に話さなかった理由がまだ自分にもわからない、と。それからあとのことは何もかもぼんやりしている。血液検査と、おそらく超音波検査があったのだと思う。グレイの髪を軍隊の丸刈りに近いほど短くした、きびきびした言動で安心感を与えてくれる女性の医師が、胎児は約三週間で、オタマジャクシみたいな状態だと告げた。それから、二つ折りの小さな厚紙に入った錠剤を二錠よこし、二週間後にまた来るようにと言った。一緒に渡されたパンフレットにはこんな警告が載っていた。二つ目の錠剤を服用したあと、〝レモンほどの大きさの〟塊が出てくるかもしれないと。レモンとは。想像してほしい。わたしたちが本当に妊娠中絶について率直かつオープンに話せるようになった社会のことを。妊娠中絶を求める人々がヴァギナから血だらけのレモンが出てくる可能性を、ピンク色の写真つきパンフレットによって不意打ちで知らされなくてもいい世の中のことを。想像してみてほしい。

その晩、一つ目の錠剤を飲んで、オタマジャクシが子宮壁から引き離されたとき、わたしは友人であり同僚でもあるチャールズ・ムデデの製作した映画が受けた賞のプレゼンターを務めるために出かけなければならなかった——勤務していた『ストレンジャー』紙が毎年、芸術に助成金を与える「グラント・アワーズ」で、知り合いみんなの前で舞台に上がってスピーチをしたのだ。非現実的な出来事だった。マイクとわたしは一緒に出かけた。楽しかった——わたしたちの最高の夜の一つだった。そのときの写真が何枚もある。わたしは生気のない目をして、大げさすぎるほどにっこり笑い、腹立ちと絶望的な状況におけるユーモアを燃料として動いていた。暗い片隅に友達を引っ張っていき、その日に妊娠中絶したと打ち明けたことを覚えている。「レモンの話は聞かされた?」彼女は尋ねた。わたしはうなずいた。「心配しないで」彼女はわたしをきつくハグしながら小声で言った。「レモンなんてないから」

彼女はちょっと考えた。

「たぶん、レモンなんてないから」

パーティ後、マイクはわたしの家に泊まりたがらなかった。高校の同窓会に出るため、早起きしなければならなかったからだ。それはかまわなかった(かまわなくはなかった)。わたしには子宮の内側から出てくるものがあったんだからね、このバカ男。フォンジーみたいにクールな態度でマイクを車から降ろそうとしたけれど、彼はわたしがなんだか変だと見抜いていた。愛する人に何かを隠すのは難しい——たとえ、そんなに強い愛情ではないとしても。

「どうしたの?」マイクは言った。彼の家の裏の路地で静かにエンジン音をたてているわたしのボルボの中で。

「話せない」わたしは言い、泣き出してしまった。

しばらく沈黙が続いた。

「まさか、子どもができて堕ろしたとか？」マイクは言った。

「今日堕ろしてきた」わたしは言った。

マイクも泣いた——後悔したせいとか、モラルの葛藤があったせいとかではない。わたしがこの事実を彼に秘密にしておかなくてはならないと思っていたことが理由だった。わたしたちにとって、一緒にいることはそこまでひどい状況だったのだ。わたしがみじめな気持ちなのと同じくらい、彼は罪悪感を覚えていた。そのせいで、しばらくは二人の距離が縮まった。

翌日、マイクはやっぱり同窓会へ出かけていき、あまりメールをくれなかったので、わたしは少し泣いた。一日じゅうベッドに横たわって痛みを感じていた。レモンは一切出てこなかった。重い月経の最中みたいだった。その翌日、やや気分がよくなり、そのまた次の日にはほぼ普段どおりになった。もはやわたしは身ごもっていなかった。でも、かつてのような日常——マイクが逃げて、わたしが追いかける——に戻ることはなく、わたしの中で何かが変化した。半年も経たないうちに、彼とは完全に決別した。七カ月も経たないうちに、わたしはもうマイクに腹も立たなくなった。一年も経たないうちに、マイクは東部へ戻っていった。彼はいい人だった。

この話をすることにはためらいがある。妊娠中絶を後悔しているからではないし、妊娠は反抗的な女への神の罰だという右派の説をいやいや認めたからでもない。もっともらしい弁明をするのが簡単すぎるからだ。率直に言えば、誰かが妊娠中絶する理由など、わたしはちっとも気にしない。子宮を持つ人々が体内で何かを育てることを決心しようと、血液を分け与えたり、自らの命を危険にさらして未来を変えたりしようと、そういう人たちの権利をわたしは無条件に信じている。〝善い〟妊娠中絶も〝悪い〟妊娠中絶も存在しない。妊娠を望んでいる妊娠した女性と、妊娠を望んでいない妊娠した女性がいるだけだ。手段や支援が得られる妊娠した女性と、制度上の障害にぶつかって嘘をつくことになる妊娠した女性がいるだけなのだ。

だからこそ、わたしたちは妊娠中絶について話をするべきだろう。妊娠中絶が相変わらずタブー扱いされる話題だという事実は、中絶反対論者たちがあらゆるそれらしい理由をつけて中絶をタブーにしてきたことを意味している。彼らは妊娠中絶をしたわたしのような女性を無慈悲な怪物扱いし、中絶を必要とするあらゆる人々にその過程がいつもトラウマ的で、いつも痛みを伴い、いつも不可能な決断だと主張することで恐怖心を植え付けるのだ。でも、そんなことはないし、それは事実ではない。人生というものが不可解なほど複雑で、あらゆる妊娠中絶の物語が、その人生を生きている人間と同じように固有のものだということが真実なのだ。トラウマ的になるものもあれば、後悔するものさえあるだろう。でも、多くの経験はわたしの場合と似たようなものである。

　逆説的だが、わたしが妊娠中絶の話をどうしてもするべきだと思うおもな理由の一つは、妊娠中絶が特に興味深くもなかったことだ。ずたずたになった胎児の写真を見せたり嘘泣きしたりする、公共の場にあふれる信心深い高校生たちや、出産に取りつかれている不快な牧師がいなければ——さらに重要なことだが、彼らが我が国の最も攻撃されやすいグループの人々から生殖に関する自己決定権を剝奪しようとしてこなければ——わたしは自分の妊娠中絶について考えることもまったくなかっただろう。妊娠中絶はほかの何よりもありふれたものだった。わたしの人生をよりよいものにする医学的処置だったのだ。親知らずが虫歯になって隣の歯まで傷めるからと口腔外科手術を受けたときのように。または、副鼻腔感染症のせいで耳垢がたまってしまい、耳鼻咽喉科医に軟化薬を耳に注がれて、小さな掃除機のようなもので吸い出してもらわなければならなかったときのように。その処置の間、耳鼻咽喉科医はわたしが「細い外耳道をしている」と告げたが、それはわたしの体を見てのお世辞だったのだろう。

　妊娠中絶はそういった医学的処置のようなものだったが、そうではないとも言えた。大きな取引だったし、そうでもなかった。わたしの妊娠中絶は、不適切なつき合いや内面化した肥満恐怖症や、大人になることへの恐怖や、セックスについて語ることへの不快感と複雑に絡み合った、しかし通常の医学的処置だった。そして妊娠中絶は、わたしたちの文化が女性のセクシュアリティを罰することや、女性を子ども部屋やキッチンに拘束することに取りつかれているせいで人々が「恥だ」と思い込まされ、ひそひそ声でしか話せないという空気が支配的になってしまっているものでもある。けれど、手順そのものは最も簡単な部類のものだ。本物のトラウマになるようなものではないのだ。

鏡を見ても自分が嫌にならないなんて、勇敢だね！

おそらく、わたしが一番よく受ける質問は（「ジョー・ローガン〔総合格闘技コメンテーター、ポッドキャスト司会者〕のポッドキャストに出て、レイプが悪である理由について、五人のアマチュア総合格闘家と狭いクローゼットの中で討論しないのはなぜですか？」という質問を別にすれば）、「あなたの自信はどこから来るのですか？」だろう。

「あなたの自信はどこから来るのですか？」は複雑で危険な質問だ。第一に、あなたが痩せているのなら、「その自信はどこから来るのですか」などと太った人に尋ねて回らないでほしい。呼吸しながら「オレンジ・ジュリアス」〔オレンジジュースの一種。ここでは血を指す〕を飲む方法をどうやって学んだのかと、サメに尋ねるような調子で。

女性として、わたしの体は細かく観察され、監視され、公共の商品のように扱われる。太った女性として、わたしの体はやはり激しく揶揄され、おおっぴらに罵倒され、道徳心や知性の欠如と結びつけられる。この体のせいでわたしには仕事を獲得できる可能性が制限され、医療や公正な裁判を受けられる可能性が制限される。そして――ハリウッド映画やインターネットトロールたちの意見が最も一致を見る点だが――人から愛される可能性が制限されるのだ。だから、痩せた人から太った人に向けられる「あなたの自信はどこから来るのですか？」という質問の裏に隠された意味はこうなる。「あなたってある種のエイリアンですよね。だって、もしもわたしがあなたみたいな外見なら、間違いなく海に身を投げてるもの」サイズによる特権意識を超えて、自己イメージや自分の体への嫌悪感について同情あるいは共感するための優雅な方法――ほかの女性たちとの連帯はわたしの選択肢の一つではある――がないと言っているわけではないが、どうか静かにやってほしい。

第二に、その質問に実際に答えるには、自信とわたしとの関係はいつも奇妙なものだったと言わねばならない。自分は本質的に無価値な人間だと感じたことがないのを、心から幸運だと思っている。経験した限り、自尊心に関わる問題はすべて、外部に原因があった――あなたは醜くてきわめて不快で、恥さらしで、受け入れがたいほど大きいのだと、人々はわたしに教えてきた。わたしの本能がどんなことを言っていたとしても、世間はただそう主張していた。わたしはそれを〝逆異形症〟と表現したものだ。鏡の中の自分を見ても、何がそんなにムカつくと思われるのか、決して理解できなかった。自分が賢明でおもしろくて、才能があって、社交的で親切だと知っていた――どうして、それだけでは充分じゃないのだろう？　わたしが気にかけているあらゆる判定基準からすれば、自分は大成功している人間だった。

だから、自分が太っていることへのわたしの反応は心の中ではなく、外部に表れた――憤りや怒り、不当だという強い思い、裏切られたという思いとして。わたしは本質的に無価値な人間なのではなく、わたしを嫌悪する文化の中で生きることを運命づけられただけだ。わたしにとって、自信を具体化するプロセスは、自分の価値を自らに言い聞かせることよりは、社会に教え込まれたものを拒絶したり捨て去ったりすることだったのだ。

実を言えば、「あなたの自信はどこから来るのですか？」という問いには、簡潔に答えられるだろう。わたしが自分の体を受け入れるためのステップは、たった一つしかなかったからだ。気まずさを覚えなくなるまで、太った女性たちの写真をインターネット上で見ることである。それがすべてのプロセスだった（任意で二つ目のステップを踏むとしたら、自分がハーフトップを着ていることを忘れるまで、ハーフトップを着ること。そうすれば突然、ハーフトップは単なるトップスにすぎなくなるだろう。これを繰り返そう）。

とはいえ、すぐにそんなステップを始められたわけではない。だから、少し話を戻そう。

誰かとの会話で、自分のことを「太ってる」と初めて表現したのは大学二年のときだった。ルームメイトのベス――わたしが精神的に夢中になり、絶望的なほどにきらきら輝く、若い女性たちにとって唯一無二の共依存ギリギリの友情を築いていた相手――から、誰に恋してるのか話してよと押し切られたときのことだ。どういうわけか、わたしはナイル川ほどの量の涙を流しながらそれを告白したのだった。大声で答えることは耐えられなかったので、それぞれが寮の部屋の反対側の隅から無言で自分について携帯メールを送った。「あんたにはわからないよ」わたしは涙をこらえながら入力した。「あんたはみんなに好かれる人だもん」

ベスは信じられないほどの力で必ず自分の領域へ人々を引き込んでしまう、聡明で輝くばかりの磁石のような人だ。彼女はハイヒールを履いて講義に出て、サルサを踊り、ソプラノで歌い、トラックのオイル交換も射止めた鹿の処理もできた。わたしと二日前に勉強を始めたばかりだったのに「英語総合」の試験で優を獲得したし（わたしはかろうじて合格点を取っただけだった）、誰かの手を取って顔を見つめ、この世の中に人間は自分だけだという気分にさせることもできた。わたしの大学生活の半分は「こんな気持ちは初めてなんだ」と絶望に駆られて泣いている、ベスへの求愛者の行列の世話をしていたような気がする。彼らはベスこそが自分にとって唯一の人だと信じて疑わなかった（ベスはそんな考えを何も吹き込まなかったのに）のだ。

ベスは匿名の崇拝者たちから、しょっちゅう花を受け取っていた。ひっくり返りそうなほど大きな黄色いバラの花束だの、引きずるほどの植物だのには、熱狂的なラブレターが添えられていたものだ。あるとき、ベスは学校の中庭でなにげなく、レザーマン〔アウトドア用品のメーカー〕のマルチツールが欲しいなと言ったことがあった。数日後、大学での彼女の郵便ボックスに、メモもなしでそのマルチツールが入っていた。今考えてみると、あの年月は絶えざるマッチョイズムのカーニバル（暗に「きみをいつでも見ている」とでも言いたげな、匿名で贈られたレザーマンのマルチツールはとりわけ気味が悪かった）だった。次から次へと現れる若い男たちは、自分を〝完成させる〟に違いないと彼らが確信している、夢の女性の性質を備えた魔法のカクテルとしてベスを崇め、女性を参らせるものは〝誘惑〟であるという古ぼけた嘘に基づいて努力していたのだ。でも、当時のわたしたちはそんなものを笑い飛ばしていた。いっぽう、わたしは夜にベッドで一人になると、自分が女性として失敗していることを痛感し、ベッドカバーのように押しつぶされた。

わたしは遊び場でほかの子に「リンディはお前のカーーーノジョ！」と指差され、男の子を不快にさせるような女の子だった。わたしに花を贈ってくれる人などいなかったし、デートに誘ってくれる人も、ラブレターをくれる人（ベスはラブレターを〝しまっておく〟ための箱を本当に持っていた）もいなかった。浅はかで性急な愛の告白をしてくれる人も、いちゃつく人も、手を握る人も、飲み物をおごってくれる人も、キスしてくれる人も（新入生のパーティで、見境なく女の子の口に舌を入れていた男を別とすれば）いなかった。普通のティーンエイジャーの成長過程の一部なのだとさんざん吹き込まれていた、無数のロマンチックな通過儀礼のどれかに参加しようと誘ってくれた人もいなかった。わたしを引っかけた男性は全然いなかったのだ。まさしくただの一人も。そんなことが積み重なった結果は、孤独よりもひどかった。自分を不自然な人間だと感じていた。欠陥品なんじゃないかと。まったくフェアじゃなかった。

「わたしがどんなことをしたところで、あんたのほうがいつだって、わたしよりも価値があるの」わたしはベスに言った。怒りの涙が机にぽたぽたと落ちた。「わたしはずっとひとりぼっち。太ってるからね。バカじゃないし、世の中がどんなふうに動いているのか、わかってんだから」

「なに言ってんの」ベスは言った。「わたしがあんたを見てるような目で、自分を見てみてよ」

わたしはベスの確信ありげな様子が腹立たしかった。ベスはわかっていないのだ、と思った。でも、彼女はわたしよりも先へ進んでいただけだった。

太っていることをポジティブにとらえる文章をわたしが初めて新聞に書いた（または本当に、太っていることをポジティブにとらえる意思を口に出した）のは、それから四年後である。二〇〇六年十二月、『ストレンジャー』紙に映画の『ドリームガールズ』についてのレビューを書いたときだった。

「わたしはジェニファー・ハドソンがガッチリした体格だと思ったが、あなたは彼女を見ても不快にならないだろうし、自分に自信も持てるだろう。だが……太った人々もあなたの哀れみなど必要としていないのだ」

それはキャリアのごく始めのころ（そして、インターネットが年中無休で人生に侵入してくるようになる前）で、読者はまだわたしの外見を探り出していなかった。自分が太っていることを認めるのに近い記事を書いたせいで、一日じゅう不安に駆られた。担当編集者はわたしの外見を知っていた。彼女はわたしが太っていることにもう気づいただろうか？　こちらを悲しそうな目で見る彼女に腕をつかまれ、わたしの〝問題〟について同情するような微笑を向けられながら話し合わなければならないのか？　わたしはあなたの哀れみなど必要としていない、とたった今、言ってしまったことによって。

当然ながら、編集者はそのことに触れなかった。彼女がそれに気づいたかどうかさえわからない――あの文章を読んだとき、彼女が頭の中にわたしの体を思い浮かべたかどうかも。おそらく思い浮かべなかったのだろう。当時は思いもよらなかったが、太っていることを〝カミングアウト〟するのは、自分を受け入れた人が思いつくことだ。わたしはいつも考えていた。もしも自分が太っていることを決して認めなければ――絶対に水着姿にならず、テレビでの肥満に関するジョークに異議を唱えず、〝着映えする〟服だけを着て、〝太っている〟という言葉を口に出さなければ――もしかしたら、わたしが太っていると気づかれることはないのではないかと。もしかしたら痩せた人として、少なくともおとなしい人として、通るのではないかと思っていた。けれど、だんだんわかり始めた。本当の自分を認めないまま、自分自身を擁護することはできないと。

同時に、わたしは『ドリームガールズ』のレビューでこの言葉にこだわったことをとても誇らしく思った――見逃されるはずはない、出だしのパラグラフで。あまりにも長い間、必死に隠そうとしてきたことをとうとう表明（できる限り曖昧なやり方だったとしても）して、気分爽快だった。レトリック的に見れば、それはいくつかの概念を一度に無駄なく伝えるものでもあった。太った人々は誰かの自尊心を高めるための引き立て役として存在するのではない。太った人々は誰かの感動ポルノ〔感動という快感を煽るための消費対象として利用されること〕ではない。太った人々は有能で美しくて才能がある人間になれるし、誰の許可ももらわなくたって、自分を誇りに思えるのだ。

　ベスとのあの会話で、わたしの自己像がそれほど変わったわけではなかった。その後ようやくいちゃついたりセックスしたりする相手を見つけたが、路上で声をかけられたわけではなかったし、彼から恋人と呼ばれたこともなかった。彼はサスクァッチ〔アメリカで目撃される未確認動物〕の存在を信じていて、「おれは飲んだくれのアイルランド男《アイリッシュマン》さ。母ちゃんから『あんなになるんじゃないよ』と言われるような」と書いてあるTシャツを着ていたし、やがてはミンディとかいう、紛らわしくて腹立たしい名の誰かのためにわたしを捨てた。別れ話のとき、わたしたちは大声をあげながら喧嘩し、それは彼が派手な身振りでドアをわたしの目の前でバタンと閉めようとするところでクライマックスに達した。でも、彼はガレージを通って中に入るじめじめした地下室で暮らしていたから、ガレージのドアのボタンを断固とした態度で押し、そこに立ってにらみつけるだけだった。ドアがウィーーーーーーーーーーーンと音をたてて完全にゆっくりと閉じるまで。帰りのタクシーで泣いていたら運転手に口説かれ、わたしの中の小さな声が「あんたは気をよくしてもいいんだよ」と思い出させてくれた。

　多くの男たちがわたしとセックスしたがった――わたしは気軽にデートし、夜には携帯メールをもらった――ただ、彼らは二人でレストランに行きたがらなかったし、会社のパーティにわたしを連れていきたがらなかったし、一緒にクリスマスプレゼントを開けようとはしなかった。客観的に見て自分に性的魅力がないのだろうと納得しようとすることはわりと簡単だったが、真実はもっとつらいものだった。わたしには象徴的な意味で恥ずべきところがあるというわけだったのだ。男たちはわたしを嫌っていたのではなく、わたしとつき合う自分自身を嫌悪していた。でも、なぜ？

「なぜ、自分はこんなふうなのだろう？」という疑問にわたしは苦しめられていた。メディアは、どこかに存在する、パンの代わりにクリスピー・クリームのドーナッツを使って作った奇妙なサンドイッチのせいでわたしが太っているかのように言う。でも、絶対に違う。そんなサンドイッチを食べたら、間違いなく覚えているはずだ。インターネットトロールたちはわたしが太っているのは夕食時にバケツからラードを食べているせいだと言うが、そんなことをしていたらおかしいだろう。トブラローネ〔三角形の蜂蜜ヌガー入りのチョコレート〕を性具に使っているせいだとも言われたが、そんなのはカロリーを摂取するのにちっとも効果的な方法ではない。わたしが太っているのは、人生が肉体的な、感情的な、そして文化的な力の恐ろしいうねりであり、自分で制御できることもできないこともあるものだからだ。人生とはそういうものだからだ。

　子どものころからダイエットや運動について説教されてきた、大半の太った人と同じように、わたしも栄養素やフィットネスについて途轍もなく多くのことを知っている。何年にもわたってお金をつぎ込んできたおびただしい数の栄養学の講座だの、病院が後援している減量プログラムだの、栄養士の個人指導だの、目に涙があふれるほどのセラピーセッションだのを思うと、怒りのあまり歯ぎしりしてしまう（そのお金があれば、何台のジェットスキーを買えたかわかる？一台は絶対に買えた！）。バナナ一本や卵一個、あるいはアーモンド六粒のカロリー、または冷凍食品「リーン・キュイジーヌ」の「サンタフェ・スタイル・ライス・アンド・ビーンズ」のカロリーもすらすらと言える。スペルト小麦のパンとエゼキエルパンの違いだって知っているし、レモン果汁からおいしい〝ソース〟ができることだって知っている！　あなたが知りたいなら、スクワットやランジといった筋トレの適切なフォームも、ケトルベルスイングの正しいやり方も教えてあげられるだろう。脛骨過労性骨膜炎かどうかを診断することもできる。バスケのジャンプシュートのフォームを修正してあげることも可能だ。

でも、どうにか減量できたためしはなかった――著しく減らせはしなかった――し、そのささやかな成功も、普通とみなされる食事のパターンを通じて成し遂げられたものではなかった。専門家たちに教えられた制限の程度は体を〝修理〟するのに必要だというもので、喜びに満ちて充実した人間の暮らしを本質的に締め出すような内容だった。

それは飢えとともに生きるのを学ぶことだった――〝軽い〟という感覚とともに生きることだと、わたしの栄養士が言っていたのを覚えている――あるいはチアシードや、お腹の中で膨らんでかさばって粘着性のあるジェル状になるサプリメントで体内を満たすことだった。午前七時の朝食から午後一時の昼食の間にどうしても何かを食べなければならないなら、アーモンドを六粒（どんなダイエット法でもこの助言はされそうだ）食べるようにしなさい。すでにその日のアーモンドの割り当て分を食べてしまったなら、リンゴ一個を食べなさい。とても歯ごたえがよくて、とても満足できるから。これが単なる栄養学の授業なら、そこにいる全員が、たった一個のリンゴがどんなに新鮮で満足が得られるものかということに同意するだろう。

ある日、リンゴを称賛する無意味な集まりの最中、その講座でわたし以外にただ一人だけの太った男性（ほかのみんなは本当に、郊外に住む裕福な母親たちで、出産のせいで増えた最後の四ポンドを落とそうとしていただけだった）が手を挙げ、恥ずかしそうに発言した。彼はリンゴを食べたあとに吐き気を催すことがあるということだったが、それはわたしも苦労していた不思議な現象だった。いったい、どういうことなのだろう？　治す方法はあるのだろうか？　栄養士は、最近読んだ本にこんな研究が書かれていたと話してくれた。それによると、長い間肥満でいると、リンゴに含まれる酵素が体内で増えているほかの酵素と結びついて、吐き気を催させる場合があるのだという。ということは、基本的に、わたしたちみたいに太った人間が吐き気を感じずにまたリンゴを食べられるようになりたいなら、「リンゴしか食べないダイエット法」のような、さらに極端な方法を取る必要がある。つまり、肥満を治す唯一の真の方法としては、太っていなかった昔に戻って、そもそも太らないようにするしかないのだ。わたしは涙をこらえきれず、それから声をあげて笑い始めた。まったく、なんてサイコーの人生なの？

ちょうどそのころ、まるで天からの贈り物のようにレナード・ニモイ〔アメリカの俳優、映画監督〕の「フル・ボディ・プロジェクト」のことをネットで知った。そのときまさに、わたしに必要だったものだ。そこにあった写真は白黒で、主役は太っている裸の女たちの一団だった。破顔したり微笑したり、お互いに抱き合ったり、ひるむことなくカメラをじっと見つめたりしている。ある写真ではギリシア神話に登場する「三美神」のように怠惰に体を揺らしていて、別の写真では、スーパーモデルたちが重なり合った、ハーブ・リッツ〔アメリカの伝説的写真家。肉体美を強調した、ダイナミックなモノクロの人物像を得意とした〕の有名な写真をオマージュしている。太った女性たちが軽蔑の的としてではなく表現された姿を、わたしが見たのは初めてだった。

わたしはクリックし、ざっと写真に目を通し、肩をすくめると、クリックしてほかのサイトに飛んだ。

そして、またクリックしてプロジェクトの写真に戻った。

ひどく落ち着かない気持ちだった。〝そういうのは隠しておくことになってるって、この人たちは知らないの？〟わたしはこれまで明かりを消さずに地下室でセックスすることなどなかったというのに、あなたたちは自分のおへそがどんな感じなのか、人に見せてもいいと思ってるなんて！

同時に、心の奥深くで何かが開き始めるのを感じていた。もし、わたしの体が隠す必要のないものだとしたら、どうだろう？　もし、わたしがずっと間違っていたのだとしたら？――もし、こんなことはすべて手品みたいなもので、ただ自分に価値があると決めるだけでよくて、そうすればそれが真実になるのだとしたら？　これまで、どうしてそんな決断を、自分を嫌悪する見知らぬ人の手に委ねてきたのだろう？　みずから価値ある存在であろうとする人々への否定は、信じられないほど陰険な形の感情の暴力として表れる。社会の主流から取り残された集団を小規模なままおとなしくさせておくため、我が国の文化が積極的に、あらゆる場面で振りかざしている暴力なのだ。そんなゲームからすっかり手を引くことができるとしたら、どうだろうか？　一息ついて考えた。栄養士からメールが来たが、〝アーモンド強制収容所〟の次の回には申し込まなかった。

　わたしは「フル・ボディ・プロジェクト」を見ずにはいられなかった。まさしく人生で初めてのことだった――わたしのような体形の人がからかわれたり攻撃されたりするのではなく称賛され、軽蔑ではなく威厳を持って公開され、ジョークの落ちとしてではなく美の対象として表現されているのを目にするのは。とてもシンプルなやり方だったが、実に核心を突いていた。ニモイは自分のモデルたちについて言っていた。〈ぼくは彼女たちに「誇りを持ってくれ」と頼んだんだ〉。「太っていても自分の体にプライドを持っていい」というのではなく、単に「自分の体にプライドを持つことができる」のだということに、わたしは初めて気づかされた。そのうえ、大きいことは力強いものでもあると。

わたしは肥満であることを嫌悪している。人々がわたしを見る目つきや、見るまいとして目をそらすしぐさを嫌悪している。自分がジョークにされることを嫌悪している。目立ちすぎる状態と無視される状態の中間で、混乱することを嫌悪している。わたしのことなど何も知らない人間が、死の危険がありそうだという大きなお世話でわたしの人生を味気ないものにしようとすることを嫌悪している。重い体重と関連する疾患で本当にわたしが死んだら、自分の偏見の正当性が立証されたと一部の人たちが感じるだろうことや、あからさまに祝う人間もいるだろうことを嫌悪している。

わたしは肥満であることを愛してもいる。自分の肩幅の広さに安心感を覚える。わたしは難攻不落の人間だ。相手を威嚇できる。わたしは極地の砕氷船だ。歩き、上り、物を持ち上げ、誰かのために瓶の蓋を開けてあげられるし、パンチを受けても倒れないし――文字どおりの意味でも比喩的にも――ほかの女性のための何かになれる。自分よりも小柄な女性や弱い女性、わたしを必要とする女性たちのためになれるのだ。骨は鉄のように強固に感じられる――重いけれど、強い。かつてのわたしは、我が国の文化において太っていることは溺れているようなものだ（嫌悪や非難の海に溺れ、涙を拭いたティッシュの海に溺れるのだ）と言っていた。しかし、最近では、太っていることはむしろ燃えているようなものだと思う。三十年間も火の中にいたから、わたしの鉄製の骨は鋼鉄になっている。

もしかしたら、あなたは痩せているかもしれない。ハイキングコースを歩くあなたは健康で美しくて人から好かれ、わたしはあなたをとても誇りに思い、細くても強い体の輝きに畏敬の念を抱くだろう。そしてわたしは荒い息をつきながら、あなたより何マイルも遅れて歩いている。でも、あなたは山を登るのにこれほど太った体を運ぶわけじゃなかった。痩せた自分自身を運んだだけだ。もし、あなたがわたしを運ばなければならなかったとしたら、どれだけ呼吸が乱れるだろうか？　きっと運べなかっただろう。でも、わたしはあなたを運ぶことができる。

　わたしは太った女性たちの写真を見ることの虜になった。夜も遅くなると、タンブラーの「ファット・ポジティブ」のタグをこっそりクリックした。モルモン教徒のティーンエイジャーがインターネットでポルノを見るみたいに。研究によって明らかになっているが、あるタイプの体形を目に見えるようにさらけ出すと、そうした体に対する人々の感じ方は変わる――言い換えれば、太った人々の写真を見ることによって、太った人々への好意が増すということだ（永久に覚えておくべきこと：表現することは重要である）。

　フランセス・ロッキーという名の快活なオーストラリア人の天使によって運営されている「ヘイ、太った女性たち《ファット・チック》」と名づけられた写真のブログを見つけた（今は残念ながら存在していない）。毎晩そのブログを、宝石職人や外科医や暗号解読者並みの熱心さでじっくりと研究した。それは純粋で解放された喜びであり、とてもシンプルなことだった。太った女性たちが――わたしより大柄な者もいれば、わたしより小柄な者もいた――いろんな服を着て何かをやって、ほほ笑んでいるだけのものだった。生活を送っているだけだ。それだけのこと。彼女たちは薬に等しかった。彼女たちの一人一人が、頑だったわたしの心をほぐしてくれたのだ。

まず、それまで教え込まれてきたような、彼女たちが大胆に体を見せていることに反射的に覚える気恥ずかしさがなくなった。猥褻だとか無防備だと感じることがなくなったのだ。わたしの最悪の秘密を覆ったヴェールも、一緒に誰かに引きはがされたみたいだった。

次に、彼女たちは当たり前の存在になった。ありふれたものに。ニュートラルなものになったのだ。太い腿やたるんだお腹は、ほかの人の体と同じように単なる体にすぎなくなった。彼女たちの生活は、ほかの人たちの生活と同じようにただの生活だった。わたしの生活と同じように。

そして、ある日、彼女たちは美しくなった。わたしは彼女たちのように見られたい、彼女たちのようになりたいと思った——ハーフトップから、見えてはいけない体を見せたかった。ランジェリーの山に旗を突き立てたかった。女性というものは自分たちが消費するために存在するのだと平気で思い込んでいる、ちっぽけで口さがない男たちを遠ざけたかった。女性の現実の体という、文字どおり自分の根本であるものに向き合うことに尻込みしてしまう自分の臆病さもさらけ出したかった。わたしはちっとも不自然な人間ではなかったのだ。不自然な人間だとわたしに教え込んだ文化的な態度こそ、本当に嫌悪すべきものだった。わたしの体は一種のチャンスだと気づいた。わたしの体は政治的なものだ。ただ存在することによって、世界を動かすのである。なんてすばらしい贈り物だろう。

真っ赤なテント

二〇一〇年八月、『ストレンジャー』紙に「ヴァション・レッドテント」という名の組織からメールが届いた。それは「レッドテント・テンプル・シスターフッドがヴァションへやってきます」という宣伝だった。ヴァションというのは、シアトルからフェリーで行ける島だ。おもにニンビー〔NIMBY＝「我が家の裏にはやめてくれ」の略語。ゴミ処理場など不快なものを近所に作ることに反対する人〕なヒッピーや、ニンビーなヤッピー〔若いアッパーミドルクラスの都市型労働者〕や日曜農家、リカンベントバイク〔自転車の一種で、寝そべるようにして乗る〕に乗った魔法使いのような人たちが暮らしている。ヴァション・アイランドの学校にいる子どもたちの、まあ四分の一は予防接種を受けていない。「レッドテント・テンプルのムーブメントは」とプレスリリースには書いてあった。「アメリカじゅうのあらゆる街で、わたしたちの物語を称え、ヒーリングへの理解を広めるための催しを行なう。そこにはあらゆる年代の女性たちがお互いの支援と、毎月の月経周期の支援のために、定期的に集まっている」と。

このムーブメントを引き起こしたアニータ・ディアマントの小説『赤い天幕』〔邦訳は青木久惠訳、早川書房 二〇〇一年〕についてわたしが知っている唯一のことは、あるとき、大学時代のルームメイトがそれを読んで、みんなにこう宣言したことだ。「森の中で出血する」ために出かけたい、と。このリリースはよい前兆に思えなかった。明らかに、このイベントはわたしにとって最低の悪夢になりそうだった。だが、どうやら『ストレンジャー』紙はすぐさま、わたしが参加すると返事を出したらしかった。

わたしは友人のジェニーを一緒に引っ張っていき、なんとかフェリーに乗った。隣の座席には長い縮れ毛でハイウエストのジーンズを穿いた女性がいた。彼女が着ていたTシャツには、サングラスをかけてサクソフォンを吹いている猫が描かれ、絵の上には「ジャズ・キャッツ」と書いてあった。「女性になるにはいろいろな道筋がある」とわたしはノートに書いた。ジェニーとわたしは「月経のテント」に行くのに遅れそうだったが、とにかく食料品店に立ち寄って箱入りのワインを数本と、切望していたジェリー・ビーンズを買った。そして駐車スペースに座り込んでジェリー・ビーンズを貪り食い、時間が許すかぎり酔っ払った。

わたしの姉はこういうことにのめり込んでいる。儀式を愛しているのだ。彼女は家に設けたビーナスの祭壇のために貝殻を集め続けたり、こっそりと木立の枝にリボンの切れ端を結びつけたり、薬を作るために魔法の水をすくって小瓶に入れたりしている。姉といると、なんだかいつも魔術が行なわれているように感じる。ヨーロッパを二人で旅したときは（マグダラのマリアに関する聖地巡礼だった。ひえー）当然のようにストーン・サークルにも魔法の井戸にも行った——踏み越し段をドシドシと乗り越え、ゴツゴツした岩山に登り、必ず妖精たちのためにささやかな捧げものを置いてきたのだ。コーンウォールでアクアマリン色の洞窟を見下ろしていたとき、姉がこう言ったことがあった。「ねえ、人魚たちが見える？　あの岩に腰かけてるよ」見えないよとわたしが言うと、姉に哀れみのまなざしを向けられた。「ヴァション・レッドテント・テンプル」へ行く途中、姉に携帯メールを送って助言を求めた。「月経のテントとかいうとこに、新月の祝いに向かってんだけど」とわたしは書いた。「嘘でしょ」と姉は書いてきた。「ほんとだってば！　何か助言ある？」「新しい流れに対してオープンなままでいて、これまであんたを充分に生かしてくれた古い血にさよならすること」まあ、姉なら、こういうのは心得たものなのだ。

現場に着いたが、わたしはもう少しでそこへ入るのをやめるところだった。あまりにも親密で異質な空間だったし、わたしは母と同様に論理的な人間だったからだ。魔法のことは現実逃避としては好んでいる——この世界を舞台にしたファンタジー小説にはほぼ耐えられない（初めて『ハリー・ポッター』の小説を読んだとき、こんなふうに思った。「ねえ、これってドキュメンタリーじゃないの？」）——超自然世界をまるで現実であるかのように扱うことは、それが実際どれほど嘘っぱちかを強調するだけだ。とにかく、わたしたちはそのテントに入った。中へ入って靴を脱ぎ、赤いスカーフで手作りされた天蓋の下でクッションに座っている女性たちの輪に加わった。実際のところ〝テント〟というよりは、コミュニティセンターに築かれたクッションの砦みたいなものだったが、ちゃんと役目は果たしていた。

女性たちはチョコレートについて話しており、微笑ましくてありふれたおしゃべりだったから、わたしはたちまち彼女たちに好意を持った。「絶対にチョコレートの女神はいるはず」「どこかで読んだんだけど、チョコレートを作ってる分子はとても特殊だから、ほかの惑星から持ち込まれたものかもしれないんだって」ある女性が「ハーシーズ」のチョコバーをみんなに回した。「このチョコレートは前よりもいいものになったはず。こんなに多くの女神たちの手を渡ってきたんだもの」わたしの隣の女性が感謝の気持ちを込めて言った。

それから詠唱があった。この輪のリーダーのイスラが言った。今はイエス・キリストが存命のころ以来起きていなかった「カーディナルクロス」という占星術上の配置になっているため、彼女やほかの地元の「エンジェル・ヒーラー」たちは〝そのエネルギーをキャッチすること〟でとても忙しいのだと。世の中の状況は悪くて暴力的だとメディアは言っているが、今は実際のところ、歴史上で最も平和な時期なのだとイスラは説明した。わたしたちはネガティブなものに焦点を当てるべきではないというのだ。あとでエンジェル・ヒーラーとは何かを尋ねたところ、姉は言った。「そうね、ほら、天使ってエイリアンと同じようなもんでしょ。たぶんエイリアンがチョコレートを持ってきてくれたんじゃない」カーディナルクロスについては、姉はこう話した。「もし赤ん坊を作るつもりなら、明日がいいと思う。すばらしい赤ちゃんになるよ。宇宙の写真を今すぐ送ってあげる。今の宇宙は驚くほど制御不能の状態なんだよ」

わたしとジェニーは、輪になっていたみんなと一緒に、これから来る月の周期に対して自分の〝意図〟を宣言した。ほとんどの女性は〝顕現〟とか〝バランス〟とか〝リズム〟といったものを含む、わたしには理解できない意図を述べていた。ある女性は、自分の意図は「レイプを終わらせる」ことだと言った。わたしはアパートメントを整理することだと言い、平凡だったなと思った。女性たちは全員が賛成してくれた。全員が賛成することが、「月経のテント」での肝心な点なのだ。プレスリリースでは「若い女性たちがさまざまな質問をして、完全に受け入れてくれる指導者《メンター》を見つけられる」と約束されていたし、「月経のテント」は確かにその約束を果たしていた。

「あなた、今日はなんだか違って見える」一人の女性が別の女性に言った。「でしょ?」彼女は答えた。「昨日、二十四本のDNAの鎖を活性化させる、DNAアクティベーションを受けたの。まったく新しい人間になった気分」まわりの女性たちは興奮してクスクス笑った。それはどういう意味なのかとわたしは尋ねた。彼女の説明によると、人間の体には二本のDNAの鎖に加えて、二十二本のスピリチュアルな鎖があり、それはクリスタルの杖を持つ、特別な訓練を受けた女性によって〝活性化〟することができるのだという。その過程には十時間かかったそうだ。「ほかに、歩いて通り抜けられる黄金の扉もあるんです」彼女は言った。「でも、それはもっと人数の多いグループのためのものだから」すると、別の女性が、DNAアクティベーションはマヤ暦と関係があるのだと説明した。わたしは相変わらず理解できなかった。姉は

DNAアクティベーションについては何も知らなかったが、あるシャーマンに会いに行ったときのことを話してくれた。そのシャーマンにはジャガーの霊魂がいて、それが姉の背中に取りついていた霊を食べてくれたのだそうだ。そっちのほうが、DNAがどうこういう話よりもすてきに聞こえた。

ジェニーとわたしはもてなしてくれた女性たちに礼を言うと、外に出て車によろよろと戻った。クッションの上で脚を組んだまま何時間も座っていたせいで、太腿がしびれて痛かった。わたしたちはジェリー・ビーンズをまた食べて、自分の気持ちについて話し合った。

本音を言うと、こういった事柄のほとんどをわたしは信じていない——そして、こういうのは信じることで効果が生まれるのだというのも眉唾だと思う。けれども、赤いテントの下でクッションに座っていた親切な女性たちには本当に効果が表れていたようだし、数時間、脚を組んで座って彼女たちの世界にいたことで、驚くべきことに、なんだか元気をもらった。こんな表現を使う気はなかったが、「自分の血管を満たす」機会が女性にいつもあるわけではないことに同意する。わたしの父は一日じゅう働いていたが、母も一日じゅう働いていて、さらに家に帰ってくると夕食を作った。女性は多くのことをやっている。女性はすばらしい。

オフィスに戻ったわたしは、やるべき仕事が「月経のテント」を物笑いの種にすることだとわかっていたが、そうしたくなかった。あそこにいた女性たちはとても親切だったし、とても熱心だった。彼女たちを傷つけて何になるだろう？　誠実さというものはいいカモになりやすいが、わたしは人生から誠実さを排除したくない――それは寂しい生き方だ。

以前のわたしは、クールであろうとしていた。他人やセレブや自分自身のことなど信じていないと口にしたものだ。安っぽい〝痛烈な〟笑いを取るために意地悪なジョークを記事に書いた。底の浅い友情のために、大切な友情をないがしろにした。自分はフェミニストではないと言い張っていた。つまらない男たちに好意を持ってもらうことを望んで、彼らが軽口や冗談のつもりで口にするミソジニーにうなずいていた。

自分は超自然の力になど影響されないと思っていたが、もしもあの「月経のテント」がなかったら、どんな人間になるかは自分で選べるということを理解するまで、どれほどの時間がかかっただろうか？　率直になる？　それとも、閉鎖的になる？　親切になる？　それとも非情になる？　霊的なジャガーを選ぶ？　それとも、霊に取りつかれたままでいる？　怠惰な文筆家（物事を嫌悪するのは簡単だ）になる？　それとも、多才な文筆家になる？　わたしは来世を信じていない。わたしたちは生きて、それから生きることをやめる。わたしたちは存在し、それから存在することをやめる。つまり、いい仕事をするためのチャンスは一度しかないのだ。わたしはいい仕事をしたい。

「ハロー、わたしは太ってます」

二〇〇九年、『ストレンジャー』紙の仕事を始めてから約五年が経ち（四年間はフリーランサーとして、一年間は社員として）、わたしはどうしても口にキスをしようとしない男と気軽な交際をしていた。彼はいい人だった。キス以外の点では優しかった。実を言えば、つき合った男たちはみんな善人だった――サスクァッチを信じていた、ガレージのドアの一件があった男でさえも――けれども、誰もが汚水処理タンクのようなひどいところで育ったも同然だった。若い男たちに、太った女性への接し方を教える人はいなかったのだ。

『ストレンジャー』紙で働けたことは、わたしの人生で最高のことだ。自分が十代のころから夢中になっていた天才たち（デイビッド・シュメーダー、チャールズ・ムデデ、イーライ・サンダース）から記事の書き方や新聞社の経営の仕方を学んだ――同紙は常にリスクを恐れず、選挙結果を変え、ほぼ束縛されない自由な編集で新聞を発行し、わたしがいつも誇りに思っていた倫理と不遜とのバランスをうまくとっていた。わたしがフルタイムの社員に加わったころ、ダン・サヴェージ〔『ストレンジャー』紙の論説委員、作家。『キッド―僕と彼氏はいかにして赤ちゃんを授かったか』（大沢章子訳、みすず書房、二〇一六年）など著書も多数〕はすでにメディアで有名になっていて、編集長から論説委員へと、より権力があり、より責任が少ない地位への昇進を目論んでおり、あまりオフィスにいなかった。とはいえ、部署の文化の中心はダンだったし、ほとんど不在でも、彼は仕事を充分にやっていた。

　ダンは数週間おきに会議を開き、いつも最も生産的で、最も騒々しい人だった。何カ月か出張に行っていたかと思うと、日々やっつけ仕事しかしない市庁舎の番記者たちをかき分けて地元の政治家を質問攻めにするため、選挙の候補者のインタビューに現れる。ウッドチャックみたいにオフィスから出てきて、微妙な話にひねりを加えるための正確な方法について腹立たしくなるほど見事な命令をくだすので、わたしたちは当惑した。ダンは社内パーティが開かれるたび、その翌朝にしつこくメールを送ってきて、自分のデスクの上に余ったシートケーキ〔パーティなどで出る四角の大きなスポンジケーキ〕を覆いなしで置いておくようにと念を押した（固くなったケーキが大好物なのだ）。わたしは入社して最初の週に、編集者としてのダンへの期待に折り合いをつけるおまじないを教えられた。すなわち「沈黙が称賛である」だ。ダンから何も言われないかぎり、あなたはいい仕事をしているということなのである。狭いオフィスで、ダンをテーマにしてギルバート・アンド・サリヴァン風に芸の細かいミュージカルナンバーを即興で作った二人の編集者を思い出す。「きみたちが泣くなら、わたしは嘲笑うだろう！」と彼らは歌った。ダン、偉大にして厄介な人だ。

　経営者としてのダンが唯一無二の変わりものだとしたら、編集者としての彼の感覚——明敏な風刺やご機嫌で辛辣な反抗、どこを狙ってどの角度から攻撃するか——は、十年にわたるわたしの執筆経験でほかに出会ったことのないものだった。かつて一緒に働いたことのある誰よりも、ダンは要点をとらえる方法を心得ていた。その異常なほどの能力のおかげでダンは有名になったし（彼は偉大な評論家だと思う）、厄介事に巻き込まれる羽目にもなった。

みんなと同様に、ダンもしくじる。みんなと同様に、ダンも問題との正しい向き合い方をすぐに見つけられない場合もある。何かについて意見があるとき、ダンは彼に魅せられた何百万という読者に対して生き生きした、断固たる文で表現する——何度も何度も。頑固であるのと同じくらい、彼は多作でもあるからだ。さらに、ダンはみんなと同様に、批判されたときは強情で弁解がましい。とてもおもしろくて賢明な人だから、とても嫌味な人間にもなれる。そんな人間がたまたま誤解して、完全に正当な批判を小さな中傷と思い違いした場合、自分の人間性のために抗議してきただけの批判者に対して寛容さではなく冷笑的な辛辣さで反応してしまうため、非常にたちが悪くなる。

これは人気者であることの大きな呪いだし、無名であることの大きな贅沢を示唆している。あなたの声を聞いてくれる人しか、あなたの失敗を気にかけないのだ。失敗によって人は騎士に祭り上げられたり、うっかり者扱いされたりする。

わたしの個人的で感情的な悩みにとっては不運なことに、二〇〇五年から二〇〇九年にかけて、ダンは〝肥満の蔓延〟とかいうテーマにのめり込んだ。そうなったのは彼だけではなかった。自分の人間らしさはBMIに左右されないのだという考え方をわたしが恐る恐る表明したのと同じころ、ほかのアメリカ人たちは〝肥満との戦い〟を宣言した。彼らは太った人々を嫌悪するのが正しいことだという、多くの理由を煽り立てた。わたしたち、太った人のひどく不快で性的魅力のない体が理由であることは言うまでもなく（実に古典的な話だ！）、肥満の人は医療制度に損失をもたらしているとか、飛行機の座席の肘掛けを独り占めしているとか、〝子どもたち〟に与える影響がどうこうとか、暴飲暴食をやめて質素倹約の生活を送ること（さまざまな意味で適度であり、道徳にかなう痩せた人々のように）が哀れにもできないとか、それを頑なに拒んでいるとかいったことも理由とされた。ああ、それから、肥満との戦いはわたしたちの〝健康〟のためにもなるというのだった。何しろ、彼らはそれを心配しているのだからと。彼らは、わたしたちのためを思って、言葉で虐待しているのだそうだ。ある集団を助けたいと言いつつ、なんの役にも立たない方法をとっている——おわかりだろうか？　その集団を根絶しようと言い張っているのだ。

ダンもそんな流れに乗っていたし、わたしは彼を責めはしない——それは当時はとても一般的な（しかも、自己満足できる）姿勢だったし、現在よりもその度合いは強かった。太った人々について〝ありのままを述べる〟ことは、よろしくないことだと思われていた（本当は〝そんな人間〟じゃないとか、太った人にはその意味が理解できないのだとでもいうように）。そのことも、わたしには理解できる。わたし自身、それと同じ思考パターンからある程度抜け出したのはつい最近だった。太った人たちの写真をどう見たらいいのかを学ばなければならなかったし、自分もその一人なのだ。

問題は、太った人々がはなはだしく不当にお化け扱いされていることと、アメリカの〝肥満の蔓延〟の根源はおもに構造的な貧困や農業《アグリ》ビジネスにあり、そういったものによって搾取されている人にあるわけではないことだ。アメリカのめちゃくちゃな医療に伴う問題は、不合理な医療制度に完全に起因しているのであって、その制度の中で生き延びようとしている（多額の金を払ってそのサービスを利用している）人々に原因があるのではない。近年の調査によってわかったことだが、健康リスクの増大と関連するものは体の大きさではなく、座っている時間が長い生活習慣だという。そして、太った人々は外的要因と内的要因が不可能なほど複雑に絡まり合った生活を送る人々で、実際のところ、本人にはなんの責任もないことがわかっている。ケイト・ハーディングとマリアンヌ・カービィが共著『太った集団からの教訓』〔Lessons from the Fat-O-Sphere・未邦訳〕で述べたように、健康は道義的な義務ではないのだ。

だが、食の砂漠〔生鮮食料品の入手が困難な地域〕や学校給食やトウモロコシの助成金の問題を改善したり、機能不全を起こしているか存在すらしていない公共交通機関の問題を解決したり、安全ではない歩道や公園を直したり、医療や心のケアや最低賃金や自分自身の不安感を改善したりすることよりも、太った人々を個人的に嘲笑ったりバカにしたりするほうが簡単だ。だから〝自己責任〟

がその妥当な理由とされ、そして、わたしの上司も同じ流れに乗ってしまった。

それは当時、あらゆるところで耳にしたのと同様のたわごとだった――太った人々には誤った信念や暴飲暴食の習慣があるという横柄な決めつけであり、健康に関するもっともらしい反証が染み込んだものだった。ダンがおもに固執していたのは、別に死が差し迫っているわけではないと言い張る太った人々（わたしのように）の言い分を否定することらしかった――ダンは激しく、また執拗にこう主張した。「肥満でも健康でいられるという、公共の健康を損なう思い上がった立場をとることをわたしは拒絶する」と。

二〇〇四年にダンが発表したコラム――彼の肥満嫌悪《ファットフォビア》に基づく多くの非難の根本が書かれたものだが、その中で彼は、ローライズジーンズを穿いた女性、特に「太った女性」に関するいらだちを述べた。若い女性に対してこうした非難の言葉が与える影響を、小さく見積もって。

〈これは我々がどれほどくだらないものを食べているか――あるいは、ローライズジーンズを穿いた人の姿がどれほどおぞましいか――について、何百万もの、愚かで暗示を受けやすい若い女性に摂食障害を起こさせずに話すことはできないという思い込みに関する記事である……拒食症はいけないという我々の強迫観念……それはアメリカ人の真の摂食障害（我々が食べすぎで、太りすぎであること！）を隠すだけでなく、喫煙とほぼ同じくらい、毎年多くの人を死に至らしめる肥満との戦いの努力を挫折させている。比較すると、摂食障害で死ぬ人間は、毎年ほんの一握りだ。若い女性の健康と幸福を本当に案じるのなら、若者の間で急増している肥満に関連する病気――II型糖尿病のように――の割合をもっと心配すべきだろう。拒食症と、ローライズジーンズに対するわたしの低評価との関連を心配するよりはマシだ〉

オーケイ、おじさん。わかったから。あなたはローライズジーンズが気に入らないってことね。

二〇〇五年のダンの書である『誓います――結婚できない僕と彼氏が学んだ結婚の意味』〔大沢章子訳、二〇一七年 みすず書房〕が、太った人間に対する当時の彼の態度の方向性を最もよく要約しているだろう。

〈二日後、サウスダコタ州スーフォールズのあるウォーターパークで、わたしは二つのことにはっと思い当たった。一つ目は、アメリカでの肥満の蔓延を否定する人は、サウスダコタ州スーフォールズのウォーターパークへ来た経験がないということだ（アメリカのウォーターパークの所有者は水と塩素に使う多額の経費を節約できているに違いない。波が立つプールの深いところで、息子のD・Jと浮かびながら、テリー〔ダンの夫〕はプールの水かさがものすごく上昇しているのを観察していたという。もし、我々のまわりに浮かんでいるサウスダコタの人々が同時にプールから出たら、水の深さは六フィートほどは下がるだろう）〉

わたしたちは見るのもおぞましくて、邪魔になって、ジョークにまでされる存在なのだ。

おそらくわたしは、これだけならなんとかやり過ごせただろう――なにしろ、こういう攻撃は実生活でもあらゆるところからやってくるのだ――けれど、予期しなかった副次的な影響は、何人かの目ざといインターネットトロールがわたしの太った体とダンのファットフォビアを結びつけたことだ（肥満に関するどんな投稿欄にも、彼らのぞっとするコメントが載っていた――「わたしはこんな人たちとファックしない。彼ら彼女らはあなたの上に座って圧死させてしまうかもしれない。もちろん、彼ら彼女らがあなたを捕まえられたらだが。最善の策はこれだ――上り坂を走れ。そうすれば追いかけてきた人間に心臓発作を起こさせ、坂を引き返させることになるだろう。後続の太った人々を道連れにしながら」なんて記事を出す新聞社にいることは、少しもあんたの支えにならないだろう、といったコメントが）。

この体のせいで上司から嫌悪されていると知ってどんな気分かと尋ねるコメントを、わたしはあちこちで寄せられるようになった。ダンから嫌われてはいないことはわかっていた――わたしたちはいつもうまくやっていたし、彼のおかげでライターになれたのだ。それに、ダンから称賛の言葉をもらうことさえあった！――でも、本当に彼がわたしを嫌悪していなかったなら、どうしてファットフォビアの記事の執筆をやめなかったのだろう？　太った人々について書くことは、このわたし、リンディ・ウェストについて、同僚であり友人でもあるわたしについて書くことであると、なぜ彼は思わなかったのだろう？　なぜ、わたしは従業員として、職場でそんな仕打ちをされることに耐えるべきなのだろう？――同じ会社で、わたしは年俸三万六千ドルのために汗水垂らして働いているんですけど？　さらに大事なことだが、太った読者についてはどうなのだろう？　わたしのブログを読んで、わたしが彼らを応援していないととらえる人がいることもわかった――ダンの主張に、わたしが間接的に同意しているかのように読み取れたのだろう。それはわたしがダンの共犯であり、自分を嫌悪していることでもあると暗示していた。わたしは戦わない人たちの仲間に加わりたかったのだろうか？

ハーフトップ、ショートパンツ、口にはキスをしないこと、ガレージのドアがウィーーーーンと音をたてて閉まったこと、ルームメイトのベスがもらった花、完璧な血液検査、インターネットトロールたち、くだらないサスクァッチについて話しながら地下室で過ごした一年間（「サスクァッチが食べるものを見つけて、それがあるところへ行くだけでいいと思うけど！」）。そのすべてが、生涯にわたるすべてのことが、とうとう泡立ってあふれ出した。わたしの中の何かが突然、目覚めたのだ。自分は太っていますと標的が〝白状する〟まで、彼らはあんなふうに話しかけるのだろう。やめさせないかぎり、それは続くはずだ。

二〇〇九年の十一月、わたしはひそかにダンにメールを送った。記憶によれば、どうかお願いだから、太った人々について書く前にもっと慎重に言葉を選んでほしいと頼んだのだ――わたしたちは複雑な人生を送る人間であって、病原体の媒介者でもなければ動物でもないことを思い出してほしいと。太った人々への思いやりを自分のスタッフにまで広げてほしいと、ダンに懇願した。心を傷つけられ、人生に対して尻込みするようにと用いられてきた残酷な言葉や下劣な当てこすりを自分の上司が真似た記事を読むのはどんな気がするか、想像してみてほしいと。わたしはおずおずと懇願していた。

あるいは少なくとも、そんな調子のメールだと記憶していた。

本章を書くにあたって、そのやり取りをしたときのメールを調べたところ、わたしの記憶がめちゃくちゃだとわかった。以下は、実際にわたしがボスに送ったメールである。

〈宛先：ダン・サヴェージ
件名：「ハロー！　太った人たちについてのたわごとはやめてもらえませんか？」

単なる好奇心からお尋ねします。一日じゅうポットパイを食べることは最高で健康にもいいと主張しながらあなたを追いかけ回す「大勢の太った人々」とはいったい、誰なのですか？　こんなことを尋ねるのは、つまり、あなたの話が信じられないからです。まるで架空の人間のことのようですし、あなたの〝親友の中には太った人もいる〟ということは知っていますが、あなたの話は偏見を持っている人のものに聞こえます。あなたの（めちゃくちゃ明らかに時代錯誤的な）要点はこんなところでしょう――世の中の誰もが、太った人間は怠け者でムカつくと思っているのだ！　とか。そのことはもうわかってます。別にあなたは新たな分野を切り拓いているわけじゃありません。

お伝えしておくと、これまでの人生で毎日のようにわたしを太っていけ好かない万年処女呼ばわりしてきたクソ男たちに加えて、今ではこんなことを尋ねるインターネットトロールも出てきました。「ムカつく女だと上司に思われていることがわかって、どんな気持ちだい?」と。太っている人にとっては、太っていること自体が罰に等しいのです。もし、わたしがドリトスをボリボリ食べながら一日じゅう長椅子に寝そべっていると思われても、気にはしません——自分の職場にいる身内から、インターネット上での虐待を受けるほうが嫌です。ちょっとそんなことを思っただけです。

リンディより〉

ああああああああああああ、過去のわたしときたら。マジでどうかしてる(正直に言おう。わたしは本当に評価が高かった。絶対に解雇されないとわかっていたのだ)。

ダンの返信はごく短いものだった。「個人的な敵意があると思ったか」と尋ねてきただけだ。「いいえ、まったくないと思います」とわたしはメールを書いた。「ただ、それはわたしの要点でもありません」

きみの話は聞いたよとダンは返してきた。しかし、きみはぼくが偏見を持っていると非難している——ぼくに言わせれば、何の敵意もない、目の前にいる人間に対する厳しい攻撃だ、と。

それは巧妙なごまかしだった。ダンは意図的に論点をずらしたのだ。

そこでわたしはうんと頑張ってみた。

〈あなたの気持ちを傷つけたなら、すみません。

わたしの要点をもう一度言います。太っている人にとっては、太っていること自体が罰に等しいのです。毎日罰を受けています。太った人々は自分が太っていると知っていますし、世の中の人にムカつく存在と思われていることも知っています。最近、ポップ・カルチャーに触れていますか？　あなたは今、大衆の抱くステレオタイプを擁護しているんです。どうして、わざわざそんなことをするのですか？　なぜ、そんなことに関心があるのでしょう？　世界をひっくり返して、強制的にあなたに肉汁を詰め込もうと準備万端の、太った人々を支持する戦士の軍隊などありません。心配しないでください――太った人々についてのステレオタイプは強固で無傷なままです。

偽りのない気持ちを言います。あなたが偏見を持っている人だとは少しも思っていません――ただ、偏見がある人のような言動をとっていると思うだけです。こんなことを思って毎朝目を覚まし、毎晩眠りにつくのはとてもつらいです。それに、わたしはあなたが言うほど太ってはいません〉

その後、ダンからの返事はなかった。オフィスでわたしたちがその件を話すことは一度もなかったのだ。

ダンが本当に怒り狂っていたなんてこと、ないよね？　『ストレンジャー』紙を貫く精神――ダンが築いた精神――は編集上の自由、思慮に富んだ挑発、恐れ知らずの透明性だった。ダンからは大胆になれ、妥協するなと教えられた。たわごとには正面から立ち向かうこと、力強い声を育むことを教えられ、意味のある変化をもたらすためにそれを使えと教えられた。そういったことはあなたを見ていて学んだんだから、ダン。そう、あなたの背中を見て。

翌年、ダンは何もなかったかのように肥満の恐怖についての記事をふたたび定期的に掲載するようになり、わたしはふたたび彼を無視することになった。そして、同じ週のうちにいろいろなことが起こった。わたしは、口にキスするなと言っていた男を捨てた。そして別の男性にキスした（口に！）のだ。その男性は四年後に、わたしの夫となった人だ。ダンは「太った人の結婚を禁止しよう」というタイトルで『ストレンジャー』紙の「スログ」というブログに投稿した。ゲイの人は早死にするからゲイ同士の結婚を法で禁じるべきだという、共和党の間抜けたちの議論を攻撃するダシに、肥満は健康にリスクがあるという推論を利用したのである。〈たとえそれが真実でも――ゲイの平均余命がより短いとしても（我々はそのことを信じていないが）――その〝事実〟だけが同性婚を禁じる正当な理由だというなら、なぜゲイだけの話になるのか？　それなら、アイオワ州は太った人の結婚を禁じるべきだ。アイオワ州によれば、同州には千四百万人以上の肥満の人間が住んでいるという。それは人口の三十パーセント近くを占め、さらに増え続けるばかりだ。アイオワ州で肥満の蔓延のために発生している社会的なコストは驚くほどのものである——その中には、早すぎる死やアイオワ州民の平均余命の低さも含まれている〉

わたしは話の要点を理解している。前後関係から、ダンが「太った人の結婚を禁止しよう」と言っているのは、それらしい理由をこじつけて同性婚を差別することのばかばかしさを指摘しているのだとはわかる。それでも、この記事は人間を個人でなく、単なる数字や記号とみなすものだ。体の大きさと健康との関係を単純化しすぎているし、残念ながら、反肥満という妄念を持つ者の中には、太った人々は家族を持つことを許されるべきではない（〝子どもたちのために〟）と実際に提唱した者もいる。けれども、何と言っても、絶えずばかにされたり拒絶されたりすることに対するわたしの闘いを目にしてきたはずの彼が、不真面目な思考実験としてそんな例えを用いるべきではない。

わたしは急いでこの記事に返信コメントを投稿した。

〈返信：「太った人の結婚を禁止しよう」に対して

ねえ、ダン——あなたは太った人への非難をゲイの人への非難と同一視しているようだから、

このブログで、太った人への非難もやめるつもりということですか？〉

何の反応もなかった。わたしは何日か待った。返事はなかった。

わたしたちの以前のメールのやり取りを振り返った。それを送るのがどんなに怖かったか、ダンがどれほど徹底的にわたしをはねつけたかを思い出しながら。そして彼がどれほどすばやく、ファットフォビアの発信をまた始めたかを思い出した。賢明で感じよく振る舞って友好的な態度をとり、仕事をうまくやることによって人間として評価されようという受け身の試みは、何の役にも立たなかった。個人的にダンに立ち向かったことは、何の役にも立たなかった。「このことでわたしは傷つく」と文字どおりに彼に告げたことは、何の役にも立たなかった。ブログですばやく、でも遠まわしにダンを批判したことも、何の役にも立たなかった。だから、わたしは――正直に言うと――ダンならこうするだろうと思った行動をとった。二〇一一年二月十一日、わたしはアドレナリンに突き動かされながら地面を焦がしそうなほど激しい言葉で記事を書き、晴れた金曜の午後の締めくくりとして、大衆の目に触れるようにそれを投稿した。

投稿のタイトルは「ハロー、わたしは《アイム・》太ってます《ファット》」だった。社内カメラマンのケリー・Oにその日撮ってもらったわたしの全身写真を載せ、こんなキャプションをつけた。「二十八歳、女性、身長五フィート九インチ〔約一七五センチ〕、体重二百六十三ポンド〔約一一九キロ〕。忘れないでほしいのだが、それまでの人生でわたしはダンと交わしたあのメールと、信頼できる友人たちとのプライベートな会話の場以外、自分を「太っている」と認めたことはなかった。そんな場合ですら、その言葉を恥辱とともに口に出したのであって、力を込めて言ったことはなかった。公の場で口にしたことなどない。挑戦的に言ったことなどなかったのだ。この投稿をした週、わたしの中で何かが鋭い音をたてて切れた。これは大きな取引《ビッグ・ディール》であり、リアルタイムで行なわれた発作的かつ自主的な決断だった。まさに何かが変わった瞬間だったのだ。

以下がその記事である（今はいくつか注釈をつけ、省略したところもある）。

〈これがわたしの体だ（ほら――わかる？）わたしはこれまでこの体で生きてきた。この体を変えたいとずっと願ってきた。新しい体を手に入れること以上に強い願いを抱いたことがない。他人がわたしの体を不快そうに見ていることを、毎日のように意識する。いつもこんなことを思っていた。いつの日か――とうとう失敗しなくなったら――もっと体が小さくなるし、もっと体が小さくなれば、あらゆることが文字どおりもっとうまく《ゲット・ベター》いくだろう（「イット・ゲッツ・ベター」だと聞いたことがある（「イット・ゲッツ・ベター」はダン・サヴェージが立ち上げたオンラインビデオチャンネル））と！　わたしの人生が始まる！　望みどおりの服を手に入れて、望みどおりの仕事につき、望みどおりの恋愛をするのだ。きっとすばらしいだろう！　「ジェイクルー」でパンツやら何やらを買えることがどんなにすてきなことか、考えてみて。ああ、もう。パンツを……しかし、実際にはそんなことはない。わたしの体はこれまでと同じままだ。

こんなふうに考えたことがない、肥満の人間は世の中にいないだろう。こういう考えを抱きながら生きることは、明らかに〝この世に存在するための最悪の方法〟である。さらに、本当に奇妙なことに、こんなことを考えたところで、わたしは痩せなかった。だから、そんな妄想はもう信じない。クソ食らえって感じ。

これがわたしの体だ。これがわたし自身なのだ。とにかく、自分のことを恥ずかしいとは思っていない。それどころか、自分のどこもかしこも愛しているのだ。この体を魅力的だと思ってくれる男性たちはいる。身にまとう服はイケてる。頭脳は一日じゅう回転し、おもしろいジョークをいくつも思いつく。それに、わたしは自分の体のすばらしさも魅力も健全さも有能さも、誰にも正当化する必要がない。だって、これがわたし自身だから。あなたではないのだ。[*1]

肥満の受容のされかたに関する多くのことをこのブログに書いて、時間を費やすつもりはない。すでにほかの人たちがわたしよりも雄弁に、また徹底的に、そして過激にそれについて書いているからだ。しかし、このようなことがすべてどんな意味を持つか、説明を試みる義務はあると感じている。

太った人々を痛めつける、いまいましい、山ほどの恥ずべき投稿を毎日のようにすることが、人々や社会のためになると思う人がいることはわたしにも理解できる——彼らにとって太っているのは恥ずかしいことだから、わたしが自分の体の写真を投稿し、体重を公表するのは過激な行動だとみなされるだろう。けれど、あなたたちはそれを止められない。恥辱は役に立たないのだ。ダイエットも役に立たない。[*2] 恥辱は抑圧の道具であって、変化のための道具ではないのである。

太った人々はすでに充分、恥じ入らされながら生きている。もう準備完了というわけである。恥辱を表明するためにこれ以上の労力など必要ないのだ、おかげさまで。わたしは太った人たちが自己鍛錬や〝選択〟を通じて自分の体を変えられるかどうかについては関心がない。そんなことは、多くの人たちがすでに試みているだろう。そのうちの何人かは成功したかもしれない。まあ、それはどうでもいい。わたしの疑問は、太った人たちが努力して、努力に努力を重ねても、失敗したらどうするのかということだ。相変わらず太っていたらどうするのだろう？永遠に太っていたら？そうしたら、あなたは彼らをどのように扱うだろうか？大勢の十代の少女たちに、自分は人生を損なう見苦しい脂肪の牢獄に閉じ込められているのだと感じさせてやりたいと、あなたは本当に思うのだろうか？それに加えて、そうなったのは自分の道徳心が弱いせいだと彼女たちに感じさせたいのか？さらに、彼女たちがまだ患ってもいないうちから、自分は高額な医療費がかかる糖尿病をいずれは患ってアメリカの医療を崩壊させるのだと感じさせたいだろうか？恥ずべきこととは何か、あなたはわかっているだろうか？それは他者の心を慮る姿勢が完全に欠如していることなのだ。

まだ困惑している――「違う！わたしは絶対、そんなこと言ってない！」――というあなたの主張が本当なら、次のようなくだらない考え違いが生じるはずもないだろう。

「単に『体重が重いと、健康上のリスクがある。贅肉をあらわにするのは見苦しい』と事実を述べただけなのにヘイトスピーチであるとみなされて、わたしはひどく悩んでいる」

ハ！

1.「贅肉をあらわにするのは見苦しい」という言葉は断じて「単に事実を述べただけ」ではない。そもそも、それは少しも事実ではない——破壊的で家父長制的で、美の理想の抑圧を強化する、信じられないほど残酷で主観的な意見である。[*3] わたしは見苦しくなどない。見苦しいと言われて当然の人間なんかいないのだ。しかし、この「見苦しさ」という尺度が、すべてのファットフォビアの裏側にある。——健康など関係ない。関係があるのは「ゲーーーーッ」という感情だ。太った人たちを不快だと思う感情。「ゲーーーーッ、飛行機でデブの体に触れちゃうかもしれない。デブの脂肪に！　ゲーーーーッ！」偶然にも、それは偏見を持った反同性愛主義者を突き動かしているのと同じ感情だ。「家族の価値」だの、そう、健康だのといった口実を彼らがどれほど考え出したところで、すべては「ゲーーーーッ」という感情なのだ。悪いけど、わたしはあなたの「ゲーーーーッ」を却下する。

2.あなたはわたしの健康について心配しているわけではない。もしも健康を心配してくれるなら、心の健康についても心配するはずだから。わたしの心の健康はこれまで例に出したような言葉によって、過去二十八年間にわたってゆっくりと損なわれてきた。それに、あなたはわたしの健康について何も知らない。たまたまわたしの上司だとしても、かかりつけ医ではない。わたしがどんなものを食べているか、どれくらい運動しているか、血圧はいくつか、糖尿病になりそうか否かといったことをあなたは全然知らない。別に、そういう事柄が重要なわけではないが。なにしろ、そんなことはあなたにまったく関係ないのだから。

3.「しかし、しかし、しかし、わたしの保険料が彼らに使われてるんだ!」ふざけないで。あなたが暮らしているのはほかの人と一緒の社会。わたしには子どもがいないが、払っている税金は学校をつくるためにも使われる。人が互いに影響し合っている事実からどうにか逃れられるという考えはひどく保守的だ。野蛮でさえある。それが本当にあなたの目指しているもの?　古きよきアメリカの開拓者みたいな個人主義でも目指してるの?　勘弁して。

4.とにかく、最も重要なこと:わたしがこの設定や構造の全体を否定していることだ。誰かの肥満の原因など、わたしは気にもかけない。どうでもいいことだし、自分が関与することでもない。わたしは言い訳などしない。言い訳することなどないから。痩せることがゴールで、痩せていること=よりよいことだという概念をわたしは否定する——自分は未完成の人間で、人生は減量してから本当に始まるという考え方は受け付けない。減量できれば本物の人間になれて、ようやく女性として成功するという考え方などまっぴらだ。そんなことを考えて、人生をあと一秒たりとも無駄にするつもりはない。何を食べているだの食べていないだの、食べたことを後悔しているだの、痛恨の念を隠すために食べたことを後悔しなかったふりをするだのといったことについて、いまいましい女性たちと、これ以上いまいましい会話をしたくない。そんなの、死にそうなほど退屈だ。

もしもあなたが本当に何らかの変化を起こしたいなら、太った人々を〝助け〟たいと心から思うなら、わかってほしい。すでに恥ずかしい思いをしている人たちに、その上恥ずかしい思いをさせることこそ、恥ずべきことなのだと。こういったくだらない事柄をわたしがすべて拒絶し、自分の全身を無条件に愛することにしたとたん、何が起こったかわかる？　体重が減り始めたの。あっという間に。そう、だから、あなたの知ったこっちゃないってこと〉*4

この投稿はものすごい勢いでバズった。わたしは会社を早退し、「ハムの摑み取り《ハム・グラブ》」という、金曜の午後の儀式を早めに始めようと通りを横切った。その儀式にそんな名前がついたのは、できるだけ早く一杯ひっかけて、ジャーナリズムの学位を持ったイナゴの大群さながらに肉とチーズの大皿に襲いかかるものだからだ。週末、コメント欄に投稿が山のように届く間――二百、三百、四百と――わたしはダンから何も言葉を受け取らなかった。わたしの知らないうちに、ダンは携帯電話もインターネットも使えないどこかの船室にいて、人間社会の文明から離れていたのだ。戻ってくるのは、さぞ不快だっただろう。やれやれ。

　次の月曜日、ダンは返事を投稿した。それはわたしの原稿――正確には二千九百三十一語だった――の三倍の長さで、わたしが個人攻撃をしているのだとアピールし、自身の感情の問題でものが見えなくなっているのだと非難していた。そして最重要項目として、バカにしたような、口先だけのちょっとした心理学を開陳していた。

〈どうやらきみは太っていることに関する内面の葛藤を外面化しているようだ――きみは自分の怒りや自己嫌悪をぼくに投影し、何も存在しないところに悪意や偏見を見ている。おそらくそれは効果があるのだろう。その怒りは解放感をもたらし、意欲を高めるものらしいからだ。もし、「スログ」で個人的な恨みを表明することが、恥を克服して自分の体を愛することの助けになるなら、また、古い自己破壊的な思考や習慣を壊すのに役立つなら、（態度が変化しただけでは減量できないが）ぼくは喜んできみの個人的な恨みの対象になろう。しかし、正直なところ、リンディ、きみにそんなものは必要ないだろう。きみはもっと強い人のはずだ〉

　ダンはほかにもたくさんのことを述べていた。たとえば、〈ぼくの投稿に偏見があるというのは、リンディの想像にすぎない〉とか〈世の中には頭がおかしい太った人々もいるものだよ、リンディ……こうしてファット・アクセプタンス運動〔体形の多様性を擁護する運動〕の〝勇敢な〟ヒーローになった今、一緒にベッドにもぐり込む相手には気をつけるんだな〉とか。そして「リンディの読解力があまり優れていないのは明らかだ」とほのめかしたコメントに賛意を示して引用していた。

疲労困憊させられる出来事だった――あまりにも変化がなくて無意味に感じられた。わたしたちはほんの一インチも動いていなかったのだ。翌日、わたしがダンの感情をどのように傷つけたかに関する社員のミーティングがあった。そもそもあんな投稿をわたしがするに至った事情についてはいっさい言及されなかった。わたしは激怒した。辞めようかとも考えたが、『ストレンジャー』紙はわたしにとってすべてを意味していた――自分の声を見つけた場所であり、その声を用いろと励ましてくれた家族がいる場所でもあった。当時、そのオフィス以外の場所を想像もできなかったし、ダンのために働くことも愛していたのだ。

だから、議論をやめて（わたしは言いたいことを言ったし、それを曲げなかったし、多くの人が賛成してくれた）、わたしたちはそれまでどおりの行動に戻った。新聞を発行しなければならなかった。そのいっぽう、わたしは友人であれ見知らぬ人であれ、太っているという人たちからメールをもらい始めた。わたしの投稿のおかげで、人生が少しマシになったというものだった――自分自身の価値判断基準を持つようにとか、嫌悪感ではなくて思いやりで自分の姿を受け入れるようにと彼らを励ましてくれるものだったと。今日にいたるまで、こういったメールのおかげでわたしの仕事は価値あるものとなっている。

数週間後、ダンとわたしは自分たちの関係が問題ないことを確かめるため、一緒に出かけてビールを飲み、ソフト・プレッツェルを食べた。

「あのことなんだけど」わたしは言った。「このレストランにこうして一緒にいるわけだけど、たとえばわたしたちの椅子がどっちも壊れていると想像してみて」

「オーケイ」ダンは言った。

「もし、今すぐにわたしの椅子が壊れたら、わたしが太っているせいだと人々は推測するでしょうね。でも、あなたの椅子が壊れたら、壊れた椅子に座ったせいだと思われるってことよ」

「オーケイ」

「納得した？」

「納得したよ」

わたしは謝罪を求めなかった。ただ、状況を変えたいと思っただけだ。結局はそうなった。こうしてこの章を書いている間に、数年ぶりに先ほどのダンの投稿を見直してみると、ずいぶん時が経ったのだと感じて衝撃を受けた。わたしが知っている二〇一六年のダンの中には、以前の投稿をした彼はほとんどいない。わたしのことが関係したかどうかはさておき、今のダンは太った人々について、前とは違う書き方をしている。体のイメージについての助言を誰かがダンに求めると、彼は太った人（わたしだというときもある）に意見を求める。ウケそうな、自虐的な冗談を太った人たちが言っても、ダンは笑わない。

我が国の文化として、今や太った人たちについては以前と違うトーンで語られている。もし、二〇一一年や二〇一〇年、二〇〇九年に戻ってみれば――まして、ダンがスーフォールズのウォーターパークやローライズジーンズについて書いていた二〇〇四年や二〇〇五年はなおさらだ――大手ニュースサイトの発言にさえも悪意があるとわかるだろう。太った人を悪意を持って扱ってもいいのだという考えは、当時は普通のことだった。太った体を嘲笑ったり、太った人の人間性を打ちのめしたり、死ぬのは太っているからだと肥満の人を叱ったりすることは、完全に承認されていた。ほんの五年前を振り返るだけで、今とは違う世界が見えるだろう。そして、文化とはわたしたちが変えられるものだという明らかな証が見えるはずだ。挑戦してみればいいのである。

二〇一六年のインターネットやビーチやアメリカの空港に肥満嫌悪者《ファットフォーブ》がうろついていないわけでないのは確かだが、集団の意識にはある考えが浸透している。それは、かつての肥満嫌悪者のようなやり方で人間について話してはいけないということだ。

わたしがこの話を書いたのはダンを批判するためではなく、称賛するためである。変化することは難しいし、すぐにはできないものだが、彼は悩みながらもそれをやってのけた。守勢に立たされた人の中には、思いやりを取り戻す者もいる。賢明で善良な人の中には、ただ時代遅れなだけの者もいるのだ。

＊注1
肥満をどれほど受容するべきかについて苦労している人が多いことに、わたしは気づいた——彼らはカロリーや有酸素運動や保険や健康や、そのほかあれもこれもについて議論したり粗探しをしたりしたいのだ。もしもあなたがそういう人の一人で、混乱状態に苦しんでいるなら、もう思い悩むのはやめよう。あなたのために覚えやすい一つのフレーズにまとめてあげる。「わたしにかまわないで、このろくでなしの変人」。この言葉を印刷してラミネート加工しておいて。

＊注2
ファットフォビアにとらわれた人はこの主張を、「肥満の権利活動家《ファット・アクティビスト》」がどれほど妄想的で強情かという証拠として支持することを好んでいる。だが、むしろ、わたしたちは厳密に検査された学問的な結論について言及している。従来のダイエット——太った人々に自己処罰や万能薬や、人間性への入学試験として押しつけるもの——は九十五パーセントの確率で失敗するのだ。太った人々が減量に失敗する理由が単に怠惰なせいとか道徳観が麻痺しているせいであろうと、個人的要因または文化的な要因、あるいは医療的な要因といった、もっと複雑な要因が絡んでいるせいであろうと、ダイエットの失敗率という数字は依然として現実のものだ。太った人たちは相変わらず存在している。ダイエットの文化を肥満の〝治療法〟として押しつけることは、太った人たちに対する感情的、または経済的な搾取を持続させるだけなのだ。

＊注3
この投稿に対する反応として、ダンは表現だけを問題にしてわたしを非難した。「自分は太った人たちの贅肉を嘲笑ったのではなく、似合う体ではないのにローライズジーンズを穿くあらゆる女性の贅肉を嘲笑ったのだ」と。そう、結構。ご参考までにお伝えすると、女性の服装の選択を男性が規制することについても、フェミニストは全然おもしろいと思わないから（それに、あなたが嘲笑ったのは太った人全員でしょう。この嘘つき）。

＊注4
もし、このブログをもう一度書かなければならないとしたら、この最後の部分をもっと明確に書くだろう。この表現はわたしの要点を少し弱めていると思うからだ。わたしが伝えようとしたのは、反肥満の活動家たちが太った人たちに本当に〝健康に〟なってほしいなら——彼らこそサイズアクセプタンス運動や、ファットエンパワーメントの最前線に立つべきだということだ。これを裏づける研究結果がある。恥という感情のせいでは体重は減少せず、明らかに増加するのだそうだ。自分自身を愛することは健康と対極にあるのでは

なく、健康に内在するのだ。自分が嫌悪しているものを大事にすることはできない。

トロールが現れた！

わたしはＦＢＩの電話口で待たされているところだ。「メールチンプ」〔メールによるマーケティングの自動化サービス〕の顧客サービス担当者宛てのメールをカタカタと入力するのと同時に、ツイッターとグーグルとヤフーのヘルプデスクへのフォームに決まり文句を書き込んでいる。合間に受信トレイの更新を行ない、何百件もの迷惑メール（「プラグインへの登録をご確認ください」「ヨーロッパ・オンブズマン・ニュースレター」「料金確認《ポトヴィエルゼニエ》 ニュースレター tvp.pl」）にざっと目を通し、エージェントや編集者や家族からのまともなメッセージをピンセットでつまむように抜き出す。自分がいろんなものを見落としていることはわかっている。たぶん、得られるはずのお金も見落としているだろう。

その朝、受信トレイにメールがポツポツと来始めたとき、わたしはそのことを深く考えなかった。いつもより迷惑メールが多い日だってあるのだ。午前十時ごろ、滴がしたたるように来ていたメールは洪水並みに増え、それから気味の悪いツイートも現れた。「もし、迷惑メールをやめてほしいなら、わたし〔toiletperson《トイレ人間》@thetoilet《トイレ》.net〕にメールしろ。昔のあるツイートをあんたに削除してもらいたいだけだ」

わたしはため息をつき、乾いたてのひらで顔をごしごしとこすった。よりによって今日、こんなことが？　今日は自分の妊娠中絶について書くつもりだったのに！

FBIシアトル支局の受付が電話に出た。

「こんにちは」わたしは言う。「困っ……ていることがあるんで、すが？」早くも言葉に詰まっている。ツイッターが何かも知らないかもしれない人にどうやって説明したらいいのだろう？　匿名の人間からメールのニュースレター経由で、詳細不明の過去のツイートを削除しろと脅されているなんてことを？　そのうえ、それが本当に重要なことなのだと、どうやってFBIの人間を説得できるだろうか？　わたしがFBIについて理解していることの九十パーセントは、ドラマの『X－ファイル』から得たものだ。わたしが知るかぎり、彼らはUMAやUFOがらみの犯罪を解決するために忙しいのだろうが、ITの専門家のサポートをお願いしたいと頼んでみた。

とにかくそれは大事なことなのだ。時間を取られるし、潜在的な収入も失うし、心の健康にも害がある。ツイッターがわたしの仕事の一部なのかと考えれば、まさしくそうだが、客観的に見れば今はそれがジャーナリストのメールに干渉してきて、ツイートを引っ込めろと強要している状況だ。わたしの考えからすれば、こんなのは違法だ。でも、もっと重大なのは、これは過去五年間にわたってわたしの人生に集中砲火を浴びせてきた、巨大で多方面にわたるオンラインのハラスメントの一部でしかないことだ――さらに言えば、積極的に女性をインターネットから追い払おうとしている動きの、ほんの一部。混乱、嫌がらせ、著しく時間を取られること、そしてわたしたちのネット上での経験を明らかにするため、そういう経験について書くこと――そうしたすべてが、今やわたしの取り組むものになっている。驚くことでもないが、あの「トイレ人間」と名乗った奴が削除を求めたのは、ある有名なトロールからわたしが受け取った、レイプするぞという脅しのスクリーンショットを晒したツイートだとわかった。要するに、彼は「おれがおまえにハラスメントをしたツイッター上の証拠を消せ」というハラスメントをしてきたのだ。

ＦＢＩの受付は退屈そうな口調で（気持ちはわかる）、自分は助けになれないと言う。彼女は「ワシントン州パトロール局」に電話をかけろと言うのだが、奇妙な話だ。これは拒絶されたということだろう。わたしは彼女に教えられた番号に電話をかけたが、誰も出ない。わたしは諦めて仕事に戻ろうとする。頼れるものはない。

インターネットで虐待を受けていることについての執筆で、生計を立てるつもりなどなかったのに。

子どものころはもっと人がやらないような仕事を目指していた。たとえば、たくましくて好戦的な女戦士になりたいと思った。そして灰を塗ったり光の魔術を使ったりして、クズ拾いの男に変装した亡命中の女王を守るのだと。あるいは、みすぼらしいけれど明敏な腕白小僧になりたいと思った。無害で何でもこなす悪たれ小僧という平凡な格好を装って公爵の冬祭りに潜入し、飼っているネズミの軍隊の助けを借りて、公爵の狡猾な甥を暗殺するのだと。雇ってくれるところはあるだろうか？　どんな傲慢な宮殿の家令たち（正体は、魔女によって姿を変えられたカボチャ頭のかかしだ）も、「リンクトイン」〔ビジネス特化型のソーシャル・ネットワーキング・サービス〕でわたしとつながりたいと思うんじゃない？

　わたしは物事と正面切って向き合うのを避ける人であり、逃避する人であり、夢想家だった。大人になってさえ、やりたいと思ったのはジョークや駄洒落を書くことと、『ゲーム・オブ・スローンズ』の要約を書くことだけだった。

　けれども今は、クズどもが女性を攻撃するための、とどまるところを知らないバカな発言に対処しながらパソコンの前に座っている。前にわたしが〝著しく時間を取られる〟と書いたのは誇張でもなんでもないのだ。ネット上のハラスメントはバーチャルなものではない――身体的なものである。あらゆる経路からどっと殺到するクソリプやコメントはわたしの体に作用し、変化させる。そんなもののせいでわたしはＦＢＩに電話をかける羽目になり、緊張性頭痛が起き、不安発作が起こる。日々の行動が変わってしまう（わたしは安全だろうか？　あの男はわたしをじっと見つめているんじゃないの？　あの人もトロールなのでは？）。おかげで友達とは疎遠になり、わたしの家族は時間を奪われてしまう。ハラスメントをする者たちのゴールは、わたしに精神的ショックを与え、心の健康を損ない、仕事を辞めさせることなのだ。

トロールたちがネット上でハラスメントをしてくるとわたしが訴えるたび、それがどんなに暴力的で性的で執拗なものでも、次のような天才的な理論を声高に唱える人間が必ずいる。「レイプするとか殺すという脅しはインターネットにつきものだ。あなたは神経過敏になっているせいで、うまく対処できないだけ」「自分の過敏さを弱さだと認めたくないなんて、思わなくていいんだよ（ヴォルデモート〔『ハリー・ポッター』シリーズの強大な悪役魔法使い。名前を呼ぶことも恐れられ、「名前を言ってはいけないあの人」などと言われる〕の支配下の魔法省〔魔法大臣コーネリウス・ファッジの現実逃避的な態度のせいでヴォルデモートが復活し、魔法界は暗黒時代になる〕に見解を聞きたい）。現実を見失っているだけのことだ」「些細なことで感情を爆発させていたら、そんな仕事はできない。鈍感力が必須条件だろう」

こういうことを言われ始めたころ、わたしは『ストレンジャー』紙で働いていたが、それはソーシャル・メディアが今のように一般的になる前だった。だから、わたしがどんな外見かを読者たちが発見し、弱点はどこかと気づく前に、〝流行に敏感なクズども〟の、まだ無害なうちに入るさまざまなコメントも長らく目にしてはいた。今振り返ると、それは至福の時代だった。嫌なコメントを家で目にすることは、まだなかったのだ。積み重なるとうんざりさせられるコメントだったが、心を傷つけるものではなかった。わたしは最初のインターネットトロールを、非個人的な領域と個人的な領域の境界線を最初に越えた人間だと考えている。身の危険を感じさせた最初の人間、わたしの食べる肉に指をこっそり突っ込んだ最初の人間、書いたものよりも、わたし自身を攻撃した最初の人間だ。

当時、わたしは映画や演劇の記事を担当していた。政治的なことは何も書いていなかった。太っていることや女性であることも書いていなかった。わたしの名前はジェンダーが特定しにくい〔「リンディ」は女性名「リンダ」や「ブレンダ」など、男性名「リンゼイ」や「リンドン」などの愛称としても使われる〕から、キャリアの始めの数年間、多くの読者からは男性だと思われていた。記事の執筆のような仕事をする人のことは、白人男性であると推測する人が多いという。とりわけ、言葉遣いが激しく、悪びれもせずに批判的で、険しい調子の場合は。そういう特徴はわたしのブランドのようなものだった（もちろん、個人によって程度の差はあれ、すべての女性が男性ほどそうではないということではない。でも、わたしたち女性は〝感じがよく〟なるように、また、意見を持つことを後ろめたく思うようにと社会に刷り込まれている）。そんなわけで、わたしの記事にコメントする人たちの主旨は、『ストレンジャー』紙は生意気な十代の進歩主義者のブランドであるといった、悪意があって批判的なもののことが多かったが、それはメッセージへの嫌悪にとどまり、メッセージの発信者を嫌悪するようなものではなかった。

あのころは今ではほとんど想像もできない、ある意味で自由な時代だった——考え方やそれを実行した結果のみに基づいて評価され、太った女性の体や彼女たちの頭脳について先入観を持つ人々によって、わたし自身を無価値だと決めつけられることはなかった。今のわたしは、ダメージを抑えるための時間を大いに取らなければならない——わたしのアイデンティティ

（太っていること、女性、フェミニスト）に対する読者のバイアスをその場しのぎでやり過ごしながら。それは新しい題材について書いたり、新しいアイデアを生み出したり、新しい企画を売り込んだり、新しい読者に自分を宣伝したりするのに費やすのと同じくらい時間がかかる。書いたものが海外でも活字になっている政治的なコラムニストとしてよりも、無名の地方の演劇評論家としてのほうが、好意的に解釈してもらえる場合が多かった。何にも煩わされず書くことを許されていたなら、今ごろわたしはどんなことを成し遂げていただろう？　どんな人になっていただろうか？

わたしは人々の個性を、彼らの不安感のまわりにあるネガティブな空間として考えることがある。人と親密になることが怖いって？　人と距離を置くことに努めればいい。自分には存在感がないと思うって？　大声でもっとたびたび笑えばいい。酒を飲みすぎるって？　社交的でちょっとイカれた人のように振る舞えばいい。自分の体が大嫌いだって？　ほかの人たちの体を切って燃やせばいい。その体の山をよじ登れるように。人は自分の弱みを隠すための仰々しい宮殿を建設するものだし、自分が恐れているもののパロディーになってしまうことも多い。目標は、自分のどこを攻撃すればいいかを誰にも知られずに世の中を渡っていくことだ。それは生き延びるための本能である。どうやったら自分を傷つけることができるかを誰かに知られたら、自分の人生をコントロールするすべを知られることになる。

けれど、太った人間の場合、弱い部分を隠すことができない。あなたという人間自体が弱みだし、弱みこそがあなただからだ。太っていることは、「わたしを攻撃するポイントはここ！」と書いてある広告看板を身に着けて歩き回っているようなものだ。だからこそ、自分は太っているのだと主張すること――生き生きと人生を送りながら、「わたしは太っているし、それを恥じてはいない」と宣言すること――は、とても革新的で解放的で、社会的な方法なのである。それは人生を救う。

残念ながら、わたしにとって最初のトロール、わたしを初めて「デブ」とインターネット上で呼ぶ見知らぬ匿名の人間が現れたのは、太っていることから解放される方法を発見するよりも何年か前だった。それは二〇〇九年六月九日の午後十一時五十四分に、ある無害なブログの投稿へのコメントという形で発信され、わたしの人生の大きな転換点となった。

〈たぶんリンディの性的妄想には、デブ女が大好きなエイリアンが登場するんだろう。そいつはデブ女と甘いセックスをしながら、幻覚を起こすガスを発して、たちまち彼女に自分は身長と体重のつり合いが取れた人間だと空想させる。自分は長くてセクシーな脚をしているのだと いう妄想も引き起こすだろう〉

そのコメントはとても具体的だったから、とても不快だった。それは単に激情に駆られて一気に書かれたものではなかった――時間をかけて考え、創造力を発揮し、ちゃんと推敲もしたものだった。ちゃんとエネルギーを使って。何よりもわたしが気になったのは、その投稿の背後に見え隠れする「おれはおまえがどんな外見なのか知ってるんだぞ」というメッセージだった。書いた人間はひそかにわたしを軽蔑している知人か、わざわざ時間をとってどんな体なのかを調べるほどわたしに固執している見知らぬ人だということを暗示していた。不安を覚えさせられる度合いはそれよりもやや小さいが、そのコメントはわたしを性の対象として見るものでもあった。また、太った女性のセクシュアリティは、おぞましいパロディでしかないのだということを思い出させられもした。わたしは声をあげて泣いた。蹂躙されたように感じながら急いで家に帰り、ベッドにもぐり込んで『性犯罪特捜班』〔アメリカの刑事ドラマ〕を延々と見た。クズどもにとってわたしの体が好都合なおもちゃだということは常々わかっていたが、あの瞬間までは、書くことが逃避行動になっていた。紙の上でなら、わたしのお尻のサイズは考えの妨げにならなかった。自分の脚はあまり長くないという考えさえ浮かんだことがなかったのだ。だが、このとき、わたしは脚が長くないことを自分のコンプレックスのリストに加えた。

　その晩、わたしは例の投稿を編集者たちと技術チームに転送し、コメント機能の運用ポリシーをいくらか変更してもらえないかと頼んだ。これは労働環境を悪化させるものではないだろうか？　ジェンダー・ハラスメントじゃないの？　投稿について相談した人たちはわたしの友人だった（今でも友人である）が、彼らにできる最大の行動は同情を込めて顔をしかめ、肩をすくめることだけだった。インターネットは汚水溜めなのだ。それはただのインターネットにすぎない。失礼なコメントを受け取ることは誰にでもある。インターネットの嫌な側面と少しはうまくつき合っていかないと、まともなインターネットで、インターネットを上手に使うことはできない、と！

でも、どうして？　なぜ、自分の仕事をするだけのために、侵略的で容赦ない虐待——自分の居場所がほしいだけなのに余分な障害に直面している、社会の主流から弾かれた人々に不当に大きな影響を及ぼすもの——とともに生きていかねばならないのだろう？　これは、六年後の今もまだわたしが答えを出せていない疑問である。

これまでわたしがやってきたほぼあらゆるブログ関連の仕事で、こんな問題が起きる理由はアクセス数が金に直結する構造だからだと聞かされてきた（男性のマネージャーたちから）。コメントを穏やかなものにさせたり、慢性的に嫌がらせする人間のＩＰアドレスをブロックしたりすることは、メディアにとって死の宣告に等しいと。そうなると「話を中断する」ことになり、アクセス数が減るからだという。わたしは中立性の重要さに関する講義をたくさん聞かされてきた。中立でいることは本質的にポジティブなのだと言われた——もし、トロールたちの活動を禁じ、ハラスメントを締め出し始めれば、わたしたちもみな職を失うことになるだろうと。しかし、ハラスメントが仕事と同じくらい重要なものであるという主張を裏づけるデータは誰からも示されたことがない。わたしは労働者の安全よりもアクセス数のほうを大事にすべきだとは思わないが、そう思う人がいるなら証明してもらいたい。それが、単なる責任回避の口実以上のものであることを。

それから何年かのち、わたしが転職して『ジェゼベル』で常勤のライターの職を得たとき、

（そしてセックスするエイリアンの投稿をしたようなトロールが、どこにでもある悪臭みたいに現れる存在になったとき）、ゴーカー・メディア〔『ジェゼベル』や『ギズモード』の運営元でもあるアメリカ最大手のインターネットメディア企業〕のオーナーのニック・デントンが「コメントに投資する」という明確な使命とともに「キンジャ」という新しいプラットフォームを展開した。「キンジャ」では、どのコメント投稿者もゴーカーのシステムの中で自分のブログを始めることができる。そこからメインサイトで再投稿するための情報を抽出もできるのだ。投稿用ハンドルはブログのＵＲＬになった――だから、たとえばわたしの場合は「lindywest.kinja.com」になる。これは編集者の観点からすると、驚くべきことだった。うちの雇い主は、専門的で経験があって訓練された、報酬をもらっているジャーナリストとしてのわたしたちの仕事と、報酬をもらっていないコメント投稿者、大半はわたしたちに敵対するためだけに存在しているように見える匿名の投稿者のとりとめのない文章との境界線を、意図的に曖昧なものにしていた。全員参加の会議ではそれについてあまり考察されなかった。「キンジャ」では、トロールたちがたちまち学んだように、コメントは書き手によって管理されている。だから、自分の投稿を読みやすいものに保つため、わたしたちは不適切なコメントを手作業で削除したり禁止したりしなければならなかった。それは『ジェゼベル』では、あからさまに暴力やレイプを描写した投稿の絶え間ない流れをうまくさばくことを意味した。陰鬱な気分になる作業だった。でも、「仕事の一部」だったのだ。

匿名の投稿者たちに彼ら自身を正当化するツールを渡すことに伴う問題は、たちまち、わたしにとって前より明確になった。あるユーザーは「LindyWestLickMyAsshole」〔「リンディ・ウェストよ、おれのケツの穴を舐めろ」の意味〕というハンドルで登録し、ゴーカーじゅうに楽しそうに投稿し始めた。それは今や「キンジャ」に、わたしの雇い主がホストとなった、永久に存在するブログができたことを意味した。わたしの投稿と並んで「リンディ・ウェストよ、おれのケツの穴を舐めろ.kinja.com」という名の投稿が存在するのだ。こんなことを想像できるだろうか？　あなたの仕事ではどうだろう？　あなたの名前がデイヴ・ヨルゲンセンで、〈ウォルグリーン〉で働いているとしたら、ある日出勤したところ、食物繊維補助食品とシーズナルキャンディの間に、「デイヴ・ヨルゲンセンは性犯罪者」というカテゴリーの新しい通路ができていたようなものだ。あなたがマネージャーに文句を言うと、彼女はこう言う。「あら、ずいぶん神経質ですね。ここは店なの！　店に入ってくるものを変えることはできません——そんなことじゃ商売にならないでしょ！　わたしたちはみんな、好きじゃないものでも売っているの、デイヴ。わたしはソルト・アンド・ビネガー味の『プリングルス』が好きじゃないけど、だからって、二番通路で泣き言なんか言いませんよ」

わたしは上司にメールを送り、そのページを削除してくれと食い下がった。できるだけのことはやってみるが、期待はしないようにと彼女は言った。思ったとおり、ゴーカーのお偉方はそれがハラスメントに関する方針に違反しないと主張した。明確に性差を表したものでもないし、人種差別主義者《レイシスト》のものでもなければ、同性愛嫌悪的《ホモフォビック》なものでもない、と。「とにかく、インターネットとはそういうものなのです！　人の感情を傷つけたからといってコメントを削除し始めれば、サイトに利益をもたらし続けている、生き生きしたコメント文化を抑えつけてしまうでしょう。もし、『LindyWestLickMyAsshole』が自分のペニスで何か妙なことをする下院議員について、本当に興味をそそる匿名の内部情報を持っていたらどうしますか？　言論の自由やペニスに関するニュースのほうが大事だと、あなたも思うんじゃありませんか？」

　しかし、それはジェンダーに関するコメントだ。間違いなく、ジェンダーに関するものなのだ。わたしに気まずい思いをさせるため、読者や同僚や中傷する人々に、わたしがまずは性的な視線の対象であり、人間であることは二の次だと思い出させることを目的としたものだ。わたしの思考はわたしの体ほど重要ではないのだと。確かに、文化的な背景をすっかり無視してしまえば、「LindyWestLickMyAsshole」はジェンダーと無関係だと解釈できるかもしれないが、それは意図的で不誠実な態度だ。[*1]けれども、わたしには選択肢がなかった。だから、「LindyWestLickMyAsshole」を頭の中から追い出して、できるだけ彼のコメントを読まないようにするのみだった。

　単なるインターネットにすぎない。わたしたちにできることは何もないのだ。

　インターネットに手も足も出なかったころ――『ストレンジャー』紙で働いていた終わりのころと、『ジェゼベル』で働き始めたころ――、わたしの胸がミシュランマン〔タイヤ・メーカーのミシュラン社のイメージキャラクター〕みたいだとか、太腿がダーレク〔BBCのドラマ『ドクター・フー』に登場する地球外生命体〕みたいだとトロールたちが声を張り上げていたころ、わたしの唯一の自衛策は胎児のように体を丸めることだった。効果的な対応はできなかった。対処するすべはなかったのだ。自分が無力で孤立無援だと感じた。わたしはできるかぎりベッドに入ったまま過ごし、毎日二十四時間、テレビをつけっぱなしだった。静かな中では眠れなかったのだ。トロールたちがはっきりとこんなことを自分に言っているかどうかはわからない。「この女の書く内容が気に入らない——アパートメントから絶対に出られないようにしてやる」と。でも、無防備な人間に対してインターネットで行なわれているのは、そんなことなのだ。

早いころにこんな大混乱が起きたせいで、わたしから距離を置いた友人もいることは知っている。このような経験をしたことがない人にとって、大規模なネット上のヘイトは理解できないし、それに対して異議を唱えることが自意識過剰であるかのように解釈されてしまうのだ。「あーあ、こんなに注目されちゃって、どうしたらいいの？」と言っているかのように。わたしがどうにか外出して人と交流したときは、その日に受け取った、逆流したトイレみたいなツイートについて詳しく話そうとして、壊れたレコードのようにならずにいることが難しかった。やがて人々はそんな話を聞くのに飽きてしまった。誰かと面と向かい合ってインターネットについて話したい人なんて、いるだろうか？

けれども、だんだんと（何年もかかったが）わたしは力を取り戻した。ぎょっとして震えあがることなく暴徒たちに対処するすべを学び、彼らをわたしの退屈な影にすることができるようになったのだ。

プランA：どんなものもクリックしないこと。何も読んではいけない。どの記事にぶら下がってくるコメントも読まず、大衆がアクセスする議論やスレッドも一切読まず、「あなたの記事へのフィードバック」だの「女性たち《ウーミン》〔womyn。ウイメン（women）から男性（men）を取り去った言葉。一九七〇年代にウーマンリブ活動の中で提唱された〕に関する質問」だの「フェミニズム＝女性の優位？」のような件名がついた、なんとなく怪しいメールも開かないこと。絶対に。そもそも、なぜあなたがそんなことをする必要があるのか？　インターネットが今週の火曜日に発明されたばかりだったら、あなたがこんなふうに本気で思うとしても理解できるが。「ああ、たぶん『sniffmychode89』という人は、女性の体毛の政治学的な読み解きについて建設的な見解があるのかも」と。しかし、わたし、リンディ・ウェストは、まさしく二十年間もこういった仮想のゴミ処理機を使っているのだ。もしかしたら、五十件のコメントのうちの一件くらいは、横柄で攻撃的で虐待的なゴミ以外の何かがあるのかもしれない。それでも、わたしは言い訳しない。そうしたものをクリックした時点で、わたしが愚かなのだ。

　それはまるでデリカテッセンの世界的チェーンのようなものだ——あなたがどのフランチャイズ店へ行っても、何を注文しても、そしてどんなにはっきりと「パ・ス・ト・ラ・ミ」と発音しても、五十回のうちの四十九回は排泄物のサンドイッチを出されるだけだろう。ゴマのバンズの上に湯気の立ったでっかい排泄物が乗ったものを（特製ソースもやっぱり排泄物だろう）。そして、あなたは思い切ってそれを食べることになる。おまけに、そんなサンドイッチを一回だけでなく、五十回も、場合によっては百回も食べることになるのに、やはりそういう店にまた行ってしまう——おいしいものを食べるためにお金を払っているのだから、今度こそ違うはずだと心の中で期待しながら——毎日毎日ずっと。来る日も来る日も。さらに、あなたが出会ったほぼすべての人も同じデリカテッセンに行ったことがあって、彼らも何度となく、悪臭のする排泄物のサンドイッチを食べた話をしてくれたはずだ。彼らは警告してくれた！　それなのに、あなたは相変わらずそんなデリカテッセンに行って、そんなサンドイッチを食べる。

なぜならば、もしかしたら、今度は違うものが出てくるかもしれないからだ！　もしかしたら——本当に、もしかしたらだけれど——今度は、見たことがないほど最高においしくて満足できるサンドイッチを食べられるかもしれない。店員はサンドイッチを注文するあなたのスキルが明確で鋭くて優れていることにようやく気づき、排泄物のサンドイッチを出すのをやめるかもしれない。そしてジョス・ウェドン〔アメリカの脚本家、映画監督。近年はDC作品の常連〕が精肉用の冷凍庫から突然現れて、「最優秀賞」のトロフィーを渡してくれるかもしれない。ウェドンはサンドイッチについてのあなたの話をもとに、次の『アベンジャーズ』の映画の構想を練るだろう。『キャプテン・ナントカ：サンドイッチ・兵士《ソルジャー》』とかいうタイトルをつけて（ぶっちゃけると、わたしは『アベンジャーズ』がどんなものか知らない）。

しかし、そんなことは起こらない。絶対に起こらないのだ。それどころか、わたしは残り四十九件の「死んじまえ、ブタ女」というツイートに難渋し続けている。二〇一三年のあるとき、ホーリー・ロビンソン・ピート〔アメリカの女優〕が、彼女がCMに出演した「カーネーションのインスタント朝食パウダー」〔粉末のインスタントドリンク〕[*2]に関するわたしのジョークにリプライをしてきたことで、わたしを知る人が増えたからだ。多少フォロワーが増えようが、これは費用対効果としては悪すぎる。

とはいえ、わたしはネットのそうしたものをクリックしないようにしている。努力しているのだ。

プランB：ネット上のコメントを見たい気持ちがあまりにも強いとき、つまり「見ない」というプランAが失敗したとき、わたしは第二の手段に頼る——攻撃してくる連中を嘲笑ってブロックするというものである。ひどいツイート——わたしの死を願うものや、わたしの家族を引き合いに出したもの、効果的に哀愁を感じさせるもの——のスクリーンショットを撮って「よくやったわね、アインシュタイン」とか「バーブー、バブバブ、赤ちゃん男」のような見出しをつけて再投稿してやるのだ。オムツかぶれ用クリームの写真だけを投稿する場合もある（おそらくドロシー・パーカー〔アメリカの詩人、評論家〕か誰かがかつて言ったように。「バーブー、バブバブ、赤ちゃん男は英知の神髄」と）。わたしはしばらくの間、トロールたちのことを赤ちゃんアザラシの皮をかぶったシャチの群れだと考えて、いったん充分な検証結果が得られたら、そいつらをブロックして勝手に消滅するに任せるつもりだ。もしかしたら、残酷なやり方かもしれない。トロールが基本的に悲しい人々であることはわかっている。すでにかなりの分野でわたしは彼らを負かしているのだ――賢明であることや幸せであること、成功していること、話に耳を傾けてもらえること、愛されていることで。その他、どんなことにおいても。ミスター・「死んじまえ、このろくでなしのデブ」は嘲笑されたり、ずたずたにされたり、切り捨てられたりしたくなかったら、クジラに対する口のきき方にもっと気をつけるべきだろう。

プランC：ワイン。

全体として、以上の三つの柱からなる防御法は持ちこたえている……かなり。わたしは……大丈夫だ。わたしは毎日毎日それらに対処しているし、正直なところ、我慢強い人間はなんとなく魅力的だと思っているところがある。増えるいっぽうのヘイトに耐えるという自分への挑戦は、虚栄心がマゾヒスティックな形で表れたものなのだろう――わたしが信じてすらいない、マッチョな個人主義の名残だ。

だが、そこまで頑強な防御態勢をとりながら生きていたい人などいない。そんなものは、いつもどこかしらで自分を傷つけてしまう。

それに、鎧というものは重い。ネット上のハラスメントを切り抜けるための能力を手に入れてしまったことは、わたしの人生で最大の悲劇の一つだ。

トロールに慣れることはない。もちろん、人は適応できるものだ——皮膚は厚くなり、胃は落ち着き、おしゃべりを無視する方法を学び、グーグルでエゴサーチすることをやめる（多くの場合は）ようになるだろうが、それはいつも単なる継ぎ当てにすぎない。ただの覆いだ。ペンキを表面に塗っただけの。乾いた腐敗物の上に、鉢植え植物をドサッと置いただけのことだ。感情を低体温症——脳は温かいと思い込んでいるが、体は相変わらず凍えている——にしているに過ぎない。医学的に見れば、あなたの足の温度は依然として低下しているのだ。雪山などで低体温症で死亡する人によく見られる「矛盾脱衣」と呼ばれる現象がある。彼らは自分の体温が高くなりすぎたと思い込むあまり、服をすべて脱いで雪の中にばらまいてしまう。すると、さらに寒くなり、死が早まるのだ。凍死には何か尋常でないものがある。人としての感覚がゆがんでしまったのに、身動きもせず、無関心な状態でいるというわけなのだ。

仕事をするうえでよいものとして育んできた「回復力」を、わたしは必死に取り戻そうとした——頑になった心、自分と世間との間にあるものと決め込んだ距離、自分が正常だと信じ込もうとした決意を。俯瞰的にとらえれば、それは勝利というよりはむしろ喪失だと感じられるだろう。最もくだらないものしかない世界的なゲームショーのようでもある。そう、あなたは無制限の幸福や人間的なつながりを得る力を打ち捨ててしまったわけだが、心配ご無用——代わりに、この不安という牢獄と、病的なほどリラックスできない日々があるから！

とはいえ、ハラスメントを受ければ受けるほど、わたしはそれに対して声をあげているような気もする——猛攻撃を誘発するとわかっている、より強く明確な意見をむき出しにして——まあ、自分の体温をすでに調節できたのなら、ほかの女性たちが凍えなくても済むように、暴風雪に立ち向かってもかまわないのではないか？

おそらく、雪山ならこういうことが「矛盾脱衣」につながるのだろう。しかし、これは単なるインターネットだ。わたしたちにできることは何もない。

わたしの今の現実はこんなものである。ほぼ毎日、少なくとも一人の見知らぬ人間がわたしを見つけ出し、「ムカつくデブ女」（またはそれぞれの簡潔な、さまざまな表現で）と呼ぶ。インターネット上のハラスメントなんて人生であまりにも日常茶飯事だったから、ほかの人がそのひどさに仰天する姿を目にして、わたしはいつも驚いてしまう。地方で営業する中規模のテキスタイル企業の経理部にあるあなたの小部屋に、ふらっと——うーん、たとえばおまえなんか太りすぎでレイプにも値しない、なんて告げるために現れる男が何百人もいたりしない？　たぶん、彼らは電動ナイフを手にして会いに来たんでしょ？　え、違うの？　じゃ、そういうのはわたしだけに起こることってわけね。

これは野蛮な行為だ——社会契約説〔十八世紀にフランスのルソーが唱えた、近代民主主義の基礎となっている思想〕を自ら進んで放棄するような野蛮さ。そして、わたしたちの多くが、ただ自分の仕事をしているだけでこれに直面する羽目になるのだ。

わたしは常に何かしらの圧力を意識している。キャリアを変えるべきだとか、SNSをやめてしまうべきだ、とか。どこか別のところでなら、また出版関係の仕事に就けるかもしれないと思ったりもする。それくらい疲弊させられているのだ。同僚たちからも似たような言葉を繰り返し聞く。そればかりか、最もひどい痛手を受けているわたしたちが、ハラスメントそのものについて書くことになる場合も多い。わたしはインターネットトロールたちを特ダネ記事にしたくなどなかった――書きたいのはフェミニズムの議論についてだ。魔法使いについてのジョークや、ジョン・グッドマン〔アメリカの俳優。『ビッグ・リボウスキ』『オー・ブラザー！』などの名作や『モンスターズ・インク』のサリー役でも知られる〕のがっしりしてセクシーな前腕へのラブレターを書きたい。今でもそんなものを書きたいと思っている。

わたしはそういう仕事に戻れるのだろうか。

＊注1
かつてある男性から、「asshole」は反男性の中傷だという怒りのメールを本当に受け取ったことがあった。それは「逆性差別《リバース・セクシズム》」を信じている人がいかにも言いそうな、女性の体の構造についての理解のレベルを表した発言だった（女性はオウムのようにヴァギナから何でも排泄するとでも思った？:)。

＊注2

これは本当に起こったことだ。わたしはホーリー・ロビンソン・ピートについて金輪際、ジョークを言うつもりはない。

精霊たちと戦う人々

わたしだって、好き好んでインターネット上のトロールたちと戦いたいと思ったことなど一度もなかったのだ。どっちかと言えば、本物のトロールとなら戦いたかった。もちろん、剣を手にして。

わたしが空想上のものに執着するようになった経緯は容易にたどることができる。わたしがとても幼かったころ、父は毎晩、寝る前に本を読み聞かせてくれた。いつもファンタジー小説だった。トールキン、ルイス、ボーム、そしてまたトールキン。椅子に座った父がうとうとしていたのを覚えている。まるでバッテリーが切れかけているように読む速度は遅くなっていき、声は小さくなっていったものだ――「ビフールと、ボフーーールと、ボーーーンブーーーールーーーーーー……〔トールキンの『ホビットの冒険』の登場人物たち〕」今でも「はなれ山」、つまりエレボールの入り口である「湖の町」へとケルドゥイン川を樽に乗って下っていく話を誰かが始めようものなら（彼らは春休みの話をしていただけだとしても）、わたしはノスタルジーに打たれて身動きもできなくなる。『ライオンと魔女』〔C・S・ルイスの『ナルニア国ものがたり』の一部〕は父にせがんで何度も何度も読んでもらったので、大部分を記憶している――〝空襲〟というものが何かはわからなかったが、それがいつ起こったかはわかったし、あなたは終わらない休暇を過ごすために田舎の牧師館へ行き、次元間を行き来できるクローゼットを魔女から使わせてもらえることになる。わたしはシアトルでも〝空襲〟が起きないかと思ったものだ。

父はジャズ・ピアニストで、広告のコピーライターでもあった。表現力に富んだバリトンの声をしていて、一人でたくさんのコマーシャルソングをしじゅう作っていた。夜はバーで演奏し、週に七晩ピアノを弾くこともあった。今では失われたタイプのラウンジ・エンターテイナーで、スタンダードな曲からフランダース・アンド・スワン〔英国のコメディーデュオ〕やロード・バックリー〔アメリカのスタンダップ・コメディアン〕の曲へ飛び、またスタンダードな曲へと、さまざまな曲を目まぐるしく演奏したものだ。わたしは今でもたまに、ティーンエイジャーみたいに顔を赤くしてこんなことを言うシアトルの老人たちに会うことがある。「きみのお父さんのファンだったよ。毎晩、彼の演奏を聴きに通ったもんだ」

祖父はラジオのプロデューサーだった（『ザ・バーンズ・アンド・アレン・ショー』、『ラッキーストライク・ヒットパレード』などは彼の仕事だ）。そして一九四〇年代、テレビ・ラジオネットワークであるCBSの仕事に就いたとき、名字を変えたらどうかと提案された。発音しにくくて、たぶん当時は不快なほどオーストリア風だと思われた「レヒンマッハ」から、もっとラジオで親しまれやすそうな「ウェスト」へと。そんなわけで、父はポール・ウェスト・ジュニアになり、今のわたしはリンディ・ウェストなのである。「リンディ・ウェスト」が偽名だと思う人もいる。たぶん、それは間違ってはいない。

八十年前、祖父母の時代の古きよきハリウッドは、今では考えられないほど華やかだったという。わたしは笑いさざめく声や、粋なスーツ姿の人々を想像する。頭に載った帽子や、箱に入ったままの帽子を。冬にはスコッチを飲み、夏にはジンを飲んだだろう。祖母のウイニーはメレディス・ウィルソンのオーケストラとともに歌い、わたしの父がまだ幼子だった一九三〇年代には映画界で仕事をしていた（旧姓のウイニー・パーカーや、芸名のモナ・ローで）。歌はうまくなかったに違いないキャロル・ロンバードやドロレス・デル・リオ、その他の一流女優たちの歌唱部分の吹き替えをやっていたのだ。父はシャーリー・テンプルの誕生パーティに行ったときの話をしてくれた。祖父の友人だったルー・コステロ〔伝説的コメディ俳優〕をなにげなく紹介されたときは、気を失いそうになったという。ジーン・オートリー〔ミュージシャン、俳優〕は幼かった父を自分のグレンデールの裏庭に招待し、ポニーをプレゼントしようとしたそうだ。

彼らは浴びるほど酒を飲んだ――「食べて、飲んで、それを続けていた」と父が言っていたように。わたしはかつて父から、夜の創作講座で書いたというちょっとした短文をメールでもらったことがあった。

〈子どものころの家について多少なりとも覚えている光景は、家の中ならとにかくリビングルームだ。ケネス・ロードに沿った、家の正面の歩道からリビングルームを見たことのほうが、もう少しよく覚えている。そこに立って、金色に輝くハープを眺めていたことを思い出す。ハープのまわりにはブロケード織の緑のカーテンがめぐらされていた――一度、父と母が酔って大声でしゃべっていたとき、そのカーテンの陰に隠れたことがあった〉

〈にぶい『ドサッ』という音に続いて、何かが壊れる大きな音が聞こえた。カーテンの裏から覗いてみると、父がリビングルームの床に倒れていて、早くも腫れてしまった大きな鼻から血が噴き出していた。部屋にいた母と叔父夫妻が素っ頓狂な声で笑っていると、祖母が広い階段を下りてきた。『どうしたの?《ヴァス・イスト》』と祖母は言った――いかめしい、ウイーン風の威厳がこもった声で。『オレンジですよ』叔父はくすくす笑った。『ウイニーがオレンジを兄さんの鼻にぶつけたんです!』彼らはみな笑いが止まらなかった。『恥を知りなさい』祖母は言った[*1]〉

わたしはここに書かれている人たちの誰にも会ったことがなかった。実は、父方の親類には一切会ったことがないのだ。祖父は心臓発作を起こし、一九五三年に四十四歳の若さで突然亡くなった。父が高校を卒業する二日前だった。遺体の埋葬に関して、ちょっとした諍いがあった。カトリック式の埋葬を望む、イリノイ州南部の信心深いレヒンマッハ家と、それを望まず、堕落したハリウッドの地に祖父を埋葬しようとする父との間に。ポール・ウェスト・シニアは結局、ロス・アンジェルス南西部のカルバーシティにあるカトリック墓地に埋葬された。憎悪がくすぶっていたせいで、それから五十五年間、祖父の墓を訪れた者はいなかった。やがてほんの気まぐれで、姉とわたしがその墓を見つけ出すまでは。わたしたちは父に電話をかけて、自分たちが今どこにいるかを伝えた。「なんてこった」と父は言ったが、声はかすれていた。

　父親を亡くした喪失（それが最後の喪失でもなかったが）から、わたしの父が完全に回復することはなかったと言っていい。姉とわたしは彼を〝悲しい父親〟と呼んだ――元気いっぱいの態度の底には強い憂鬱があった。父を見るとロビン・ウィリアムズ〔俳優、コメディアン。映画『グッド・ウィル・ハンティング／旅立ち』などでも名高い〕を思い浮かべると、わたしは人々に話したことがある。陽気で愉快な、昔ながらのショービジネス仕込みのマシンガン・トークをする人だったからだと、人は思っただろう。でも、実はピッグペン〔スヌーピーの漫画に登場するキャラクター。自分がたてる埃の嵐とともに現れる〕の埃のように、いつまでも消えない悲しみが父の目に浮かんでいたからなのだ。

　父は四度の結婚経験があり、わたしの母が最後の妻だった。前進し続けるためにはどれくらいの信念が必要だっただろうかと、わたしは考える――何度も何度も、こう主張するためには。「いや！　今度こそうまくいくはずだと、わたしは心から思っている！」多くの人は三度どころか、一度の離婚のあとでも回復できないほど疲れ果てている。父は四回も結婚の努力をして、最後のものはやり通した。無責任な行為とか、女好きとか、孤独への恐怖ゆえだと言うことはできるだろうが、それは父のあくなき楽観主義の現れだと、わたしは思うのだ。父はいつでも、どんな人にでも、最高の面を見出していた――たぶん、そういうことと似ていたのだろう。あらゆる恋愛の始まりには、まだ上映されていない壮大な冒険物語であるかのようにそれを眺める。楽しみばかりで、苦痛などないものとして。「ああ、なんてことだ！」恋愛するたびに、父が言う声が聞こえるようだ。「彼女はこんなひどい女だったのか？」だが、終わってしまったからといって、ある関係を単に「失敗」とするのは、とにかく悲観主義者の考え方である。父は多くの人間を愛し、それから最高に愛せる唯一の人を見つけた。

わたしと同じように、父が魔法や現実逃避にひどく引きつけられたのはもっともなことだ。父の人生はすばらしかったし、喪失が刻印されてもいた。もしかしたら、それはほかの人たちとさほど変わらない喪失だったかもしれないが、最高のものしか期待しない場合、絶えず悲嘆を経験することになってしまうのだ。

対照的に、母はファンタジーが好きだったためしがなかった。幼かったわたしにとって、そのことは重力を好まないのと同じくらい、あるいは『セサミストリート』に登場するゴードンが好きじゃないのと同じくらい、意味がわからなかった。「わたしはただ、本当のことが好きなだけ」と母は言った。「精霊たちと戦うのは強い人のやることだから」と。わたしはよく、どうして〝普通の人みたいに〟ドラゴンに夢中にならないのかと母を問い詰めた。〝普通の人みたいに〟という言葉は我が家で一種のキャッチフレーズのようになった――それは強い人のやることだから。

母がそういう性格になったのも理解できる。母の両親はノルウェーの出身だった。十人きょうだいの最年長だった祖母のクララがまだ幼かったとき、一家はノースダコタ州に入植した。あるとき一族の集まりがあり、わたしはその古い自営農場があった場所を訪れた。そこには穴や家の土台の残骸があるだけで、草は枯れ、大きな赤い太陽が出ていた。夏のノースダコタ州の平原は、ただ真っ平らで茶色だ。冬もただ真っ平らで、白い。わたしの想像では、この土地では「精霊たち」は家族と同じように、テーブルに席があったのだろう。

世界恐慌が起こると、曽祖父母はそんなに多くの家族を養えなかったため、十八歳のクララを船に乗せてノルウェーへ送り返し、幼い妹たちのうちの二人を彼女の手で育てさせた。わたしの父の人生にその父のレヒンマッハが若くして亡くなったことが潮の満ち干きさながらに影響したように、わたしの母方には、母親が不在だったことが強く影響を与えた。故国へ送り返された幼い娘の一人だった大叔母のエレノアは、自分の葬儀で「時には母のない子のように」〔十九世紀アメリカで生まれた黒人霊歌。何世代も前に魂の故郷から引き離されて遠い地へ連れて来られた黒人たちは、自らの境遇を「母のない子」と表現した〕を演奏してほしいとリクエストし、そのとおりになった。

クララはわたしの母方の祖父となったオーレと出会い、結婚した。祖父は湖の近くにある、ガナーズヴィーンと呼ばれた農場で育った。一九一八年、オーレが九歳のときに父親はスペイン風邪で亡くなった。「あの家の男の子たちには子ども時代がほとんどなかった」と、母がわたしに語ったことがあった。二〇〇九年に豚インフルエンザが猛威を振るっていたとき、ちゃんと手を洗うようにとわたしを戒めるメールの中で（件名は〈細菌！〉だった[*2]）。ノルウェーがナチスに占領されていた一九四五年、祖父のオーレと兄は十二人の抵抗勢力の兵士の一員として、連合国のスパイの飛行機によって投下された包みを受け取るために暗い丘へスキーで行った――包みには武器や無線装置、食料が入っていた。「強い人」「精霊たち」の出所は、おおかたこういうところだろう。

オーレとクララは結婚してシアトルへ移住し、七人の子どもを育てた。わたしの母であるイングリッドは六番目の子どもだった。クララは家を懸命に維持した――くだものを瓶詰めにしたり、家族の服を縫ったりして。ふらっと立ち寄った誰のことでも元気づけるため、コーヒーの入ったポットがいつも用意してあった――オーレは大工になった。絶対に英語を習得しなかったのだが、それは故国へ帰りたいとずっとひそかに願っていたからだ。祖父母は家のない人たちを進んで迎え入れた。寝室が三つで風呂が一つの家に、十三人もの人間が暮らしていたこともあったという。子どもたちはベッドを共同で使い、お風呂も一緒に入った。料理を誰かに褒められるたび、母は「よくキッチンでわたしの母を手伝っていたからね」と言う。「母はとても忙しかったから、キッチンで手伝うときしか、なかなか一対一で話せなかった」と（おそらくそうやって、母も子どもであることをやめたのだろう）。母はぎゅうぎゅう詰めの混沌のなかで育った子ども時代について、誇らしげに話す。どうあってもなんとか生きていく力は、母のアイデンティティの一部なのだ。

わたしの母はアグレッシブで有能だ。四十年間、看護師をしていた――何かあれば、感染した爪先を調べてくれるだろう――そして、ほとんど常軌を逸していると言っていい「物事を行なうための正しい方法」について、お説教を始めるはずだ（モットーは「毎日バスルームを掃除していれば、改めてバスルームを掃除する必要はない」）。母と恋に落ちたとき、父は毎晩バーでピアノを演奏していた。クレジットカードに頼って生活し、ときどきは現金の代わりにジンやトニックを受け取り、シマウマをテーマにしたガラクタでアパートメントじゅうを装飾していた――疑いもなく、一時的な気まぐれだろう（「うわあ、シマウマってかわいいじゃないか！」みたいな）。だが数年後、わたしが生まれたころには、彼らの経済状態は安定していた。父は広告代理店で昼間の仕事に就いていて、シマウマに関する品物は花瓶が一つ、絵が二枚、折りたたみ椅子が一脚、それにサイモンと名づけられた、「FAOシュワルツ」〔ニューヨーク最大の老舗のおもちゃ屋〕の等身大のシマウマのぬいぐるみだけになっていた。まあ、妥当な品数といったところだろう。

父は「きみをもっと愛してる（これまで愛した誰よりも）」というタイトルの歌を母のために書いた――「チャンスならいくらでもあった／情熱やロマンスのチャンスならあった／だけど、ぼくが立ち直るのを助けてくれたのはきみ／だから、きみをもっと愛してる／これまで愛した誰よりも」。

父はエンターテイナーだったが、わたしがおもしろい人間なのは母のおかげだ。母は絶望的な状況でもユーモアを発揮できる看護師らしい安定感を備え、皮肉屋で、うじうじしていない。笑い飛ばせるくらいの小さなかけらにまで悩みを切り刻み、耐えるすべを教えてくれた（対照的に、父は何か悪いことが起こると〝悲しみの沼〟にどっぷり浸かっていたものだ。プリンターのトナーが切れてしまうと、父は何日もささやき程度の声でしか話せなくなった）。わたしが幼かったころ、ある隣人が「Multitask《マルチタスク》」という名の小さな人材派遣会社を開いた。始めのころ、ゲリラ的なマーケティングの企てとして、彼は「MLTITSK」と書いてあるナンバープレートを購入した。母は家では彼を「M・L・T・i・t・s・k・y《ティッキー》」〔titskyには「たるんだ下腹」の意味がある〕と呼んでいた。時間が経つと、ただの「ミスター・ティッキー」になった。それはすばらしく気のきいた言葉だった。

一度、町内の野外パーティで母はミスター・ティッキーが本名でないことを忘れ、新しい隣人に彼をその名で紹介してしまったことがあった。あとでわかったが、ミスター・ティッキーはコメディを解する人ではなかった。

父は抑えの利かない熱意と無条件の励ましを大事にしていた――どんなものも「すばらしい！」「うわーっ！」「おまえは何でもなりたいものになれる！」というのだった――いっぽう、母の役割は「今日は無理」「うーん」「収支のバランスが安定しないとだめ」[*3]とダメ出しをすることだった。最近話してくれたところによると、母にとって親業の哲学の一部は、自分は何者でもないのだとわたしに心得させることだったという。

「とにかく、そう言い聞かせたの」母は言った。「あなたが失望するようなことになってほしくなかったから」と。

父が非現実的に言葉で支援してくれたのだとしたら、母は現実的に仕組みで支援してくれたわけだ。そのさじ加減の調和は、その二つだけで何らかの宇宙の原型を満たすに違いないと思えるほど完璧だった（自分の家でそういうばかげたことを論じられるのを、母が許すはずはないが）。そんなふうに遠く離れた二つの極——現実逃避vs現実、魅力vs厳格さ、大それた希望vs北欧人らしい現実性——の間でわたしは育った。

人々からよくこんなことを言われる。「あなたがやっているようなことはわたしにはできない。わたしならトロールたちに耐えられない」けれど、それはわたしの仕事の一部にすぎない。やらなければならないとしたら、彼らにもできるはずだ。

とはいえ、たまにこんなことも考える。これは仕事以上のことなんじゃないだろうか？　なぜか、わたしはこのような仕事——自分が生まれた一九八二年には存在すらしていなかった仕事——に巻き込まれたというわけなのか？　最高の、驚くほどわたしにぴったりの仕事に？　ちょうどいつも夢見ていたように、わたしはモンスターたちと戦っている。たとえ、そんなモンスターたちがレディの騎士を憎む尖った頭の黒魔術師ではなく、あらゆる女性に憎悪を向ける、地下ダンジョンのような部屋に暮らす不気味な奴らではあっても。母がいなかったら、わたしは前に進み続ける気骨を備えていただろうか？　父がいなかったら、わたしは叶わないことに頭を悩ませるほどの理想を抱いていただろうか？

＊注1
この話にはさらに続きがある。

〈わたしは自分の毛布を「ハイホー」と呼んでいた。どこへでも持ち歩くわけではなかったが、怖くなったり怪我をしたりしたときに慰めを見いだせるものだった。幼稚園へ行く途中で交通事故に遭った日、わたしはハイホーを持ってきていた。それにはいつまでも消えないわたしの血がついた。洗われたあと、夜は相変わらずベビーベッドでわたしの傍らにあった毛布には茶色の染みが残っていて、魔法は失われた。ぬくもりは以前と変わらなかったが、安心感は消えてしまったのだ。それから一年ほどのち、家族は我が家に迎えたコッカースパニエルに「ハイホー」と名前をつけた〉

＊注2
メールの本文はこうだった。

〈わたしのルールは次のとおり。家に帰ったらすぐに手を洗うこと。それから除菌シートを持って歩き回り、ドアノブ、電気のスイッチ、蛇口を消毒すること。もちろん、食事の前には手を洗い、目を含めて粘膜には一切触らないように。今回のことが落ち着くまであなたを隔離したいところだけれど、自分の身の安全をあなたが守ると信じてます。一緒に暮らしている全員が同じようにしてくれたら、家でも安全でしょう……たまたま病気の人間を家に入れないかぎりはね。愛してる。母より〉

＊注3
わたしは今でも収支のバランスを保てない。正直なところ、定義によれば二十パーセントしか達成していない。

座席がわたしに小さすぎた日

あるとき、わたしは飛行機のファーストクラスに乗った。チェックインの際、航空会社が五十ドルの追加料金で座席のアップグレードを勧めてきたからだ。太った人間が五十ドルを持っていて、十七インチ〔四十三・一八センチ〕のゴミ圧縮機の代わりに二十一インチ〔五十三・三四センチ〕のリクライニングシートを提案されたら、誰もがイエスと答えるだろう。ファーストクラスには新しい世界が広がっていた。あの小さな魔法のカーテンの向こうにある、小君主たちがいるところ。わたしの車よりも値が張りそうな革靴を履いたビジネスマンの隣に座った。後ろに座っていたのは、「携帯電話での通話はご遠慮ください」とアナウンスがあったあとでも、ボートを売ろうと怒ったような口調で通話し続ける男性だった。

どうやら、ファーストクラスの第一《ファースト》のルールは、ルールがないことらしかった（第二のルールは、裕福な人々の化粧室を貧しい人々に使わせてはいけないということだ）。

自分以外のファーストクラスの乗客たちに——全員が男性で、グーグルのスプレッドシートに取り組んでいた——偽のファーストクラス客だとばれるだろうかとわたしは考えた。会社から航空券代を出してもらえるおかげで、座席をアップグレードする余裕があっただけだと見抜かれるんじゃないかと。もしかしたら、ボロを出してしまったかもしれない。離陸前に〝特製《スペシャル》ドリンク〟はいかがですかと客室乗務員に尋ねられ、「スペシャルドリンクですって？」と大声をあげて三つ注文したときに。エコノミーの二十六列に座っている田舎者みたいにコーヒーを頼むなんてことをせずとも、ここならコーヒーでもジンジャーエールでも、ミモザでも飲めるのだ！　わたしは航空産業によって確信させられた……これが人生というものなのだと。

機内での時間が経つにつれて、ファーストクラスに乗った興奮は冷めていった。数千ドルのボートを売る人の近くに座っているのだという最初のスリルがなくなった時点で、わたしは気がついた。出されているスペシャルドリンクは少しも特別《スペシャル》なものではないと。布製のナプキンを添えて出されたとはいえ、このローストビーフ・サンドイッチはちっとも贅沢なものではない（というか、電子レンジで温めた、飛行機で輸送している灰色がかった牛肉の塊を〝サンドイッチ〟と呼ぶのはかなり採点が甘いのではないだろうか）。ファーストクラスの座席は、空の旅における神話として信じ込まされるような、リチャード・ブランソン〔ヴァージン・グループの創設者〕の髪を詰めた豪華な王座ではない――人間が脚を伸ばせるだけの空間はある、単なる標準サイズの椅子だ（脚を伸ばせるのは小妖精くらいの、珍しいサイズのファイル用引き出しとでも形容するべきエコノミークラスの椅子と対照的ではある）。ファーストクラスの座席は耐えがたいものではなかった。わたしが与え得る最高の賛辞は、それがちゃんと座席の用をなしたということだろう。人間の忍耐力の限界を試す空飛ぶ社会実験としてではなく、椅子として成功していた。裕福な人々は贅沢のために金を払うのではない――最低限の人間らしさを得るために金を払っているのだ。

　わたしにとってファーストクラスで空を飛ぶことの第一の利点は、恐怖を感じずに済むことだった。二〇一三年の秋まで知らなかった恐怖――わたしはそのとき、飛行機に乗って初めて「自分が座席にうまく収まらない」と気づいたのだ。わたしは常に太っていたが、たいていのことは問題ない程度の肥満だった。標準的な女性の服は合わなくて（頭蓋骨やサクランボ、アンティークの切手といった柄がついた、もっとおしゃれなチュニックがほしい）、お尻の安全には気をつけなければならなかった（かつてパリのカフェで目立たないように歩こうとしていて、ゴジラがビルをなぎ倒すみたいにランチの皿をすっかりテーブルから払い落としたことがあった）けれど、あまり波風立てずに標準サイズの世界で活動していけるくらいの肥満体ではあった。なのに、それができなくなったのだ。

　信じられないほど仕事が忙しい年だった。たぶん八カ月間に二十回は飛行機に乗っただろう――ストレスが溜まっていたし、ウエストラインをほっそりと保ってくれる〈チリーズ・トゥー〉の店もなかった――ある日、座席に腰を下ろしてみたところ、うまくいかなかったのだ。テキサス州から家に帰るためのフライトで、行きの飛行機は問題なかった。帰りの飛行機で突然、わたしは座席に体を押し込まなければならなくなったのだ。自分がブリスケット〔牛の胸肉。このバーベキューはテキサスが本場〕を食べたことはわかっているが、テキサスにいたのはたった二日間だ！　わたしはお尻専門の科学者じゃないけど、それにしても、人間のお尻がこんなに早く大きくなるなんてあり得るだろうか？

あなたがもし自分の体よりも一インチか二インチ狭い角張った金属製の箱にお尻を押し込もうとして四苦八苦し（ほかの乗客たちが苛立たしげにじろじろと見る中で）、それからそこに五時間、できるだけ目立たないよう枯れかけた蘭さながらに腕組みして肩をすぼめて身動きもせずに座っていた経験がないなら、さっさと消えてほしい。あれは万力で骨を絞られるようなものだ。苦痛のあまり、歯まで痛くなる。一度、オスロからシアトルまで、涙なしではいられない八時間のフライトを経験したこともあった。ポキポキ折れる杖の形のキャンディみたいに、大腿骨がバラバラになっているに違いないと思いながら。地獄だった。

どんな肉体的な苦痛よりも最悪なのは、不安——というか恐怖——である。通路を歩いて搭乗口に向かいながら、乗るのがどんな種類の飛行機かわからないというときの。機体によって座席の幅もシートベルトの長さも違うし、航空会社によっても違いがある。今度の飛行機はわたしに合うだろうか？　シートベルトの延長ベルトを頼まなければならないだろうか？　座席の幅は十七インチだろうか？　それとも十八インチ？　わたしは隣の席の乗客から憎まれるだろうか？　この飛行機の乗客全員から嫌悪されるのか？　ちゃんと運賃を払ったのに？

これまでの人生では、飛行機で隣に座った人に比べれば自分は痩せているということもあった。だが、最近では、ほかの乗客たちを憂鬱にさせるほど太った人間である。そっちのほうが始末が悪い。

わたしが飛行機に乗るやり方を教えよう。まず、窓側の席を確保できなければ、そもそも航空券を予約しない――最後列の窓側なら喜んで座るし、そのためにはめちゃくちゃ早い、夜明けの発着便に変更してもいい――窓側はほかの席よりも二インチほどの余裕があるので、そこに体を押し込んで、隣の乗客にできるだけのスペースを与えられるからだ。座席からいちいち体を引っ張り上げたり、体を押し込んだりするのは面倒で恥ずかしいし、誰かが化粧室へ行こうとするのを妨害しなくて済むことも、窓側の席が好きな理由である。経験則では、非常口がある列と客室間の仕切りがある列の席はほかの席より狭い場合が多いので、そういう座席はだめだ。

フライト前のわたしの不安は搭乗の前日、旅が近づいていることを思い出したときに始まる。たとえ国内線でも、走る羽目になりそうなことが決してないように、少なくとも二時間前には空港に着いている。肥満の人間が飛行機に乗るよりも悪い唯一のことは、赤い顔をして汗びっしょりで息を切らした肥満の人間が飛行機に乗ることだからだ。搭乗前は何度も化粧室へ行っておく。さっきも書いたように、座席から出るのをどうあっても避けるためだ。国際線であっても（肥満だとバカにされる《ファット・シェイミング》ことから、深部静脈血栓症になるまではあっという間だ）。できるだけ早く搭乗して自分の列で最初に乗り込むために、ゲートの近くでうろうろしている。そうすれば、わたしが体をすぼめて座る準備をする間、通路で誰かを待たせなくても済むのだ。飛行機の前方で客室乗務員とすれ違うときにはこっそりと、延長ベルトをもらえないかと頼む。席に座って呼び出しボタンを押し、自分が肥満であることを隣の席の人たちに知られるという屈辱を軽減するためだ。最後に、機内の壁にカサガイのようにぴったりと体を押しつけて眠ろうとする。いびきをかいてしまい、でこぼこの太い気管をしているとまわりに思われそうな姿勢はとらないようにして。

　飛行機に乗るたび、そんな計画を立てたり、不安を覚えたり、感情的なエネルギーを費やしたりしている。太った人たちは機内で楽しい時間を過ごせはしないのだ。ただでさえひどい時間を、さらに悪化させたくない。

　例のテキサスからの帰りのフライトからほんの一、二カ月後、ニューヨークからシアトルへの早朝のフライトで、わたしは隣の席の人と初めて口論をした。インターネットでは短気なのに、誰かと面と向かい合った場合のわたしは病的なほど礼儀正しいから、直接の敵意を見せられる経験には縁がなかった。その日、わたしはあやうく飛行機に乗り遅れるところだった――扉が閉まる寸前によろよろと乗り込む人になってしまった――きっと、隣の席の男は三人掛けの座席を独り占めできると思っていたに違いない。たぶん三十代半ば、わたしくらいの年格好で、ジョン・ゴスリン〔リアリティ番組で人気になったテレビのパーソナリティ〕みたいな外見の男だった。おそらく会社員だろう。クラブへ行くには年を取りすぎだけれど、若い女性をまだナンパしたいから、アイリッシュパブのようなところに入り浸っているタイプだ。サーフィンを習いたいと思っているが、絶対にその時間をとれないという人。まあ、そんなことはどうでもいいけど、とにかく男の人だった。わたしは申し訳ないという気持ちを込めた微笑を彼に向け、真ん中の席を指さした。「あの、悪いけど、わたしの席はそこなんです」彼は返事もしなければ、アイコンタクトも取ろうとせず、わたしのお尻を黙って見つめていただけだった。それから、頭上の収納棚に荷物を入れようとわたしが踏み出したとき、彼が何か不快なことをつぶやいたのが聞こえた。

「(何かゴニョゴニョと言ったあと)『すみません』くらい言えよ」

わたしは凍りついた。これは嫌がらせなの？　面と向かって？　朝の七時に？　閉鎖空間で？　これという理由もなく？　わたしが二日酔いのときに？　それに、今から五時間、わたしたちは隣同士でくっついていることになるんだけど？　インターネットや走りすぎる車からわたしをゴミ呼ばわりする男たちには慣れていたが、こんな狭苦しい場所で面と向かって不快なことを言われるのは、衝撃的で新鮮な経験だった。

「何ですか？」わたしは訊いた。

「別に」相変わらずわたしから目をそらしたまま、彼は小声で言った。

「いいえ」わたしは言った。「自分たちの権利を自分で守れ」と女性に説くことで生計を立てているのだから、わたしだって自分を守らなければならない。「何か言ったでしょう。何て言ったの？」

「別に」彼は繰り返した。

「いいえ」わたしも繰り返した。「何て言ったの？　答えてください」

「おれが言ったのはだな」彼は返した。「誰かに移動してもらいたかったら、『すみませんが』と言って、邪魔にならないようにどくべきだということだ。あんたはおれにどけと言って、ただ――」彼はわたしの体全体に円を描くように大きく手を振ってみせた。

「今は上の荷物棚にかばんを入れようとしているんです」わたしは言った。不安が耳の中で大きな音をたてているようだ。「だって、ほら、飛行機ではそうするものでしょ？」

「ああ」彼は軽蔑をあらわにしながら言った。「オーケイ」

彼はわたしが真ん中の席へ滑り込めるように立ち上がったが、窓の向こうに見える遠くの土手に視線を据えたまま、目を合わせようとしなかった。わたしは彼に触れないようにしながら腰を下ろした。頭が熱気球のようになった気がする。それでも「すみません」とは言わなかった。彼が何か言ってきたのは、まだ頭上の収納棚にかばんを入れているときだった。「すみません」というやり取りは、かばんを入れていよいよ相手に立ってくれと頼むときに交わされるものだ。わたしは彼にのしかかったわけじゃなかったし、そもそも触れる近さではなかったし、彼の上に何かを落としたわけでもなかった。胸の谷間からエクレアが転がり落ちて彼の髪にダイブしたのでもなかった。先に「悪いけど」と言ったことだけで充分じゃないの？　わたしは知らないうちに何かの慣習でも破った？　もしくは、四次元空間を通り抜けて別の次元――

「悪いけど」という言葉が「悪く取らないでほしいんだけど、あなたの顔ってジョン・ゴスリンみたいだし、性格はケイト・ゴスリン〔ジョンの元妻。二〇〇九年に離婚したが、現在もお騒がせタレントとしてメディアにたびたび登場する〕みたいですね」を意味する次元に？　そうじゃないなら、自分がどこで間違ったのかわからなかった。

最後の数名の乗客が搭乗し、飛行機の扉が閉まった。わたしたちの列の窓側の席には誰も来なかったから、こう言いながらそちらへお尻を滑らせた。「真ん中の席には誰もいないから、あなたはわたしの隣に座らなくていいということですね。どうやら、わたしが邪魔みたいですから」

「よかったよ」彼は視線を前に向けたまま、単調な声で言った。

彼が眠りに落ちたとたん（バカみたいに口をぽかんと開けて）、わたしはバックパックをわざと彼の足にぶつけてこう言った。「あら、すみません」。だって、わたしは大人だから（それに、彼は「すみません」という言葉を聞くのが大好きみたいだし）。その後、フライトの間ずっと、わたしたちはお互いを無視していた。

こんなふうに声に出してはっきりと、そして公の場で誰かに敵意を示される（しかもこれほど勝手な理由で）のは珍しかったが、おなじみのことだという感じもあった。ほぼどのフライトでも、人々は目で同じようなことをわたしに告げる――この男性は口で告げることを選んだだけだった。

わたしの人生には、だいたいこんな具合の伴奏が流れている。「あんたはでかいんだよ」「あなたのそばにいるのが怖い」「きみの体そのものがエチケット違反だ」「おまえはチーズケーキを野菜だと思ってる、とんでもない愚か者に違いない」「あんた、おれに向かって屁をこくに決まってる」

機内では太った人の隣に誰も座りたがらない。わたしたちがそれに気づいていないとは思わないでほしい。

だからこそ——わたしがファーストクラスに乗ったときの話に戻ると——いわゆる「贅沢」を試してみて、ひどく失望したのだ。それはファーストクラスでなければ空の旅がどれだけ悲惨かという、腹立たしいほどきらびやかな上流社会の生活を味わわせるものでさえなかった。わたしは悟ったのだ。ああ、ファーストクラスも本質的には特別なものじゃないんだ、と。とはいえ、覚えている限りでは、飛行機に乗って人間らしい気持ちになったのはそれが初めてだった。

大半の人はほかに選択肢がないのでエコノミークラスに耐えているだけ——移動する用事があり、より低価格の航空券を求めているからだ。ミート・グルー〔「肉の接着剤」と呼ばれる、トランスグルタミナーゼという酵素の一種。成形肉をつくる時などに使う〕が入った「プリングルス」みたいにできるだけ多くの乗客を機内に押し込むという商売を航空会社が続けていることを、わたしは責めようとは思わない。それは明快なビジネス上の決定だろう。だから、太った人間として、わたしという個人が空の旅をどれだけ台なしにしているかといった調子のことをたびたび言われると困惑してしまう。機内にいる太った人々への徹底的な嫌悪ばかりが書かれたブログもある――犯罪に等しいと言ったり、グロテスクな体の詳細を大喜びで細かく描写したり、盗み撮りした写真を投稿したりして、体の大きな隣席の人に自分が浴びせた暴言について得意げに武勇伝を語っているブログだ。まるで、太った人など存在しない、誰もが飛行機の旅を情熱的に愛する時代があったかのようだ。

それについては、空の旅はそもそもずっとひどいものだったことを、みなさんにやんわりと思い出させたい。飛行機が最悪なのは、それが空飛ぶバスにすぎず、人々は永遠に続くラッシュアワーに閉じ込められるからだ。空気の代わりにあるのは、リサイクルされたおならと、子どもの蒸発した唾液。座席は平均的な人間の骨盤よりもわずかに広いだけで、おまけに、機内には階級まで存在している。赤ん坊用のワンジー〔幼児用の上下一体型の服〕を着たボンドガールたちを配置し、タバコの煙でむせかえる空飛ぶどんちゃん騒ぎの場として飛行機が報道された一九五〇年代と六〇年代の短い期間を除けば、空の旅は人々に不快を強いながらより多くの利益を生む方法の実践的研究とでも言うべきものだったろう。それは太った人々のせいなどでは一切ない。

肥満の人の中には基本的な身体疾患が何もなくて、自分のせいで太った人もいることは、わたしにもわかっている。しかし、少なからぬ数の人が病気だったり障害があったりするせいで太っているのだ。「Kayak.com」〔旅行サイトの検索サービス〕の全利用者の血液検査でも事前に行なわないかぎり、どの太った人がどのケースに当てはまるのかはわからないだろう。つまり、太った人々のことをあなたが〝問題だ〟（さらに利益を搾り出そうとしている航空会社や、快適さは損ないたくないくせに、より安い航空券を求める消費者を問題だとは思わずに）と思ったとしたら、すでに病気や障害で人生が複雑になっている人を、間違いなく感情的にも経済的にも罰することになってしまう。地獄みたいな話だ。

隣に座っていたあの男は、面と向かってわたしをデブ呼ばわりはしなかった。彼が気に入らなかったのがわたしの体形かどうかは、わからない。もっとも、彼がわたしの体（顔ではなくて体を見たのだ。顔はただの一度も見なかった）をどんな目つきで見たかということには気づいた。あの男がわたしに腹を立てた理由は明確ではないが、機内でたいていの人がわたしに腹を立てる理由はわかっている。彼は一見してわたしを気に食わないと思い、不快な仕打ちをしてやるための口実を考え出し、実行したのだろう。もっと重要なのは、毎日のように、ほかの人が太った人々の体を彼と同じ目つきでにらみつける様子をわたしが目撃していることだ。空の上でも地上でも。そして、あたかも正しい公共サービスについているかのように、彼らはそんな行動をとった自分たちを祝福するのだ。

わたしが間もなく気づいたことがある。飛行機に乗っている太った人間よりもさらに嫌われるのは、太った人間が、自分が飛行機に乗ることについて少しも卑屈な態度をとらず、あっけらかんと話すことなのだ。

この出来事があってからさほど経たないうちに、わたしは例の男について『ジェゼベル』の短いエッセイに書いた。休暇中の空の旅に関するエッセイだし、いつものとおり「食事を減らせ／もっと運動しろ」といったファットフォビアの反発くらいしか予想していなかった。わたしの考えでは、これは太った人々が毎日のように直面するささやかな敵意（それに、小さな攻撃性《マイクロアグレッション》〔自覚しない言動に現れる偏見や差別〕によって自信を奪われること――この人は本当にわたしを嫌悪しているのか？　それとも、わたしが神経過敏になっているのか？）に関する、心の痛む話だった。起こったとおりのことを率直に語った。読者は登場人物をわたしと結びつけて考えるだろうと思い、太った人々を排除してしまう一般的な偏見のいくつかを打破できるかもしれないと考えた。しかし、そうなるべきではなかったが、わたしは実際の反応に不意をつかれた。

　自分の経験――とてもシンプルでごく普通のやり取り、飛行機で隣に座った、太っている人間に腹立ちを感じた乗客の話が真実だということ――を正確に説明できただろうかと考える間もなく、読者は複雑な別の話をいくつも作り出し、その中でわたしは悪者扱いされていた。失礼なのは、わたしだというのだ。「すみません」ではなく、「悪いけど」と言ったという理由で（それ、どういうルール？）。わたしはかばんをしまおうとして背伸びしたとき、お腹であの男を窒息させたことにされた（うわっ、まるでわたしがほかの人に触れるのが好きみたいじゃん）。わたしは無責任な怠慢さのせいで定刻までに来なかったため、飛行機の出発時間を遅らせたのだと（搭乗口にはいた。ただ、意図したほど早くは来られなかっただけだ）。わたしは飛行機に乗った最後の客ということになっていた（違う）。わたしはまだ酔っていて、わめきながらわけのわからないことを言い、酒のにおいをプンプンさせて喧嘩相手を探していたという（わたしがどう見えるというのだろう——大学一年生だとでも?）。

　コメントを投稿した人たちはそういった話に続けて、わたしのことを過剰反応している妄想的な嘘つきだと述べた——大の男が飛行機でわたしに敵意を見せることなどあり得ないと——さらに彼らは「嫌悪すべき、悪臭を放った厚かましいデブの隣に座ってしまった自分」のおぞましい体験談に同調し合い、同情を示し合った。なにそれ? 太った人々がそもそも機内でまともな扱いを受けているとでも思ってんの? それとも、太った人々と一緒の飛行機に乗るのはひどい苦痛だから、公の場で彼らを粛清していいのだとでも?

　書くことの一部は、どんな点を細かく書き、どんな点を切り捨てるかという選択である。そして読むことの一部は、語り手を信じられるかどうかの判断だ。投稿が公開されると、わたしを信用することなど検討の対象外であることを、インターネットはとても明確にすばやく示した。たとえば、わたしがわざわざ述べなかったのは、例の男が脚を大きく広げて座っていたことだ。足元スペース（わたしの足元スペースだ）の真ん中、つまりわたしがバックパックを置く余地があったところに片足を置き、典型的な〝湯気が出るほど熱い男のタマが出てくるんだ〟の格好で脚を広げていたのだ（もし、わたしがバックパックをそこに置いたら、ヒステリーのフェミニストだと非難されただろう。地下鉄の〝マンスプレッディング〟〔電車などの公共交通機関の座席で、男性が大きく脚を開いて座る行為を指す〕を非難する女性たちが取るのと同じ方法だと）。飛行機の扉が閉まって、自分たちの列の窓側の座席が空いていることがはっきりし、わたしがそこに移動して初めて、バックパックをそれまで座っていた真ん中の席に移動させたことを詳細に書いて無駄に字数を使うことも避けた。そんなわけで、そう、バックパックを動かしたときにわたしは彼の足を押しのけた。足が邪魔だったからだ。彼は目を覚ましもしなかった。それはあえて説明する必要もない退屈なことだとわたしは思ったのだ（ひどく退屈な本章のこの時点で、まだあなたが起きているなら、そのとおりだと思ってくれるだろう）。『ジェゼベル』の読者なら、いつも見せているとおりの人物——親切で実際的で、非暴力的で分別のある人間——だと自分のことを思ってくれるはずだとわたしは推測していた。そして少しは共感しながら、あるいは少なくとも、疑わしきは罰せずの気持ちで記事を読んでくれると思っていたのだ。

インターネットというソーセージ工場の中をその投稿が駆け巡ってから数時間も経たないうち、わたしはツイッター上で奇妙な作り話を次々と浴びせられ始めた。わたしは酔っ払ってよろよろと飛行機に乗り込み、ある男に「どけ」と叫んで離陸を遅らせたことになっていた。その男の膝の上に座り、子牛革の大きなブーツで激しく蹴って、バックパックで容赦なく殴り、フライトの間じゅう彼に嫌がらせをしたり嘲ったりしたと。そして彼は恐怖に震え、眠ったふりをしたことになっていた。それから、わたしはインターネットでも彼をやたらに中傷したことにされた。とりわけ下劣なミソジニストのコミュニティの一つは「ＦＢＩに報告する」と脅迫した。「連邦政府の飛行機内で威嚇や暴行を行なった」からだと（大笑いだ。じゃ、やってみたら。バカな人たち）。さらに彼らはわたしの名前にグーグル爆弾〔グーグルの検索結果に影響を与えようとする試み〕を仕掛けるという手間もかけた（これは一時的に成功した）。そうすれば、彼らの〝記事〟――「太ったフェミニストのリンディ・ウェストが逆上。もはや飛行機の座席に体が収まらないという理由で」――が検索結果の最初のページに来るからだ。

わたしの記事への反応を次に引用する。完璧に筋が通っているし、ファットフォビアなど存在しないから、自分には偏見などまったくない、とこの人物は前置きしている（すべて原文のまま）。

〈これが、我々が我が国で影響力を持つにふさわしいと思っている人物なのか？　太ったフェミニストの信念にはさまざまな結論があることを、社会は気づかなければならない。彼らの主戦場は具体的なこと（飛行機の座席に体が合わないこと）から、個人的な責任感という概念を持ち合わせない、ちょうどいいカモを探している類の女性を作り出すことにまで広がっている。彼らは自己改善に集中せず、自分の問題について責めを負わせる相手を探している。精神が錯乱した女性の、足首がない脚で持ち物に被害を与えられた、飛行機に乗っている無害な男性たちさえも責めの対象になるのだ〉

ほかのサイトでは、ある投稿者がこう書いていた。
〈男たちよ、彼女をファックしろ。わたしはフェミニストのレベルにまで身を落として、彼女の体に危害を加えたい――不妊にするとか、顔に酸で火傷を負わせるなど――とは思わない。しかし、もしもそうしたいと思うなら、バッファロー・ビル〔西部開拓時代のガンマン〕が彼女に教訓の一つや二つは教えてやってほしいと言うだろう〉

ほかの投稿はこうだ。
〈なんということだ。なんて下劣で妄想的な、ろくでもない女なんだ。ぼくには何の関係もないが、健康についての誤った判断が原因で彼女が早く墓へ入ることを大いに楽しみにしている。糖尿病のせいで脚を失ったり、脂肪分のせいで動脈血栓になって四十歳で心臓発作を起こしたりしたとき、彼女はその責めも家父長制度に負わせるに違いないとぼくは確信している。クソ女め〉

とても洞察力がおありのようで、男性のみなさん。たぶん、わたしは世界の全体像を想像し始めたばかりということなのだろう。三十年にわたって、社会の行動様式をうまく読み取ってきた大人というわけじゃないのは間違いない。それとは別に、太った人々、とりわけ飛行機に乗っている太った人々に対する一般的な反感があるという証拠なんて何もないと、あなたたちは言うわけね。

座席が体に合わなくなるまで、わたしにとってこういう会話はほとんど抽象的な概念だった。わたしの態度は今と同じだったが（あるサービスに人々がお金を払うなら、その人たちに便宜を図り、支払ったものに見合うサービスを提供するのは売り手の義務でしょ）、パニック状態でおぼつかない足取りで機内の通路を歩くのが、実際にどんな気分かということまでは理解できていなかった。なんて非人間的なことだろうか。

わたしがこんなことを書き連ねているのは同情や哀れみを集めるためではない。普通よりも大柄な乗客の便宜を航空会社が図るにはどうするべきかについて、あなたの意見を変えるためでもない。ただ、人間対人間として話しているだけだ。人生は複雑なものだし、太った人々は生きようと努力しているのだと。あなたと同じように。この五年間、わたしが飛行機を利用しなければならなかった理由をあげる。仕事のため（頻繁にある）。親友たちの結婚式に出るため。大学生にレイプ文化やボディイメージについて講義するため。死へ旅立っていく父の手を握るため……悪いけど、わたしの人生に制限をかけたり変えたりするつもりはない。どんな体の人間も飛行機に乗りやすいようにと気にかけてくれる人はいなくても。

わたしたちが社会として集団で修正を要求しないかぎり、航空会社はこの問題を修正する気になりはしない。わたしたちはまだ解決策を強く主張してはいない。太った人に無慈悲な仕打ちをすることは、相変わらず文化的に受け入れられているからだ。問題を指摘する――「料金を払っているこの座席に、わたしの体は合わない」と――ときですら受けるのは嫌がらせや嘲りでしかないのに、そんな問題に対処してもらえると期待できるはずがあるだろうか？　ここでの真の問題はお金ではなく、偏見である。社会が肥満の人々を気にかけないのは、彼らを気にかけなくてもかまわないと思っているからだ。気にかけてやるだけの価値はないと思っているから、気にかけないのである。

同様に、肥満の人々が低水準の治療しか受けられないせいで死にかけているのは、やはり気にかけてもらえないからだ。より低い賃金で雇われているのも、有罪判決が出される確率がより高いのも、できるだけしっかりと子どもに食事させようとしているのに児童虐待だと責められるのも、太った人々は気にかけてもらえないからである。

犠牲者に的を絞っても、問題を修正することはできない。たとえあなたが太った人々を心底嫌っていても、それでもわたしたちを〝あなたの〟肘掛けスペースから排除したいと実際に思っていても、わたしたちの人間性を擁護することが唯一の実用的な解決策なのだ。あなたがどれほど激しく不快に思ったところで、最終搭乗案内の呼び出しに間に合うように、太った人々を痩せさせることはできないからだ（パンパンに膨らんだ膀胱を空にさせることもできないし、泣いている赤ん坊をベイクドポテトに変えることもできない）。唯一の答えは、わたしたち太った人間も手を貸す価値がある存在なのだと、社会が考えることだけである。

アメリカの笑いの街：主な住民はジョーク

高校生のとき、英語の必修科目でわたしは「自伝」という名の講座を取った。それを教えている教師、ミズ・ハーパーが好きだったからだ。自分自身についてはこれっぽっちも特筆すべきことがなかった（〝今日、バスケットボールのあとで青い「パワーエイド」の代わりに赤い「パワーエイド」を飲んでみたが、明日はまた青いものに切り替えようと思う。たぶん。それから、「マンダリン・ブラスト」を飲んでみたいとも考えている。『人生』リンディ・ウェスト著〟）。それに、当時のわたしは他人の自伝を読むことにも特に関心はなかった（〝わたしはフローレンス・グリフィス・ジョイナー〔陸上競技選手。女子一〇〇メートルと二〇〇メートルの世界記録保持者〕についての本をすっかり読んだが、怪獣のグリフォンもキメラも一匹も出てこなかった。謎かけをするスフィンクスも。あーーーーあ。『人生』リンディ・ウェスト著〟）。でも、友人たちとわたしは忠実にミズ・ハーパーの講座すべてに登録したので、「自伝」を学ぶことになった。

ミズ・ハーパーはジョークを理解し、お堅くない服装をした、若くていい感じの教師だった。だが、彼女も社交生活を送っていただろうし、バーで開催されるクイズ大会へも行っただろうし、もしかしたら女友達との楽しい夜を過ごすために、たまにはトーリ・エイモス〔アルバム『リトル・アースクエイクス』などが有名なシンガーソングライター〕のコンサートにさえ出かけたかもしれない。わたしたち生徒は、ミズ・ハーパーにいくらかのぼせていた。公立高校という、よそよそしくて混乱に満ちた場所で、彼女はつながりを持てる人だったからだ——たとえば、スペイン語基礎クラスの教師とは違って。そのスペイン語教師ときたら、机を彫って作られたような人で、お気に入りの授業計画は『情熱のランバダ』[*1]のDVDを見せて自分はうたた寝するというものだった。ミズ・ハーパーはわたしが想像していた、ベビーシャワーとブランチの集まりに呼ぶ友人にしたいような人だった。そう、たとえばわたしが三十二歳になったころに（偶然にも、わたしが三十二歳のとき、映画館でミズ・ハーパーにばったり会った。めまいがして、彼女を抱き締めたくなったが、向こうはわたしを覚えていなかった。かまわない。それでいいのだ）。

期末試験のために、わたしたちは十分から十五分間のプレゼンテーションを行なうことになった。話題は何でもよかった。趣味でも、関心があるものについてでも——自分を特別な人間だと思わせてくれるものについてなら、何でも。ある男子生徒はスキューバダイビング用の道具を見せながら、スキューバが好きな理由を話した（理由は思い出せないが、たぶん〝魚〟だったかも?）。物静かで控えめなある男子生徒は大きなイーゼルを運び込み、そこに「カッコよくなること」のための緻密で詳細な、段階的な指針を示した資料を置いた。それは原始的なトム・ヘイバーフォード〔ドラマ『パークス・アンド・レクリエーション』の、嫌味で無能な登場人物〕風の、自信たっぷりのマニュアルといった感じのもの（ステップその1は「金を稼ぐ」）だった。吹奏楽をやっている生徒は唾抜きを実演し、野外教育を受けた生徒は捜索救助用のポケベルを自慢したし、母親と一緒に作ったププサ〔エルサルバドルとホンジュラスの郷土料理であるパンケーキの一種〕を持ってきた生徒もいた。

プレゼンテーションの日が迫ってきたので、わたしは絶望していた。わずかでも〝わたしのこと〟として考えられるものはみな、ティーンエイジャーでいっぱいの教室の前に立って話すには子どもっぽすぎるか、つまらなすぎるか、ばかばかしすぎたのだ。いったい、何の役に立つというのだろう――ミニチュアの陶器の猫の置物をコレクションすることが？　聖歌隊が？　フェミニストYA《ヤングアダルト》文学のハイ・ファンタジーが？　「わたしのお気に入りの毛布」とか「ジェレミーの家でのパーティに警察を呼ぶこと」というテーマでプレゼンテーションするようなものだった。あるいは「あなたの時代で最もダサいジーンズが何だろうと、はるか先の未来で学者や王族はまだこの古典的な本を読んでいるに違いない」なんてことを発表するようなものだったただろう。

まだ自分が何者なのかもわからないのに、自分を人間だと示すものをどうやって選べばいいのか？　この質問――「わたしを示すものは何？」――を自分に対して正直に投げかけてみて思い浮かんだ答えは、テレビを見るのが好きなこととホットサンドイッチを食べるのが好きなこと、そして友人たちとぶらつくのが好きなことだけだった。悲劇的にも、当時のわたしは「リア、ヘスター、エミリー、アディティ、タイラー、クレア、それからパニーニ〔イタリア風のサンドイッチ〕」

なんて口頭発表ができるほど気の利いた人間ではなかったから、仕方ないとばかりに肩をすくめて「テレビを見ること」に取り組もうと思った。

わたしは、それに本気で取り組んだ。プレゼンテーション前夜に徹夜して、我が家の地下室の床にウィーンと激しく音を立てる二台のVHSビデオデッキを置き、わたし秘蔵の最高のテレビ映像を何もかも編集した。それらを順番に並べた――放映順ではなく、気に入っていた順に――小さいころのお気に入り（ジョン・クリーズがゲストだったときの『マペット・ショー』）から、当時、友人たちとクスクス笑いながら見ていた『ミスターショー』までずっと。これはまだユーチューブもトレントファイルも、映像編集ソフトもない時代だったが、わたしに必要なものはすべて手元にあった。小学校六年生のときからテレビ番組の録画に熱中していたから、念入りに作り込んだラベルを貼ったVHSのテープが山ほどあったのだ。毎晩、デヴィッド・レターマンやコナン・オブライエンが出演したレイトショー、『トーク・スープ』、『サタデー・ナイト・ライブ』、『ポリティカリー・インコレクト』、それに「コメディ・セントラル」チャンネルで放映されたスタンダップ・コメディの特別番組を一つ残らず録画した。『フォルティ・タワーズ』も『ガーフィールドのハロウィーン・アドベンチャー』も、『ザ・デイリー・ショー』が始まったばかりのころのいくつかのエピソードも。おもしろいと思ったものは何でも録画し、何度も何度も見た。その力を手に入れたいと願いながら。

わたしのつぎはぎ映像集に入ることになったものを全部覚えているわけではないが、『ビルとテッドの大冒険』（大好きな映画で、製作は一九八九年）の一部を使ったことは記憶している。ビルが研究発表会のために、タイムマシンで歴史上の六人の有名人をキアヌ・リーブスと二人で誘拐してきたことを義母に気づかれまいとしているシーンだ。「これはぼくの友人たちだ……ハーマン・ザ・キッド、ソクラテス・ジョンソン、ボブ・チンギス・ハン……」わたしがめちゃくちゃおもしろいと思った、コナンの番組からの映像もあった――〝過眠症の職人〟と呼ばれる登場人物がいて、木工の仕事をしているうちに眠り込んで指を全部切り落としてしまうというものだ。「ほらね」コントの中でアンディ・リクターがまじめくさった顔で言う。「職人、または過眠症の人間を番組に呼ぶのはかまわない。だが、この二つが合わさって一人の人間になると、こんなことが起きてしまうのだ」

宝物のような録画をすべて編集して一本のテープに収め、「好きな余暇の過ごし方は笑うこと（実際は吐きそうになるほど激しく笑う）」について、急いでちょっとした文章を書いた。これは「わたしのユーモアのセンスの進化」のかなり学問的な報告であると主張した。そして授業へと急いだ。わたしが必死にスピーチしてテープを上映している間、ミズ・ハーパーの顔に失望の色が浮かぶのが見えた。先生はわたしに好意を持ってくれていたが――頭がいいし、文章が上手だと言ってくれたのだ――これはどう見ても、明らかに、失敗だった。テープは長すぎて、終わらないうちに授業終了のベルが鳴ってしまった。生徒たちは退屈し、最後まで見ないで教室から出ていった。それから何年も、あのときのプレゼンテーションのことを思うと、少し気分が悪くなったものだ。

翌年、卒業まであと数カ月というとき、わたしはシェイクスピアの講座でミーガンという女子生徒と出会った。わたしたちは似たような生息範囲だったのに、なぜか一度も出会っていなかった。わたしは遠くからミーガンを見て手ごわいと思ったが、彼女は全然こちらに気づかなかった。わたしの影響力なんてそんなものだった。でも、同じグループ・プロジェクトを割り当てられて距離が近くなると、わたしたちは電気に打たれたように相手に惹きつけられた——二人ともそうだったと思う。まったく同じように〝ちょっとやりすぎる〟自分以外の人にようやく出会えて安堵したのだ。わたしたちは声が大きすぎて不器用すぎて、がさつすぎて激しすぎた。ミーガンは攻撃的なほど熱狂的な人だ。おもしろくないことは言わない。というと大げさに聞こえるが、本当なのだ。わたしが想像したこともないほど、いろいろなことについて大胆だった。その前の年に、わたしもようやく内気な自分からほぼ自由になってはいたが。ミーガンは正直だった。好きでない人に優しくなどしなかった。愚弄されていると思ったら、相手が権威ある人間でも言い返した。ミーガンはきっぱりと「ノー」を言い、決してぐらつかなかった。

わたしと同じように、ミーガンもコメディを異常なほど熱心に収集することがわかった。彼女のベッドルームにはVHSのテープを積んだ山がびっしりと並んでいて、しかもそれらには念入りにラベル（手書きで。奇妙なくらいわたしのものに似ていた）が貼ってあった。わたしと同様に何年もの間、テレビから録画したものだった。わたしのボルボで二人して何時間もドライブした。当時出現した「ナップスター」〔音楽の共有を主目的としたファイル共有サービス〕を使ってコメディアンのミッチ・ヘドバーグやデヴィッド・クロスの話を聞きながら。わたしたちは『ザ・シンプソンズ』からの単なるオーディオクリップ〔録音された音声の一部〕にすぎないミックスCDをお互いのために作った。ミーガンはイーベイで五十ドルをはたいて——当時は途方もない金額だった——『テネイシャスD』〔アメリカのロックバンド。ここでは彼らが主演の、バンドと同名の映画〕の全エピソードの海賊版VHSを手に入れ、わたしたちはそのテープが伸び切るまで見た。数カ月も経たないうちに、ミーガンとわたしの声の抑揚は一つになり、自分たちですら声の区別がつかなくなった。お互いにだけ通じる符牒や、わたしたちって野生の双子のイノシシみたいに話すね、という内輪のジョーク以外は何も言わずに長い間出かけていることもあった。わたしたちはクラスの投票で「最もおもしろい人」に選ばれた。

それは実に耐えがたいことだったが。

コメディは世界の〝ちょっとやりすぎる〟人たちにとって、常に安全な港であり続けている。ミーガンとわたしがつるんでいた理由だった、ほかの人から嫌がられたもの——いがみ合い、無礼な言葉、ときには不適切な正直さ、絶え間ない早口の台詞——はコメディにおいて歓迎されるだけでなく、基本的なものでもある。わたし——孤独で醜くて、地味なのに目立ってしまうという思いを抱いていた子どもにとって、コメディは友人のように感じられた。それがコメディの最高の魔法だ。ほかのどんな形のアートよりも、コメディは自分がひとりぼっちじゃないと思わせてくれる。誰かに笑わされているとき、体の中に入りこんで反応を引き出されているように感じるとき、人は孤独でないからだ。コメディは賢明でもある。真実を語る。コメディはわたしがそうありたいと思うすべての存在だった。それに、楽しい気持ちでいられれば、自分の外見がどんなふうかなんて問題ではない。

ロス・アンジェルスで大学生活を送っていた間、わたしはできるだけ頻繁にコメディ・ショーへ行った（たいていは一人で。ルームメイトはあまりコメディに関心がなかった）。パットン・オズワルトがハリウッドの〈Mバー〉〔LAにあるコメディ・クラブ〕で新しいネタを作り出し、ポール・F・トンプキンズがキャバレーの〈ラルゴ〉で「ダニー・ボーイ」を歌っていて、ミッチ・ヘドバーグはハリウッドのコメディ・クラブ〈インプロヴ〉に出ていたが、間もなく亡くなった。熱狂的な時代だった。当時は二つのコメディブームの狭間で、普通の人たちがマーク・マロンやグレッグ・プループスやマリア・バンフォードといったスターに夢中にならない理由がわたしには理解できなかった。どうしてこんなに簡単に彼らに近づけるのだろう？　有名人って、どこかの掩蔽壕《えんぺいごう》にでもかくまわれているものじゃないの？　なぜ、世界で最も重要な男性であるボブ・オデンカークがバーでわたしの隣の席に、誰でも話しかけられるようなところに座っているの？　化粧室の外でボブキャット・ゴールズウェイトと偶然に体がぶつかるなんてことが、どうしてあり得るのか？　それに、彼は大丈夫だっただろうか？（とても小柄な人だった！）

一度、ポール・F・トンプキンズのショーで（わたしは必ず足を運んでいた）、偶然にもあのアンディ・リクターと妻のサラ・タイアーの隣のカクテルテーブルに座ったことがあった。「職人を番組に呼ぶ」以外の思考がなくなった。「または、過眠症の人を呼ぶ。職人を呼ぶ。または、過眠症の人を呼ぶ！」わたしは化粧室に駆け込んでミーガンに電話した。「ファック・ユー」彼女は悔しがって言った。

わたしはコメディに没頭していたかった――コメディを作り、コメディを楽しむのだ――年がら年中。リッキー・ジャーヴェイスとスティーヴン・マーチャントのXFM局のラジオショーの音声が流れていないと、眠れなかった。おそらく母の声よりも、ジャーヴェイスの声を聞きながら眠りに落ちた回数のほうが多いだろう。スタンダップ・コメディをやりたいと特に思ったことはなかったが、コメディ・クラブの控室に入り浸れたらどんなに〝楽しい〟だろうかという考えを抱いていたのは間違いない（「ハハハハハハ」――と今のわたしなら笑うだろう）。桃源郷があるとしたら、それは放送作家の部屋だと思っていた。テーブルを囲んで友人たちとジョークを言っているだけで報酬をもらえるなんて、とても信じられなかった――自分の家族のように感じながら育った、裕福で華々しいテレビ界をわたしは夢想していた。

わたしは二〇〇四年に英語の学位を取得して大学を卒業した。あまりにも強くインポスター症候群〔自分の実力を内面的に肯定できない心理傾向〕の症状が出ていたので、どんな種類の作家になるにしても「充分なアイデアなんかない」という内なる声が邪魔をした。

そこで、人生でどんなことをやりたいかと尋ねられたときは、むにゃむにゃとこう言うことにしていた。「まあ、わたしにはたった一つのスキルしかないんだよね。どんなふうに文章を作るかっていうようなことは知っているって意味だけど、自分がなんていうか、作家になるとかってことはわからないかな」実に感動的な宣伝文句じゃないの、若いウェストさん。ほかには選択肢も思いつきも関心もなかったから、わたしはセントラル・バレーにあるフリーの育児雑誌の編集部で無給の見習社員となった。それは本質的に、近隣住民のためのクーポンと広告の束といった雑誌で、見習社員（つまり、わたし）によって書かれたいくつかの〝記事〟でページを増量したものだった。また、アンテロープ・バレー・フェアという地元の祭りでのスリー・ドッグ・ナイト〔往年の人気ロックバンド〕の出番は何時かといったこと（午後四時だった）を強調したカレンダーがついていた。編集部には三人の社員（わたしを含めて）がいて、販売部門には何百人もの従業員がいるようだった。

内面も含めて十のうち九の部分が相変わらず子どもっぽい（例外はオッパイ）わたしだったが、勇敢に〝仕事〟に打ち込んだ。週に二十時間、給金0ドルのために窓のないオフィスで座っているとしたら、そこから多少は記事になりそうなネタを手に入れようとしてもかまわないだろう。会社を所有していた陰険な若いビジネスマンは、育児のアドバイス記事を書くには驚くほど、いや危険なほどわたしが不適格なことなど気にもしなかった。だから、わたしは「あなたのお子さんがいじめっ子だとしたら、やるべきこと」から「赤ん坊の臍帯血を保管すべきか？」まで、どんな記事でも書くようにと命じられた（わたしの回答はそれぞれ「知らない、それについて話せるとでも思う？」と「え――――――――――――――――――――――っと……イ、エス？」だ）。わたしが働いた期間に崩壊した家庭がないことを願うばかりだ。公正を期するため、〝役立たずの小冊子から、赤ん坊の血液に関する助言を得てはいけない〟とあらかじめ忠告しておこう。

オーナーと同じように陰険な社員の一人が副業として力を入れている火渡《ファイアーウォーキング》りイベントの会社のため、サウスパサデナにある材木置き場まで薪の束を車で取りに行かされた日、わたしはとうとう仕事を辞めた。これはわたしの実務研修にない条件だった。彼は薪を置いてくるようにと命じた――たった一人で薪を一本一本、ほどいてくるようにと――株式会社「陰険火渡り」の本部に違いない、不気味で殺風景なポルノ撮影用のマンションに。彼はわたしの腕に触れると、二十ドル札を手に滑り込ませてかすれ声で尋ねた。熱い炭の上を歩いたことはあるかどうかと。「いえ、ありません」わたしはドアのほうへ移動しながら言った。

「歩いてみたくないか？」彼は後ろから呼びかけた。「きみの人生が変わるよ」

「結構です！」

あとから振り返ると、火渡りが好きな、けがらわしいバカ男の会社を訴えてやるべきだったと思う。でも、そうはしないでロス・アンジェルスに見切りをつけ、わたしは故郷へ戻った。

二〇〇五年のシアトルはちょっとしたコメディブームだった。わたしはオープンマイク〔飛び入りの客がパフォーマンスを行なえる営業形態の店〕に出入りし始めた。ハリ・コンダボル――ある友人の大学時代のルームメイトだった――がシアトルに引っ越してきて、わたしや友人たちのグループに加わったからだ（偶然にも、彼は「自伝」の講座にスキューバダイビングの道具を持ってきたトビーと同じ家に住んでいた。シアトルは四人しか暮らしてないほど狭い街ってこと）。会う前にハリ・コンダボルのプロフィールを調べ、彼がコメディアンだと知ってわたしは思った。「すごい。コメディアンの友人ができそう」

そのころ一緒にいた人々は、コメディが盛んだった当時をいまだに畏敬の念を持って語る。それは特別なものに感じられた――ぴったりの人々が、ぴったりの場所にいて、ぴったりの指導を受け、ぴったりの聴衆を持ち、ぴったりのブランディングをされるという、幸運が重なった状態だったのだ。コメディアンたちは風変わりで実験的なパフォーマンスを行ない、お互いの公演には満席になるほど詰めかけた。何かが起こっている最中だという感覚があった。いっぽう、全米単位でもコメディブームは浸透しているところだった――ルイ・C・Kはおなじみの名前となりつつあり、人々はポッドキャスティングの可能性を悟り始めた。

そのような初期のシアトルの公演で、どこでも目にする顔となっていった人々がいた。ハリ、エメット・モンゴメリー、ダン・キャロル、デレック・シーン、アンディ・ピータース、スコット・モラン、アンディ・ヘインズ（なんてこと、彼もあの「自伝」の講座にいた）、そして、アハメフレ・J・オルオ。彼、アハムは長身で暗い感じのシングルファーザーで、たちまちハリとコンビになって共作するようになり、わたしたちのグループにも引っ張り込まれた。

わたしもときどきスタンダップ・コメディを演じた。たいていはハリに促されてやったのだが、たちまち自分には合わないとわかった。同じジョークを何度も何度も言うことが大嫌いだったし、単調なところも性に合わなかった。つまり、本当に上達しようと懸命になったことはないというわけだ（もし、午後六時にまぶしく照明が当たったピザ屋で、コメディが上演されることなど知らなかった四人の客の前でスタンダップ・コメディを演じた経験がないなら、試してほしい。なんとも〝すばらしい〟ものだから）。でも、わたしはパフォーマンスが好きだった。やがてライブで語りの公演を行なう団体、「ザ・モス」のシアトル支部で司会を務めるようになった――月に二回、三時間、観客を相手に働いた。わたしはそれには向いていた。

多少の黒魔術を用いて、わたしは育児雑誌のネタをいくつか持ち込んで『ストレンジャー』紙の演劇部門の見習社員になり、それからフリーランスで執筆の仕事をするようになって、やがて映画評論家として社員の地位に就いた。そして風変わりな映画のレビューや、「アメリカの笑いの街：主な住民はジョーク」と題された、シアトルのコメディを網羅するコラムを書いた。その代表的なものを引用しよう。

〈六月一日水曜日
ロブ・ディレイニー
ロブ・ディレイニーはツイッターでなら最高の人だ。彼は猫ちゃんを愛してる。開演午後十時。十五ドル。二十一歳以上のみ入場可〉

夜はコメディ・ショーへ行ってコメディアンたちにインタビューし、生活のために映画やテレビを鑑賞して、一日じゅう、新聞にジョークを書いていた。するとある日、こんなことに思い当たった。わたしは成功したじゃないか、と。わたしはコメディを見てお金をもらい、人々を笑わせていたのだ。たった七年間のうちに、あのばかげた「自伝」の講座でのプレゼンテーションどおりの暮らしを実際にするようになっていた。

たとえば今、同じクラスにいたトビーはプロのスキューバダイバーではないし、ジェシカ・Cは世界を飛び回るバスーン奏者ではなく、ジェシカ・Rはププサのスタンドを経営しているわけではない。もっとも、ププサのような食べ物は大人気だったから、ジェシカ・Rはすでに成功していてもよさそうなものだが。噂によると、「カッコよくなること《ゲッティン・ディップド》」についてプレゼンテーションした男子生徒は、今ではモデルをしているらしい。だから厳密に言えば、彼はプロとして〝着飾《ディップド》っている〟というわけだ。けれども、それ以外には、あの講座でのプレゼンテーションが人生のコースを本当に暗示していた人を思いつかなかった。もちろん、彼らがそのとおりの道を歩まなければならなかったわけではない――あれはその場限りの課題にすぎなかったのだから。でも、わたしにとって、自分という存在の意味を明らかにしようと何年ももがいてきたわたしにとっては、あのプレゼンテーションが誰恥じることのないものだとわかったことは思いがけない奇跡だった――あれは途方もない予言だったのだ。

ポートランドでの「ブリッジタウン・コメディ・フェスティバル」で（二〇一〇年、三回目の開催のときだった）、わたしは気がつくとクラブの後ろのほうでアハムの隣に立ち、昔からの友人の舞台を見ていた。そのコメディアンはセックスについて、またはもしかしたらオンラインデートについてのネタを話していた――話の前提がどんなものだったかは覚えていないが、落ちが〝ヘルペス〟だったことは覚えているし、大ウケしていた。話していたコメディアンの自虐的なジョークではなかった。ほかの人のそれについての話だった。「ヘルペス持ちの人たちはゾッとする、ハハハ。ヘルペス持ちの女たちはふしだらだ。ヘルペス持ちのゾッとするふしだら女とたまたまセックスする羽目になんかなりたくない！　ヘルペスにかかった人間をみんなで笑ってやり、この会場にいる誰もヘルペス持ちじゃないというふりをしよう。あなたがどの統計を信じるかによるが、この部屋の十五パーセントから七十五パーセントの人間がヘルペス持ちだとしても。そんなヘルペス持ちの人たちも一緒に笑わせてやろう。ハハハ」。

それは冴えないジョークだが、よくあるものだった。一年前なら、わたしは何とも思わなかっただろう。けれども、ちょうどそのとき、ある友人がちょっとしたトラブルに巻き込まれていた――性感染症にかかっていたパートナーが嘘をつき、彼女の同意なしでコンドームを外したのだ。数週間後、彼女は激しい痛みに襲われて歩くことも座ることもできなくなり、動くのも、じっとしているのもつらくなった。彼女は精神的に打ちのめされた。性的暴行を受けたことや、だまされたことや痛みのせいだけでなく、それがあまりにも非難される病気だからだ。自分は二度と誰ともつき合えないと彼女は思っていた。永遠に一人だし、そのことが自分にはふさわしいかもしれないとも考えていた。「あのね」わたしは彼女にこう言ったことを覚えている。「そんなのは単なる皮膚の症状だから。にきびとか蕁麻疹とか湿疹みたいな、ただの吹き出物。そんなものを恥ずかしがらないでしょ？」そう言いながら、わたしの車の中で泣きじゃくる彼女の背中をさすってやったのだった。

このコメディアン――おもしろくていい人だけれど――がジョークを言うのを見ながら、わたしの心の中では友人とのやり取りがまだ生々しかった。観客の中にいるであろう、屈辱を隠して笑みを貼りつけているすべての人たちのことを思った。その瞬間、いつまでも消えない傷をつけられ、心を壊されただろう。わたしの友人のことを思った――快楽を得るためのセックスが嫌悪の対象であり、性感染症は神のくだした罰だとでも信じている人でなければ――彼女はこんなウイルスに感染するのに〝ふさわしい〟人ではなかった。その会場にいた全員がそうだろう。彼女のトラウマはジョークの対象になってしかるべきものだろうか？　たとえ〝ヘルペス〟という言葉から安っぽい笑いを引き出せるとしても、その笑いは実在の人々の人生をより小さく、よりつらいものにする烙印《スティグマ》を押すほどの価値はあるだろうか？　そもそも、そのジョークは笑えるのか？

　スティグマは次のように作用する。コメディアンはヘルペス持ちの人々をジョークの対象にする。観客は笑う。ヘルペス持ちの人たちは最悪の恐怖が大衆の間で確認されたことを知る――自分たちはムカつく壊れた存在で、愛されないのだということを。ヘルペスにかかっていない人たちは、自分の最低なイメージが正当なのだと確認する――自分たちは清潔で高潔で、よりよい存在なのだと。ヘルペス持ちの人とファックしたがる人はいないと、誰もが同意する。もしヘルペス持ちの人たちが異議を唱えたければ、彼らは自分がヘルペス持ちだという事実を公表しなければならないし、お楽しみを台なしにしたことで過剰に非難される羽目にもなる。だからそうする代わりに、彼らは何も言わないでみんなと笑うのだ。ジョークは好評ということになる。ウケたからと、そのコメディアンはまた同じようなネタを作るかもしれない。

　わたしはそんなシステムを、頭の中で何度も何度も思い巡らせた。腹立たしくなるほど効果的なものだった――人々は何をすべきだったただろう？　話を広くすると、清教徒的《ピューリタン》〔信仰と生活を清純に保つことをよしとする人々。英国国教会の弾圧を逃れてやってきた清教徒がアメリカの基礎となったという〝建国神話〟がある〕でおしゃべりな人が学校教育制度の生命線を握るこの国で、総合的な性教育を受けずにきた人々に、非の打ちどころなく安全なセックスの慣習なんて本当に期待できるだろうか？　病気の人を責めたり辱しめたりすることは、もとより常に倫理を振りかざす人や偽善者、反セックスの保守的な人々の領域だった。コメディは、反体制文化の先駆けだったはずのものではないのか？　権力に対して真実を語るものではないのか？　考えを巡らせれば巡らせるほど、わたしはいっそう腹が立っていった。なぜ、みんな一緒にこのジョークを笑っているんだろう？

わたしはアハムの耳元に寄り、騒々しい観客の声に負けないように言った。「あのね、わたしだってヘルペスかもしれないんだよ」

明らかに驚いた様子で彼はこっちを見た。わたしの頭の奥で、ある考えが小さな音を立てた──アハムはなんてイケメンなんだろう。肩幅が広く、目は暗いブラウン。六フィート五インチ〔約百九十五センチ〕の身長でわたしの上にそびえている。彼は信じられないほどすばらしい──洞察力に富んでいて怖いもの知らずで、いつもわたしのお気に入りのコメディアンの一人だった。このころわかったのだが、アハムはわたしの父と同じようにジャズのミュージシャンでもあった（それに、父と同じように何回か離婚してもいた。父がわたしの母と出会ったときのように子どもが二人いて、パイプカット手術を受けていた）。先日、共通の友人が話していたところによると、アハムはとても料理が上手らしい。わたしは本当に、この男性に「わたしもヘルペスかもしれない」と言いたかったのだろうか？　そんな考えは脇へ押しやった。ヘルペスなんて単なる皮膚の症状にすぎないのだ。

「この観客のうちの大勢が、もしかしたらヘルペス持ちかもしれない」わたしは続けた。「でも、どっちみち彼らは笑うふりをしなければならないでしょ。そんなの最悪の気持ちに決まってる。別のジョークだって思いつけるのに、どうしてこんなネタを話すの？」

「ぼくにはわからないな」アハムは言った。「だけど、きみの言うとおりだ。ぼくだってヘルペスかもしれない」

アハムとわたしはこの五年間、ハウスパーティやオープンマイクでおしゃべりしてきたが、お互いをあまりよく知らなかった。アハムは何年かのち、ずっときみの記事のファンだったよと話してくれたが、わたしへの見方を彼が決定的に変えたのはその瞬間だったという。「女性がそんなふうに話すのを聞いて、ぼくはただ圧倒されてしまった」アハムは言った。「きみがおもしろいだけの人じゃないことがわかり始めた——いつもきみのことを楽しい人だと思っていたけど、きみは本当に本当に、徹底的にすばらしい人かもしれないと思った」セクシーな男性に「わたしもヘルペスかもしれない」と話すことがいい結果をもたらす場合もあるみたいよ、若者たち！

その週末ずっと、わたしたちは離れることができなかった——アーケードへ行き、何時間もプリンコゲーム〔釘を打った板に上から玉などを転がすゲーム〕をやり、ビールを飲み、ハリがマーク・マロンとの携帯メールでの喧嘩でおもしろい侮辱の言葉を考えるのを手伝ったりした。一年もしないうちに、アハムとわたしはカップルになり、彼はわたしの父とライブをやった。

これはわたしが二十二歳のころに夢見ていた人生だった。コメディアンたちとつるんで、恋に落ち、一日じゅうジョークを言う。けれども、それと同時に、わたしは自分とコメディとの関係が変化していることも感じていた。

＊注1
学年が始まって数カ月が経ったころ、わたしたちが『ランバダ』に飽きてしまうと、彼はスペイン語に吹き替えた、一九九六年のマイケル・キートン主演の、クローン人間を題材にしたコメディの『クローンズ』に切り替えた。

『狼よさらば』

コメディは世界を反映するだけでなく、世界を形作ってもいる。教会へ通う淑女たちが考えているような、ヘヴィメタルがオタクたちを洗脳して学校で銃撃をさせるといった方法ではない。『コスビー・ショー』〔元国民的コメディアンのビル・コスビー主演のシットコム〕が黒人の家族に対するアメリカ人の認識を変えたような方法で行なうのだ。『ザ・デイリー・ショー』がアメリカの政治に計り知れない影響を与えたとか、『エレン』〔エレン・デジェネレスが主人公のシットコム〕によって中産階級のアメリカ人が芸をするレズビアンに心を開いたことに疑問の余地はない。あるいは、プロパガンダが効果的だとか、風刺は説得力があるとか、シェイクスピアの作品に出てくる道化は権力に対して真実を語っているといった考え方が疑問を持たれることはない。だったらなぜ、単なる自己都合で、人々はスタンダップ・コメディが真空に存在しているふりをしたがるのだろうか？　そうではないと認識するなら、わたしたちは表現の作り手や送り手として、どんな考え方が社会にとって有害なのか、目を配り続ける責任があるのではないか？　芸術は無差別に人を中傷するものではない。それは純粋なコミュニケーションであり、意図や思いやりを持って作られている。どんな舞台に上がるどんなコメディアンも意図を持って話す。だから、わたしたちはその意図を探り、全体的な文化の中でそれを説明し、発見したものを批評してもいいのではないか？

わたしが受け取った短い答えはこれだ。

〈違うね　黙れよクソ女　超ウケる　レイプされちまえ〉

何年もの間、見に行ったあらゆるコメディ・ショーで、自分のジェンダーに関する遠慮会釈のない多くのジョークを笑顔でやり過ごさなければならないのは仕方ないとわたしは思っていた。わたしたちを殴る話やレイプする話、殴られたりレイプされたりする理由があるという話、わたしたちをランク付けする話、ファックする話、ファックしない話といったジョークを。ただでさえ人間性を奪われている女性という存在をさらに小さく削り、一握りの侮辱的なステレオタイプにするようなジョークをやり過ごすのが普通のことだと思っていたのだ。そんなことはいつも起こっていた。進歩的と思われていたオルタナティブ・コメディ〔八十年代～九十年代に流行ったコメディ。政治への風刺や下ネタをネタとする〕の公演でも、わたしの友人たちが予約してくれた公演でも。コメディにおけるミソジニーはありふれたものだ。「うちの妻を連れていってくれ、お願いだ《テイク・マイ・ワイフ・プリーズ》」〔コメディアン兼ミュージシャンのヘニー・ヤングマンの代表的なジョーク。「うちの妻の例を考えると《テイク・マイ・ワイフ》」と言っているのだが、「妻を連れていって」という意味にも取れる〕。あるオープンマイクで聞いたジョークをあげよう。「昨晩、おれはこの女を家に連れて帰ったんだが、セックスの間、ものすごくやかましかったんだ。だから、言ってやった。『シーッ、このレイプを殺人にしてほしくはないだろ！』ってね」わたしはこういうジョークを聞くたび、不快感をこらえてにやりと笑ったものだ――ジョークとはそういうものだと思っていたからである。こんなのは〝ただのコメディだ〟と。わたしがヒーローだと思っているコメディアンたちもみなそう言う。コメディ・クラブにいたいのなら、これはわたしが払う代償なのだ。男だって代償を払っているんじゃないかな？　たぶん人々は、ハゲだということでエディ・ペピトーンを笑いものにするだろうし。

　大好きだったあるコメディアンのジョークを「ブリッジタウン・コメディ・フェスティバル」で見ていたとき、わたしの中で警告のベルが鳴った――人種主義《レイシズム》や性差別主義《セクシズム》、トランスジェンダー嫌悪《フォビア》といったことについての何かだった――わたしは思った。これは大丈夫に違いない。だって、彼が大丈夫だと言っているのだから。そして彼を信じた。わたしは自分に言い聞かせた。わたしが知らない秘密の協定があるに違いない、と。その協定で女性やゲイ、身体障害者、あるいは黒人も「ジョークとはこういうものだし、それはクールだね」と同意したのだろう、と。

　だが、その刹那、わたしは不意に気がついた。そんなルールは誰が決めた？　そんな協定を誰が作った？　女性であるわたしは何の書類にもサインした覚えはないし、それは普遍的な合意というよりトラップなのでは？　力のある男たちが、自分では決して経験しそうにない、人生をめちゃくちゃにしそうなほどの恐怖――文字どおりの拷問の場合だってある――から安っぽい笑いを搾り取る〝権利〟を守るために手配したトラップなんじゃないか。なぜ、わたしは何時間も座ったまま〝クールな〟ミソジニーに、〝クールな〟レイシズムに、〝クールな〟レイプ・ジョークに喝采を送らなければならないのか？　わたしの居場所でもあるこの業界に、ほかの人と同じように受け入れられるためだけに。

　コメディ界の殿堂入りの神々（ビル・ヒックス、エディ・マーフィ、ジョージ・カーリン、レニー・ブルース、ルイ・C・K、ジョン・スチュワート、リチャード・プライヤー、クリス・ロック、ジェリー・サインフェルド）やオルタナティブ・コメディの神格化された人たち（パットン・オズワルト、ザック・ガリフィアナキス、デヴィッド・クロス、マーク・マロン、デイヴ・アテル、ビル・バー）、そして前の章で述べた、二〇〇五年のシアトルのコメディアンたちの名前を見ても、こんな疑問を持たずにはいられない。男性だけがずらりと並んでいる。もしも、我が国のコメディ文化を形作ってきたのが彼らだったなら、わたしが最も関心を持っている事柄が表現されるだろうなどと、なぜ期待したのか？　もちろん、例外はある――もしかしたら、ジョーン・リバーズ（「コメディの女王」と呼ばれた女性コメディアンの草分け的存在）は一つや二つの規約を提案する機会を得たかもしれない――けれども、「女はおもしろくない」ということが一般常識として広く受け入れられている業界に、ジェンダー・バイアスが存在しないとは言えないだろう。わたしは白人男性のコメディアンの名前を何百とあげられる。しかし、これはどうだろうか。女性コメディアンを二十人、あげなさい。黒人コメディアンを二十人、あげなさい。ゲイのコメディアンを二十人、あげなさい。もし、あなたがコメディオタクなら、名前をあげられるかもしれない。それはすばらしい。じゃ、今度はあなたの母親にそういうコメディアンの名を尋ねてみてほしい。

二〇一二年の夏、ダニエル・トッシュというコメディアンがハリウッドのコメディ・クラブ〈ラフ・ファクトリー〉の舞台に出た。トッシュはブロコメディ〔ブロマンス・コメディの略。性的関係にない男同士の親密な関係を扱う〕のスターで、〝皮肉な〟偏見を得意技にしていた——エイズ、発達障害、ホロコーストといったことについて天使のような、友愛会に所属する学生みたいな笑顔で露悪的に話すのだ。ティーンエイジャーとか、〝攻撃性〟をやみくもに崇拝することがカッコいいとまだ思っている怠惰なコメディアンから賛美されるたぐいのジョークだった。いかにもトッシュらしい「ぼくはただの悪い子」というレイプ・ジョークの一つをあげよう。姉へのいたずらについてのものだ。「数週間前、ぼくは姉からうまいこと一本取った——姉が持っていた護身用のペッパースプレーをストリングスプレー〔パーティグッズの一種。紐のように樹枝状の液体が飛び出す〕と取り換えておいたんだ。とにかくその晩、姉はレイプされて、次の日、ぼくを呼んだ。『このろくでなし！　あんたにまんまとしてやられたわ！　男の顔にスプレーをかけ始めたとたん、〝ダニエル、これはほんとに最悪のことになりそう！〟って感じだったのよ』」まあ、これでもまだマシだ。実際にレイプされることのほうが、本当に最悪だからだ。

〈ラフ・ファクトリー〉でのその晩、トッシュは少々度が過ぎた。その後アカウントを伏せてインターネットに投稿したある観客によれば、トッシュは〈レイプ・ジョークは常におもしろいものだと一般化する、断定的な言い方をいくつかした。レイプ・ジョークがおもしろくないはずはない、レイプはとてもおかしいものだ、などと〉ということだった。この投稿をした女性は、不愉快になって彼を野次ったという。「て言うか、レイプ・ジョークがおもしろかったことなんてないから！」

トッシュは一呼吸置き、満員の観客に話しかけた。「あの女性がレイプされたらおもしろいと思いませんか？　そう、たとえば、今すぐ五人の男にレイプされたら？　今レイプされたらどうなるかな？　もし、大勢の男たちにレイプされたらどうでしょうね？」

その女性はぞっとして怖くなり、荷物をまとめて逃げ出したそうだ。彼女はのちにこう書いた。〈結局は逃げ出さずにいられなかった。あの閉所恐怖症を引き起こしそうな小さな会場でわたしが集団レイプされたら、どんなにおもしろいかとトッシュが熱っぽく語っている間に。実際はそんなことが起こりそうになくても、本能的な恐怖を感じたし、脅迫的なものだった。そういうことをほのめかすだけで充分に暴力的だったし、わたしに身の程を思い知らせようとしていたのだ〉

その投稿が案の定ミソジニストたちによって炎上したあと、トッシュはこちらも予想どおり、謝罪にもなっていない、おざなりな謝罪の言葉を発表した。そして、コメディアンたちが次々と彼に加勢し始めた。パットン・オズワルト、ジム・ノートン、アンソニー・イェゼルニク、ダグ・スタンホープなどが。オズワルトはこう書いた。〈ワオ、@danieltosh《ダニエル・トッシュ》は自己顕示欲の強い、間抜けなブロガーに謝罪しなければならなかった。ぼくがそんなことをする羽目に（またしても）ならないことを願っている〉スタンホープは〈#FuckThatPig（あの豚をファックしろ）〉とツイートした。彼らは言論の自由のため、自分たちの芸術のために立ち上がった。「ああいう頭のおかしい女どもは何もわかっちゃいないのだ」と。

　それは『ジェゼベル』で働き始めて数カ月経ったころで、わたしはこの件について記事を書くようにと指名された。わたしはその任務に自分がふさわしいと自信を感じていた。普通のフェミニストのブロガーよりも、コメディの仕組みや歴史について総合的に理解できるからだ。キャリアの最初から、正統的なユーモアのある記事を書いてきた――わたしにジョークがわからないとは誰も言えないだろう。コメディ・クラブと魔女との間の溝を埋める、何か建設的なものを生み出せるだけの信頼を、どちら側からも得ているはずだ。記事のタイトルは「レイプ・ジョークの作法」となった。

〈ダニエル・トッシュがひどく言い訳がましいツイートで述べた意見に、わたしは実のところ同意している（「野次を飛ばされる前に言っておくと、わたしの要点は、世の中にはひどいことがいろいろあるが、それでもそういうものをジョークにすることはできるということだ。#deadbabies《死んだ赤ん坊たち》」）〉とわたしは書いた。〈レイプを含めて、世の中にはおぞましいことが数多くあるし、そういうことをジョークにするのも自由だ。しかし、最高のコメディアンたちは人生のそんなひどい側面を追認しないために自分たちの力を用いている。世の中をもっとよくすることが目的であって、悪くすることではない〉
それからこう続けた。〈〝自分を検閲しないこと〟や〝ネタにタブーはないこと〟に執着するのはコメディにとって奇妙だし、いい状況ではない。いつから〝自分を検閲しないこと〟が美徳になったのだろうか？　わたしたちは常に自分を検閲している。人は反社会的なろくでなしになる資格を与えられてはいないからである……ある意味で、コメディはあなた自身を検閲するものだ――コメディは人々を笑わせるための正しい言葉を念入りに選び出している。自分を検閲しないコメディアンは、単にわめいているだけの素人にすぎない。そして〝ネタにタブーはないこと〟は――たとえば、『問題ないだろ。だって、ダニエル・トッシュはあらゆる人を笑いものにしているんだから。女も男も、エイズの犠牲者も、死んだ赤ん坊も、ゲイの男も』といった言葉に出てくる人間たちが社会においてみな同等の地位や権力を持っているわけではない（わたしたち女性の多くがいつも思い知らされるように）ことにあなたが思いを至したとき、崩壊する。『ああ、心配しないでくれ――おれはどんな奴の顔も殴るからさ！　人間でもアヒルの子どもでも、ライオンでも、イースター島の巨像でも、海でも……』オーケイ、そうね、そのアヒルの子どもは今ごろ死んでいるでしょう〉
わたしは〝タチが悪い〟と思ったレイプ・ジョークの問題点を四つ分析した――レイプの被

害者ではなく、レイプ文化をターゲットにしたものを（今振り返ると、もっとルイ・C・Kに厳しくするべきだったと思う。基本的に、わたしは彼に対してあまり専門的な知識を用いた分析をしなかった）——それから、説明した。〈わたしがこういうことを言うのは、コメディを嫌悪しているからではない——コメディを愛しているし、コメディが万人に親しまれてほしいと思うから言っているのだ。そして現時点で、全体的にコメディは女性への敵意を公然と示している〉

要点は、わたしたちが話すものごとは実際の世界に影響を及ぼすこと、また、言葉は社会がどのように機能しているのかを映し出すと同時に、それを変化させるきっかけにもなるものだということだった。とりわけ、コメディは社会の変化を引き起こすためのとても強力な引き金である。ティナ・フェイ〔アメリカの女優、コメディアン〕によるサラ・ペイリン〔元アラスカ州知事。二〇〇八年の大統領選挙で共和党ジョン・マケインの副大統領候補だった。妊娠中絶や同性婚に反対する右派ポピュリストでもある〕の物真似は、バラク・オバマにとって二〇〇八年の大統領選の結果を変えたかもしれない。わたしの同僚の多くは政治風刺番組の『ザ・デイリー・ショー』を主要なニュース源としてあげている。レイプについて語るとき、あなたはどこをターゲットにするかを決められるのだとわたしは述べた。あなたはレイプ犯たちを笑いものにしているのだろうか？　それとも、レイプの犠牲者たちを笑いものにしているのか？　あなたは世界をよりよいところにしているだろうか？　それとも、より悪いところにしているのか？　これは検閲についての問題ではないし、義務についてでもなければ、誰かのスピーチを力ずくで制限することについての話でもない——選択の問題なのだ。あなたは誰なのだろうか？　選んでほしい、と。

　わたしにははっきり理解できる。トッシュはあるキャラクターを舞台で演じる――魅力的な精神病質者《サイコパス》を。彼は「レイプはとてもおもしろい」といったことを言ってもかまわないと考えている。彼の擁護者たちによれば、そうではないことが明らかだからだ。「実際の社会では誰もがレイプを嫌悪しているのだから問題ない」というわけである。それは、コメディの世界では珍しい話法ではない。アンソニー・イェゼルニク、ジェフ・ロス、リサ・ランパネリ、カートマンといったコメディアンもそうだ。問題は、反レイプ活動を現実に行なっているわたしたちにとって、無防備な体で世の中を渡り、ネットでも女性のアバターを使っているわたしたちにとって、その「誰もがレイプを嫌悪している」という考え方が、決して事実ではないことだ。犠牲者をターゲットにした〝皮肉にも〟残酷なレイプ・ジョークがトッシュの擁護者たちの主張のようには作用していない理由をあげろというなら、実際に大半の性的暴力が真剣に取り上げられるどころか、まともに取り合われすらしないこの社会を見るがいい。

　レイプがほかの犯罪よりも〝より悪い〟から、フェミニストたちがレイプ・ジョークをやり玉にあげるのではない――非難するのは、性暴力の定義を縮小しようと積極的に努力する文化の中でわたしたちが暮らしているからだ。そういう文化はストーカーの行動を自由恋愛だと位置づける。不適切な服装だったからと、よからぬ地域を歩いていたからと、あるいはろくでもない人間といちゃついていたせいだと、被害者を責める。男はしょせん男だから仕方ないのだという、ミソジニーのための言い訳に全力を尽くす。レイプ被害を報告することによって払わされる感情的、社会的なコストを途轍もなく大きいものにする。実際の暴力よりも嘘の告発のほうが深刻な問題だというふりをする。性暴力は〝神の思し召し〟だったのだと、レイプの被害者に告げる警官や役人を選ぶ。そして、裁判にかけられたレイプ事件の五パーセント以下しか有罪判決を下されない。コメディアンのお決まりの反論は、「公演で殺人やほかの犯罪についてジョークを言っても誰にも文句を言われないじゃないか」というものだ。それはダブルスタンダードだと彼らは言う。だが、それは、幸いにして殺人事件の存在や横行に疑問を投げかけたり、刑事事件の被害を訴えるなと人々に圧力をかけたりするような文化的な背景がないだけだ。司法制度がそんな圧力をかけるようになる時が来るならば、レイプがほかの犯罪と同じように扱われ始めるかもしれない。

とにかく、その夜、〈ラフ・ファクトリー〉の客席で自発的な集団レイプが本当に行なわれると思った人はいなかっただろう。しかし、「おれたちは性暴力をふるえるんだぞ」という脅しは、女性たちの周辺視野から決して完全に消えることはない。トッシュの〝ジョーク〟の要点は、自分が弱い存在であるとあの女性に思い出させることだった。もっと重要なのは、コメディが男性のものだという考え方を補強することだ。そんなわけで、コメディとは何かを語るときも、男性たちのほうが正しいに違いないとされる。

ここには矛盾する二つの物語がある。一つは、〝女性というものはおもしろくない〟という物語で、それゆえにシャレの通じない女性たちはムキになって実際に起こりもしないレイプについてのジョークを非難するのだという論が導かれている。女性は堅苦しくてユーモアに欠け、コメディの仕組みを理解していないし、ジョークのターゲットとなることに対処できないからだ。それからもう一つ、わたしが同意している物語がある。「なんてこと、女性はいつだってひどいレイプ被害に遭ってきた。わたしたちを助けて。お願いだから助けて。なぜ、あなたたちは笑っているの？　頼むからなんとかして」というものだ。女性としてのわたしは、まだ最初の物語――実際の性暴力などない世界のほうであったらいいのにと心から思う。

「レイプ・ジョークの作法」は完璧な記事ではなかったが、わたしが望んでいたことは成し遂げた。明確で筋の通った方法で、フェミニストと、口の悪いコメディアンの間の意識の違いを明らかにし、そこに橋をかけたのだ。そして、それはこれまでわたしが書いた記事では過去になかったほどバズり、それぞれの側から、圧倒されるほどの反応があった。こういった議論に口を挟むことは歓迎されないと長らく言われてきた多くのコメディ・ファンの女性たちは、安堵感を示した。わたしがとうとう、この議論に決着をつけてくれたと多くの人が言った。パットン・オズワルトさえ、この記事をリツイートした。充分にポジティブに受け取られたから、トッシュの熱狂的ファンたちからの、比較的少数で遠まわしな嫌がらせをわたしは一笑に付すことができた。

〈黙りやがれ、リンディ・ウェスト（誰だよ？）〉

〈『ジェゼベル』のトッシュに関する@thelindywestの記事を読んだ。二点あげる。1.レイプはとてもおもしろい。2.ぼくは彼女が誰だかさっぱりわからない。彼女を黙らせろ〉

〈リンディもこの記事にコメントした奴らも全員、レイプされるといい〉

トッシュについてのわたしの批評を〝魔女狩り〟とみなし、わたしを〝ファシスト〟と呼んだ人もいた。トッシュのキャリアや、フェミナチ〔フェミニストをナチスになぞらえた蔑称〕がふりかざす正義に挑戦した男たちのキャリアをぶち壊そうとしているファシストだと。彼らの悲惨な警告に反して、トッシュの人気は急上昇した。この本を執筆している現在、彼はまだテレビに出ている。

全体的に見れば、わたしはうれしかった。わたしたちが進歩したように感じたのだ。

それから一年経った二〇一三年の夏、サディ・ドイルというフェミニストの作家がサム・モリルという若手コメディアン宛ての手紙を公開した。サディはサムの公演を見て、レイプや女性を残忍に扱うことについての彼のジョークは疑問の余地があるものだと気づいた。その前の年のわたしと同じように、サディは堂々巡りの応酬ではなく、建設的な対話に彼を引き込めることを願った。

〈女性の五人に一人は性暴力を受けていることが報告されています〉とドイルは書いた。〈有色人種の女性の場合、その数字はさらに増え、ある研究によると、若い黒人女性の五十パーセント以上が性暴力を受けているといいます（あなたのジョークの一つをあげましょう。「ぼくは黒人女性に魅力を感じている。彼女たちの一人と、かつてセックスしたことがあった。ファックしている間じゅう、彼女はNから始まる言葉〔Nワード＝「ニガー」など、黒人を意味する差別表現〕を発し続けた。そうだよ、彼女はずっと『NO《ノー》！』とわめいていたんだ」）。ツイッターで、あなたは人々に警告しましたね。最近流産した人やレイプされた人は、ぼくの特別な舞台に来ないでくれと。舞台からたくさんの観客を排除して、あなたは満足なのですか？〉

わたしの考えからすれば、筋の通った質問だ。人々のトラウマを利用して笑いを取っているコメディアンであれば、せめてその人たちの顔くらい見るのが当たり前だろう。その程度の考えも持たないで、なぜ芸術なんてやっているのだろうか？

同じ週に、フェミニストの作家で、コメディアンでもあるモリー・クネフェルが熱のこもったエッセイを出版した。パットン・オズワルトがレイプ・ジョークに対する批評をすげなくはねつけたことと、ボストンマラソンでの爆弾テロ〔二〇一三年、ボストンマラソン中に発生したテロ事件。三人が死亡、二八二人が負傷した〕とオーロラ銃乱射事件〔二〇一二年、コロラド州オーロラにある映画館で発生。十二人が死亡、五八人が負傷した〕の犠牲者たちに対して〝即刻〟示した哀悼の意との対照性について述べたものだった。

〈ボストンでの苦難は恐ろしいものだが、そのような経験をしたことがない大半の市民にとってはかなり抽象的な話である。いっぽう、オズワルトがコメディを演じるほぼすべての会場に、レイプ被害の経験者が一人はいるだろう。統計から計算すると、その数は少なくないはずだ。オズワルトが大学でコメディを演じている場合、その数はさらに多いだろう。突然の異常な暴力が我々の人としての共感性を明らかにするとしたら、社会構造によって常態化した暴力は我々の無関心さという闇を示している〉

どちらの文章もきわめて理性的で公正だ――何年か経ったあとで読んでも、すばらしい文章である。しかし、コメディ・ファンたちからの反応はひどかった。ドイルとクネフェルは侵略者で、詐欺師で、おもしろくないクソ女で、ナチスだというのだった。オズワルトのファンたちから何日も延々とクソリプや非難が飛んできたため、クネフェルはしばらくインターネットから離れた。サム・モリルはやがてドイルの手紙に対して、とても長いブログの投稿で答えた。その論旨のみ要約するなら「スタンダップ・コメディはパフォーマンスだ。談話ではない」だろう。それで行き止まりとなった。壁でさえぎられたのだ。あなたたちのことは受け入れませんよ、と。どうやら女性は、自分たちに襲いかかるレイプについて鈍感であることを求められているらしかった。いっぽう、コメディアンは穏やかな批判にすら対処できないほど敏感であり続けたのだ。

わたしはうんざりした。そしてクネフェルとドイルを擁護するために、あるエッセイを書いた。以前の「レイプ・ジョークの作法」より明確で、それほど友好的な調子ではなく、もっと厳しいものだった。〈コメディ・クラブは女性にあからさまな敵意を示している場所である〉

とわたしは書いた。〈わたしたち女性がコメディについて話すことができると思うだけで、「おもしろさ」を司る権限を守ろうと必死な縄張り意識の強い男性たちは、女性をずたずたに引き裂きにかかる。レイプや性差に基づく暴力に関する〝ジョーク〟が発せられるのは選択によるものではなく、当然のことのように扱われている。疑問の余地もないかのように、神聖なものですらあるかのように。女性の実際の人間性や体の尊厳と同じく、侵害されてはならないもののように。どれほど礼儀正しい言い方であっても、不満を訴える女性は見下されたり、却下されたりする。または、コメディは女性のものではないし、女性はここで歓迎されないという無言の（あからさまなことも多いが）メッセージを受け取るのだ〉

驚いたことに、オズワルトはわたしの投稿を引用リツイートした。これこそ自分が敬意を払えるフェミニストの記事だと言って――モリーやクネフェルの批判記事とは違うと。それは抜け目のない戦略だった。フェミニストの信用をいくらか得るためにわたしを利用し、オズワルトを最も痛烈に批判した記事の信頼性を傷つけたのだ。わたしは〈わたしの意見に同意するのなら、クネフェルの意見にも同意することになりますね〉と返事をしてやった。彼女とわたしの見解は対立するものではない、と。意見をやり取りしている間、わたしは二〇〇三年だったか二〇〇四年だったかの〈Mバー〉でのある夜のことを考えていた。公演後、わたしはおずおずとオズワルトに近づき、あなたのコメディが大好きなのだと言った。彼は親切で、寛大にもわたしに時間を割いてくれた。シアトルについて話した。わたしたちのどちらも、大通りにある〈ネプチューン〉ではないほうの映画館の名前を思い出せなかった。のちに、わたしはその映画館の名前を思い出し、オズワルトにメールで知らせた。〈バーシティ〉だと。彼はお礼のメールをくれた。温かくて心がこもったものだった。

その次にオズワルトと出会うのが、インターネット上でレイプに関して意見を戦わせるときだとは想像もしなかった。


ニューヨークへの出張から家に帰るため、JFK空港へ向かうタクシーに乗っていたときのことだった。携帯電話に、友人のW・カマウ・ベル〔コメディアン、テレビ司会者〕から電話がかかってきた。当時、カマウはクリス・ロックがプロデュースした『トータリー・バイアスド』という、FX局での週に一度の番組を持っていた――どことなく『ザ・デイリー・ショー』を思わせる構成の、日々のニュースを伝えるトークショー番組だが、社会的公正さを重んじるという性質を備えていた。ハリやガイ・ブラナムといった友人たちがその番組に脚本を書いていた。それは稀なタイプの作家陣だった――同性愛者でない白人男性が少数派だったのだ。めったにない種類の番組だった。

「すごいアイデアがあるんだ」カマウは言った。「うちの番組でレイプ・ジョークについての討論をやりたい。きみvsあるコメディアンということでね――たぶん、相手はジム・ノートンになると思う」

「うわ、まさか」わたしは声をあげて笑った。「わたしがそんなことを？」ノートンは大胆なブラック・ジョークを言うコメディアンだった。ラジオ番組『オピー・アンド・アンソニー』の大物レギュラーだ――ハワード・スターン〔毒舌で知られるラジオパーソナリティ〕をテリー・グロス〔数千人のゲストにインタビューしてきたラジオ司会者。控えめでフレンドリーなインタビュースタイル〕のように見せてしまう番組である。

「ジムはほかの大勢の男たちとは違うと、ぼくが請け合うよ」カマウは断言した。「彼は『うわっ、フェミニストかよ』といった男じゃない。ジムとなら、ちゃんとした会話ができるはずだ。コリン・クインに出演してもらおうとしたんだが、正直、ジムと話すほうがきみにはいいと思う」

「これって、何かの罠？」わたしは言った。

「罠なんかじゃないと約束する」

わたしはその翌週にニューヨークへふたたび行けるように手配した。さて、『トータリー・バイアスド』と言えば全国的なテレビ番組で、わたしはと言えば、ただの女性にすぎなかった。たぶん、ニュースキャスターが個人的な恨みでも持っていたせいだろうが、カナダのゴールデンタイムのニュース番組がジェームズ・キャメロンをわたしにからかわせたという奇妙な企画を除けば、テレビに出たことなどなかった。こういうときはめまいでもするものかと思っていたが、特にしなかった。テレビに出てくれと頼まれたのは、そう、たとえばあなたがテレビ出演を依頼されたのと同じようなものだ。あるいは、あなたの数学の先生や飼い犬や、母親が依頼された場合と変わらない。妙な感じだったし、怖かったけれど、わたしは承諾した。なぜって、ほら、もしかしたら状況がよくなるかもしれないから。もしかしたらわたしが勝利し、女性のコメディアンや観客に対して、コメディの世界はもう少し間口を広げてくれるかもしれない。

わたしのコーナーは「コメディアンvsフェミニスト」または「フェミニズムvs言論の自由」といったテーマ立てになるだろうということだった――どちらも自分の好みではないんだが、とカマウはわたしに言った。でも、テレビではそれなりのやり方で物事を提示しなければならないのだと。かまわないよ、とわたしは言った。女性がコメディを受容できるという考えを明確に除外して「フェミニスト」の一言だけでくる枠組みの中で、女性を舞台上で犠牲者にすることの可否をまともに論じられるのか、この企画自体が間違っているんじゃないかという不安を抑えながら。ただの女性にすぎないわたしが、テレビのことなどどうしてわかるだろう？

『トータリー・バイアスド』はミッドタウンにある、亡霊に取りつかれていそうなホテルで撮影された――セットはピカピカに輝いて、鮮やかな色彩のジオラマが設置されたいっぽう、背景はくずれかかって水が滴る、ソビエトを思わせる灰色の迷宮の塔が建っているというものだった。化粧室へ行く途中で、仮面をつけた官能的な亡霊に誘拐される可能性が半分くらいはあると賭けてもいい気分だった。わたしの話の総合的な要点を見直すため、カマウとガイがいるところに急いで腰を下ろした。「きみが思っているよりも時間は速く過ぎるよ」ガイがわたしに警告した。「最後に最高のことを言ってやろうと思って先延ばしにしてはいけない――そこまでたどりつかないうちに終わるだろうから」

プロデューサーのチャック・スクラーがわたしを脇へ呼び、クリス・ロックが収録に来る予定だと告げた。「たいていは来ないんだ」チャックは言った。「しかし、彼はこのレイプ・ジョークの話自体をひどく嫌っている。女性が泣き言を言っているようなものだと考えているんだ。だから、きみがどうやり遂げるかに興味を持っているわけだよ」すばらしい激励ね、ボス。ありがとう。ナメてんの？

レイプ・ジョークをめぐる議論中、欠陥はあれど有益な支えとなったものは、「パンチングアップ〔自分より社会的地位が上の者をからかうこと〕」と「パンチングダウン〔自分より社会的地位が下の者をからかうこと〕」の概念である。力のある地位にいる人々は、力のない者をだしにしたジョークを避けるべきだという考え方だ。だから、会社のパーティでCEOは自社の清掃作業員を「スティーヴが何をして家族を食わせているか、考えると笑えるよな？（隣にいる別の作業員に）きみならわかるだろ？」などというジョークでからかったりはしない。そういう態度は非常に不快だし、そんなジョークでパーティが盛り上がるほど、二人の清掃作業員は全員の吐瀉物を掃除するために夜遅くまで働かなければならなくなるだろう。問題は、それが悪趣味だとか残酷だとか（実際、そうなのだが）いうことではない。CEOが維持しようとする圧政的なシステム――CEOをリッチなろくでなしにすることができるシステム——の割を食わされる人々をからかっていることだ。
一九九一年の『ピープル』誌のインタビューで、辛口で知られた政治評論家のモリー・アイヴィンスがそのことを完璧に言い表していた。〈ユーモアには二種類あります。一つは、わたしたちが自分の小さな弱点や共通する人間性をクスクスと笑うものです——ガリソン・キーラー〔作家、ラジオパーソナリティ。一九七四年から二〇一六年まで、長きにわたって人気番組『プレーリー・ホーム・コンパニオン』のホストを務めた〕がやっているように。もう一つは、誰かを公にからかったり笑ったりするもの——それがわたしのやっていることです。ただし、風刺は伝統的に、力のある者に対して力のない者が使う武器です。わたしは力のある者しかターゲットにしません。笑いが力のない者をターゲットにするとき、それは残酷なだけではありません——俗悪でもあるのです〉
「パンチングアップvsパンチングダウン」は誰かの命令でもなければ、絶対厳守のルールでもなく、普遍的な分類でもない——どんなへそ曲がりでも日がな一日〝例外〟のリストを作れるとわたしは確信している——それは、力をめぐるシステムについて考えることが、常にすべてと関連する有用な思考のエクササイズなのだと思い出させてくれるものだ。どうして「クソ女《ビッチ》」と呼ぶことが「クソッタレ《アスホール》」よりも悪いのかわからない人々にとっては、特にそうだろう。力について考えることは、たとえば白人が黒人よりも優秀だという結論を意味しているのではなく、わたしたちが黒人よりも白人を優遇する社会に住んでいること、そうではないふりをすることが暴力行為と同じだという指摘が生じることを意味している。

わたしがこんなことを持ち出した理由をあげよう。「パンチングアップ」はクリス・ロックによって作られた概念だとずっと聞かされてきた。そう特定するのは疑わしいかもしれない――ロック自身が直接言った証拠を見つけられないのだ――けれど、わたしの永遠のヒーローであるスチュワート・リーが『ニュー・ステイツマン』誌のコラムで、右派のせいでひどいコメディアンが生まれる理由を威厳のある調子でこう述べていたのだ。

〈アフリカ系アメリカ人であるスタンダップ・コメディアンのクリス・ロックは、スタンダップ・コメディは常に自分より社会的地位が上の者を攻撃する《パンチングアップ》べきだと主張した。それは英雄的な、ささやかな奮闘である。

いくらか性格に問題があるとか、いくらか脆弱であるとか、明らかな欠落があるとかでなければ、右派の道化師にはなれない。自分が正しい道にいて、すでに勝者であり、何の悲劇もないといった顔で、自分より社会的地位が下の者をからかう《パンチングダウン》……我が勝利を誇らしげに話し、何の皮肉も恥も自己反省もなしに、自分ほど運に恵まれない人々を嘲笑いながら舞台に立てる人などいるだろうか？　そんな人はスタンダップ・コメディアンではない。それはただの最低野郎だ〉

さて、レイプ・ジョークは「社会的地位が上の者に対する攻撃」と言い募れるほど善なる――そして、ミソジニーはそこまで人々の目に映らない――ものだろうか？　コメディの社会的責任のために「パンチングアップ」というモデルを生み出した男性でも、レイプ・ジョークやミソジニーが存在しない世界のことは構想できないのだろうか？　わたしは答えを得られなかった。結局、ロックは収録に現れなかったからだ。

撮影が始まる前に舞台裏で、わたしはジムに初めて会った――「レイプ・ジョークの作法」の記事を気に入ったと彼は言った。自分たちは不一致の点よりも一致する点のほうが多いだろうと。「当たり前ですよ」冗談めかして言ってやった。「わたしは正しいんですから」いい雰囲気だった。わたしは神経過敏になっていたが、自分は間違っていないと感じていた。


だが、収録が始まったとたん、心が沈んだ。わたしの名を聞いたことがない大半の視聴者への紹介として、カマウはこう説明したのだ。「彼女は『ジェゼベル』の常勤のライターで、ルイ・C・Kからダニエル・トッシュにいたるまであらゆる人を非難してきました。そして今度は、ジムをこきおろそうとしているのです」。『トータリー・バイアスド』の視聴者の大半は、わたしが誰だかなど知らないだろう。わたしが長年、コメディに取りつかれてきたことについては一切触れられなかった。コメディを演じたことがある事実にも、コメディを書いている事実にも。それに、（少なくとも当時は）わたしのキャリアにおいて一番知られているのは、ユーモアのある記事を書いていることだとも述べられなかった。視聴者は、わたしがそもそもコメディを内側から批判する立場にいるとさえ想像できなかっただろう。

討論が始まりもしないうちに、わたしは闘争的で陰険で甲高い声で話す人間に仕立て上げられてしまった。わたしがそこにいたのは建設的な議論をするためではなく、ジムを〝こきおろそうとする〟ためだそうだ。〝これはコール・アウト・カルチャー〔ある集団のメンバーの瑕疵や悪事を公に言いたて、ダメージを与える文化〕だ〟というのも、誰かを〝こきおろす〟というのも、どちらも印象操作的な言葉である。社会正義を嫌う右派が、侮蔑を込めて活動家たちに投げつけることを好む言葉。敵意を持つ人の耳には――わたしはすぐに気づいた、そういう視聴者がとても多いだろうと――過剰反応やヒステリー、耳障りなものを暗示する言葉だ。「コメディアンvsフェミニスト」。わたしは不安な気持ちだった。

カマウはジムに最初の質問をした。「ジム、コメディアンは他者に与える影響を何も考えずに、言いたいことを言えるべきだと思いますか？」

わたしは無言でカマウに感謝した。意図的だったにしろ、そうでなかったにしろ、その質問はジムにいくつかの点でただちに譲歩を迫る表現だった。どんなものでも、影響を与えることは明らかだ。その結果、観客は笑うか、笑わないか。また公演に来てくれるか、来ないか。アルバムを買ってくれるか、買わないか。また公演を予約してくれるか、くれないか、なのだ。ジムは真顔でそれを否定するわけにはいかないはずだった。

ジムは目を見開き、熱心な様子でうなずいた。「もし、自分をおもしろいと思ってもらおうとしているなら、そうあるべきです！　誰だって違いはわかる――マイケル・リチャーズが腹を立てた様子で何か言ったとしましょう。分別のある人なら、コメディアンが笑いを取ろうとしているとか、怒った演技をしようとしているときは、これはジョークなんだと感じ取れるものです。たぶん、『サウスパーク』〔コメディ中心のケーブルテレビチャンネルで放映されている、ブラックジョーク満載のアニメ〕でマットとトレイが言ったように、〝すべて許されるか、何も許されないか〟のどちらかでしょう」

ジムはカマウが以前にあるコーナーで述べた、ヒトラーに関するジョークを引き合いに出した。「もしも、『おい、これをからかってはいけない、あれをからかってはだめだ』という道を行くとしたら、論理的な意見というものはこうなるでしょう。『そうだな、どんな状況でもヒトラーのことを一切、口にしてはいけない。おもしろいものじゃないからな！』と。だから、わたしはそんな道を行きたいとは思いません。おもしろくなろうと努力している限り、問題ないと思っているだけです」

「誰だって、違いはわかる」ジムは言った。「分別のある人なら、コメディアンが笑いを取ろうとしているときは、これはジョークなんだと感じ取れるものです」――そこにはたちの悪い暗示があった。レイプ・ジョーク全体に関する議論を「結局、それはユーモアを解さない女性が言い立てていることなのだ」という問題にしてしまいかねないものだ。「レイプ・ジョークはただのジョークではありません。それは世の中に流れ出て女性を虐待する人の正当性を立証し、女性をいっそう沈黙させてしまうのです。レイプ・ジョークの根源はミソジニーであって、ユーモアではありません。少しもおもしろいものではないんです」と主張するわたしたちは、みな〝分別のある人々〟ではないと、ジムはほのめかしたわけだ。〝誰だって違いはわかる〟

は明らかに、「フェミニストを除けば」ということだろう。

カマウはわたしにも同じ質問を向けた。どきどきする心臓を落ち着かせようと、鼻から深く息を吸った。言葉を濁すとか、頭を下げてぺこぺこするために、または自分よりも年上で有名な、話術で生計を立てている男性に屈するためにここにいるわけではないことをはっきりさせたかった。自分が何を話しているかはわかっているし、本気で言っている。わたしをばかにしないで。それに、第一声で笑いを取りたい、とも思った。わたしは言った。「その質問はばかげています」

「どんなものでも影響を与えます。法的な影響について話しているなら、そうですね、コメディが検閲されるべきだとは思いません。それに、検閲について話すためにわたしたちはここにいるわけじゃないですから。そして、」――わたしはジムのほうを身振りで示した――「わたしたちの意見は同じだと確信していますから」検閲に関する議論は本筋と関係ない、退屈な話にすぎなかった――その議論は早いうちに片づけてしまいたかったのだ。レイプ・ジョークを擁護する人は「自分たちは許されている」と言いたいがために「これは言論の自由だ」という反論をすぐにする。コメディアンが〝ここまでなら言ってもいい〟と〝これ以上言ってはいけない〟という線引きを押し付けられているかのように。ヘイトスピーチや、信じられないほど具体的な暴力の脅しといった極端なものを禁止し、コメディ・クラブの舞台を規定する立法府など存在しない。よく言われる〝思想警察〟は実在する法執行機関ではないのだ。

「わたしが話題にしているのは、すでに被害を受けた人物にさらにトラウマを与えるようなことを言うかどうか、あなたが選べる状況での影響についてです。その状況でそういうことを言う人であれば、わたしはろくでなしと呼びます」

ジムがさえぎった。「あなたの話には全面的に賛成ですよ……」

(結構。話はそれで終わり?)

「……そして、誰かが舞台で言ったことが最低だとあなたが思うなら、それについてブログに書けばいい! そのことを書くべきです! 意見やジョークのせいでトラブルに陥ったと、誰かを訴えるのでないかぎりはね」

〝トラブル〟という言葉の曖昧さは視聴者の印象をミスリードするものだと感じられた。「トラブルとはどういう意味ですか?」わたしは彼の態度を明確にさせようとしながら尋ねた。

「トラブルとは、〝人々があなたに腹を立てる〟ということですか?」

「トラブルとは、わたしが出ているラジオ番組『オピー・アンド・アンソニー』で起こるようなことです。つまり多くの場合、人々が起こすトラブルとは、あなたのジョークが気に入らないとき、あなたの広告主をターゲットにし始めることなんです。市場は人々があなたに満足しているかどうかを決定できる。しかし、人々が広告主のところへ行って、『彼らは我々が好まないジョークを言っているから、広告支援をやめてくれ』と言えば、コメディアンたちを痛めつけることになる。わたしが話しているのはそういうタイプのトラブルのことです」

なるほど、ジムはコメディアンに文句を言う人がいてもかまわないわけだ。誰にも声が聞こえないところで言っているかぎりは――実際の変化を生み出すような方法で言うのでなければ。嘆願書も書かず、抗議の手紙運動も、ボイコットもしないのであれば。自由市場とこれほど相容れない感情に対して〝市場〟を引き合いに出すのは奇妙ではないか。人々がボイコットするのは、その行動が効果的だからだ――さらに重要なのは、わたしたちにとってそれが唯一、行使可能な力だからである。人々が広告主をターゲットにするのは、苦労して稼いで企業に払ったお金が性差別主義者《セクシスト》や人種差別者《レイシスト》や同性愛嫌悪者《ホモフォーブ》に払われるのにうんざりしているからだ。社会の構造的なセクシズムやレイシズムやホモフォビアによって特権的利益を得る人がいることや、「疑わしきは罰せず」の原則のおかげで仕事を、少なくとも仕事の一部を得る人たちにお金が払われることに飽き飽きしているのだ。そんな人たちは仕事を得る資格などない。まあ、白人男性なら、解雇されたとしても他に仕事の口があるのだろうが。

また、異なった考えの間に明確な線引きをすることもわたしはかまわないと思っている――ある考え方はよいもので、ある考え方は悪いものであると。〈JCペニー〉〔百貨店チェーン。二〇二〇年に経営破たんした〕がゲイのカップルをカタログに載せたからという理由でこの店をボイコットするという教会のグループと、ゲイから権利や保護を奪おうとしている集団に何百万ドルも寄付したからという理由で〈チックフィレイ〉〔チキン料理に特化したファストフード・チェーン〕をボイコットするゲイの人々との間には違いがある。ゲイたちは、別にキリスト教右派を虐げてはいない。いっぽう、ゲイの子どもたちを通りに追い出したり、ゲイの配偶者をお互いの臨終の場に立ち会わせまいとしたり、ゲイを殴ったり殺したりすることをもっと簡単に正当化するために彼らを病気の肉食動物扱いするキリスト教右派は、ゲイの人たちを虐げているではないか。

とはいえ、右派のキリスト教信者にも何かをボイコットしたり、誰にでも好きなだけ手紙を書いたりする権利はあるはずだ。目的は、差別的な性質のボイコットが成功しなくなる地点まで文化を変えることである。そのためには声をあげ、どの考え方がよくてどれが悪いのかについて妥協しないことだ——社会の成員の一人として、どんな考え方には耐えられて、どれには耐えられないのかと。わたしはレイプを擁護する考え方に耐えるつもりはない。そして、そう、レイプの擁護者たちもこの社会の構造に向き合えるような世の中を作るために、積極的に働きたいと思う。

続く数分間の討論は、その前とほぼ同じ調子だった。カマウから、コメディ・クラブは〝本質的に女性に対して敵意がある環境だ〟と思っているかどうかと尋ねられ、わたしはジョークを言った。「そうですね、腹を立てた男性でいっぱいの暗い地下室みたいなものでしょうね」(この皮肉に対して、あとで途方もない数の嫌がらせの言葉を受けた。〝気分を害した〟という男性のコメディアンたちから。変なの——「分別のある人なら、コメディアンが笑いを取ろうとしているときは、これはジョークなんだと感じ取れる」んじゃなかったっけ)ジムは、セクシズムに抗議するフェミニストを、自分たちの宗教への冒涜に反論する信心深い人と並べて語った。そして、またしても「笑いという感情を引き出そうとしている（と、きみも理解しているだろう？）コメディ・クラブ」と「CEOが清掃作業員を笑い物にする会社のパーティ」との違いを「我々はみんな知っている」という考え方をしつこく繰り返した――ここで彼は乾杯するしぐさをしてみせた――「〝レイプしに行こうぜ〟と言ってるのとは違うんだ！」と。

わたしはいらいらしていた。論拠が「そんなのジョークだよ！」しかない相手とジョークの文化的な影響力を議論して、いったい何になるのだろう。これは安っぽい手口だ。ジョークは単なるジョークではないと、主張せざるを得なくなる立場にわたしを追い込むための。そうなれば、ジムは「イェイ、そんなのジョークだよ！」という立場の大統領候補になる。わたしのほうは、〝人々に罪悪感を抱かせるようなフェミニスト特有のたわごとを二十分間にわたって話す〟大統領候補になるのだ。

「言葉によって影響される組織的な力なんてないと信じられるのなら、確かにとても安心だし、うれしいことです」わたしは言った。「でも、それは真実じゃありません。また、そういった力に影響されるわたしたちは、それが真実でないことを知っています。六十年前には黒人についての〝とてもおもしろい〟ジョークが数々あったことと、コメディが今よりもっとあからさまに人種差別的であり、黒人にとって人生がもっと不利で危険なものだったことは、ただの偶然の一致ではありません――ちなみに、彼らの人生は今も不利で危険なものですけどね！　あなたは、こうしたことが偶然だと思いますか？　コメディは権力に対して真実を語る、守るべき神聖で強力な、社会に不可欠のものだとかなんとか言いながら『それは単なるジョークさ。つまり、我々の人生は言葉に影響されたりしない。だから、黙れよ』なんて言えますか？」

ジムは親切そうな、温情に満ちた笑みを視聴者に向けた。まるで「彼女がみなさんに不快な思いをさせて申し訳ない」と言わんばかりに。「コメディは社会で起こっていることの原因ではない。多くの場合、コメディは起こっていることに対する反応であり、反射です。それに、コメディアンの話が暴力の引き金になったことなど一度もないでしょう」それからジムは話題を変え、マスコミに対する奇妙な暴言を吐き始めた。マスコミは「謝罪すべき義務があると、わたしが思う唯一の集団」だからだと。マスコミは多数の銃撃犯のアイデンティティや声明を報道することがあり、それが〝暴力の一因となる〟からだと。拍手が起こった。

あまりにも見え透いた、しかも的外れな論点ずらしだったので、つかの間わたしは言葉を失った。コロンバイン高校の銃撃事件〔一九九九年、コロンバイン高校の生徒が銃を乱射して生徒と教師を多数射殺した事件〕を引き合いに、レイプ・ジョークはレイプの原因になんてならないって言いたいわけ？　それはキーキーと音を立てるおもちゃで視聴者の注意をそらすのに等しい、レトリックの歪曲だった。でも、わたしがあ然として何も言えなくても問題はなかった。ジムが話を進めていたからだ。

「わたしが思うに、この次にみなさんが美術館へ行って、いかがわしいと思うものを強調したり、不朽のものにしようとしたりしている絵を見たら――いかがわしいことがわかる思想でも――タオルを取って、その絵に投げかけるべきでしょう。あるいは、この次にみなさんが映画に行ってレイプシーンがあったら、立ち上がって誰にもその場面が見えないように、スクリーン前に板を掲げるべきだ。さて、もしもみなさんがそんな行動をとれば、どうなるか……ブルックリン美術館を攻撃したとき、ジュリアーニに何が起こったでしょうか！〔一九九七年、ジュリアーニ元ニューヨーク市長がブルックリン美術館での「センセーション」と題された展覧会で、象のフンをコラージュした聖母マリアの肖像画を冒涜的であるとして非難した〕人々は『このファシスト！』と言いました。『自分が気に入らないものがあるからといって、芸術を攻撃している！』と。しかし、気に入らないジョークを言うコメディアンにあなたが腹を立てても、人々はこう言うでしょう。『そうだ、そのとおり』何事もまったく問題ないか、すべてが問題か、どちらかです。レイプが不快でおぞましいものである理由はわかります。そうじゃないとは誰も言わないでしょう。しかし、コメディには、本当に恐ろしいものを卑小なものに見せるという性質があります。わたしが目にした最も不穏なコメディアンの公演は、ジョーン・リバーズのものでした――数年前、わたしが〈ザ・カッティング・ルーム〉〔ニューヨークの音楽バー〕で見たものです。ジョーンは最も過小評価されたコメディアンの一人だと思います（ここで拍手が起きた）。彼女はここで容赦ない公演を行った。九・一一のテロについて、そしてエイズについて話したのです。その公演は〝暴力的〟だったとわたしは本気で思います。ジョーンは社会の周縁部に追いやられた人々に少しも気兼ねしなかった。観客はみな、自分たちがそこにいる理由を知っていました。そして、自分たちを傷つけるすべて、悲しいものすべて、みじめなものすべてをジョーンがネタに取り上げた理由を知っていたし、彼女が全部をただ引っくり返して見ていただけであることもわかっていました。

観客はみな、来たときと同じように会場を出ていきました。『ヘイ、エイズはとてもおもしろいじゃないか！　悲しいものでもひどいものでもない！　九・一一は重要なことじゃないんだ！』なんて思った者はいなかったでしょう。それらのテーマについて、人々はそれまでと同じ感情を抱いたまま立ち去りました。コメディが救いである点は、おかしくもないテーマを取り上げ、それについて我々を一時間、笑わせてくれることです。一日の残りの時間は、我々はそういったテーマのことを、ひどく悲しいものだと考えて過ごしているのだから」

この時点で、わたしには話がさっぱりわからなくなった。わたしは口ごもり、言葉の意味を理解しようとした。いったい、ジュリアーニがレイプ・ジョークと何の関係があるというのか？　ツイッター上でコメディアンを批判することが、どうして絵画にタオルを投げかけることと同じなのか？　タオルじゃ、ちょっと小さいんじゃないの？　ベッド用シーツのほうがもっと役に立つのでは？　明らかなレイプ擁護の言葉を受け入れ、異を唱える者をこんなふうに嘲って批判をはねつける美術館がどれだけあるだろうか？「落ち着いてください、それはただの芸術ですよ？」と。

繰り返すと、その表現の背景が大事だとわたしは言いたいのだ。ホロコースト博物館に歴史的な人工物として巨大な鍵十字の旗を吊り下げるのは、ブルックリン美術館の壁に巨大な鍵十字の絵を描いて「ユダヤ人をすべて殺せ」というタイトルをつけることと同じではない。わたしたちは文化的に、美術館の作品を二次創作で間に合わせることをしないというところまで進化してきた。社会として、どの考え方がよくてどの考え方が悪いかを選択したからだ。ホロコーストを否定する人々の集会を開催して〝言論の自由〟の名のもとにその主張を容認することはない。それが、レイプ文化についてコメントすることと、レイプ文化を存続させることとの違いだ。集団としてよりよいほうを選ぶことと、性差別的な暴言は正当なものであり「虐待をやめてくれ」という女性の訴えと等価なのだと主張するミソジニストたちの遠吠えに屈服することとの違いだ。

ジョーン・リバーズについてジムが語った逸話に関しては、彼女がかつて邪悪ですばらしい公演を行なったのだと彼が思っていることが、わたしにはうれしい。けれども、会場に入ってきて出ていった観客全員のエイズに対する意見を代弁しようとするのは不可解だし、傲慢である（それに、賭けてもいいが、意図的に不誠実なものになっている）。自分を心優しくて道徳心を備えた親切な人間――「ゲイの友人はいるし、同性婚を支持しているよ」――だと考えている人は多いが、それでも、ある程度の人はまだこう思っているだろう。エイズとは、不特定多数と性行為をしたゲイの男性がかかる、社会の規範から逸脱した人の病気であると。エイズに関する下品なジョークをいくつか聞いたからといって、誰の脳にでも偏見が植え付けられるわけではない。しかし、すでに偏見が潜在していたとしたら、その正当性を立証し、そういった感情をかき立てることは間違いないのだ。

ジムのような人たちは、不正義が並外れた憎悪を原動力としたものだと必死に信じたがっている——暗い裏通りでの見知らぬ人間によるレイプ、十字架を焼くこと〔人種差別のシンボルとして行なわれることが多い〕、白いフード〔白人至上主義集団「クー・クラックス・クラン」が被る〕——けれども、無関心や官僚主義、密室でのクスクス笑いといったもののほうが、はるかに不正義を生じさせやすいのが現実なのだ。

　そのころ、スチューベンビル高校のレイプ事件がニュースを独占していた——オハイオ州スチューベンビルの高校のパーティで、人気者の二人のフットボール選手が、泥酔して意識を失った十六歳のクラスメートのヴァギナに指を挿入した。彼らの一人は彼女の胸をむき出しにして、口にペニスを突っ込んだ。十代のパーティ参加者の何人もがその様子を写真や動画に撮り、嬉々としてそれをソーシャル・メディアでシェアすると、関連するレイプ・ジョークが拡散した。別の動画では、暴行した少年たちの友人たちがそのレイプを振り返り、犠牲者がどれほど〝死体みたいに〟なっていたかをジョークにした。「彼女は今、さんざんレイプされている」とある少年は書いている。「彼らはマイク・タイソンよりもすばやく彼女をレイプした」と。少年たちのコーチや学校当局は犯行を隠蔽しようとした。捜査を報道したメディアや裁判の結果〔主犯格の少年二人は実刑を宣告され、ネットで拡散した学生や隠蔽に加担した大学関係者も軒並み厳しく処分された〕を知った人は、レイプ犯たちの〝輝く未来〟の損失を繰り返し嘆き悲しんだ。被害者の個人情報がリークされ、彼女の人格がテレビの生放送で酷評された。

　わたしはジムに理解してもらおうと懇願したようなものだった。「もしかしたら、コメディの観客の中にはレイプされたことを報告すべきかどうかと迷っている女性がいたかもしれません」とわたしは言った。「彼女が座っている横で、『レイプはなんておもしろいんだ』という発言を誰もが笑っていたのです。彼女の緊張をほぐすようなやり方ではなく、明らかに緊張を引き起こすようなやり方で。そういう緊張は、世の中に伝播します。わたしたちが住んでいることの国に。そこでは、十代の少年たちがこんなふうに思うんです。『意識を失った女の子のヴァギナに指を突っ込んで、それを動画に撮ってインターネットで広めたら、すごくカッコよくておもしろいだろう』と」

ジムはわたしの話をさえぎった。「人々は適切に反応したはずです」

「本当ですか？」

「動画を見た人々は嫌悪を覚えたでしょう。わたしが言っているのは、事件を隠蔽した学校のことではない。社会がそれを見て、誰もが強い嫌悪を感じたという事実のことです」

「誰もが強い嫌悪を感じたのではありません。違います。多くの人がその少年たちを支援したんですよ」

カマウがわたしに加勢した。「ジム、最近あなたはツイッターをやっていますか？」

難題が一つあった。ジムや彼のファンや若手の男性コメディアンたちがレイプ文化など存在しないふりをするのが容易なのは、彼らには積極的にそれを無視するという贅沢が許されているからだ。スチューベンビルの事件のようなことに直面したら、自分の世界観に添う部分だけを見ればいい。それができる立場にいるから、ジムは肩をすくめて質問をやり過ごし、すばやくこう言った。

「あなたのツイッターのプロフィール画像はジェフ・ゴールドブラムですね。ジェフが最初に演じた役は『狼よさらば』〔原題は『Death Wish』（死の願望）〕での残酷なレイプ犯だった。さて、ジェフのことを悪く言うつもりはないが、しかし――」

　このとき、プロデューサーがわたしのツイッターのプロフィール画像――『ジュラシック・パーク』で恐竜に噛まれて官能的に死にかけている、汗まみれのジェフ・ゴールドブラムの姿――をわたしたちの後ろのスクリーンに映し出した。彼らはまさにその〝瞬間〟が来ているのだとわかっていた。ジムは事前の打ち合わせでプロデューサーたちに話していたに違いない。彼らはこうなる準備をしていたのだ。

「『狼よさらば』で、ジェフは女性にこん棒を振り上げて『この金持ちのクソ女』と言い、卑猥な言葉を浴びせて殴り殺してしまう。我々はみな理解しています。『ああ、それは役を演じている俳優だよ』と。ならば、俳優が説得力のある残忍なレイプ犯を演じるのを認めておきながら、何かをからかって何かをばかにするコメディアンを攻撃する理由はあるでしょうか――レイプの被害者に、より影響を与えるものは何でしょう？　レイプそのものの迫真の演技を見ることでしょうか？　それとも、レイプをからかっているコメディアンの話を聞くことでしょうか？」

　悪意あるたわごとだ。クソッタレ、とわたしは思った。『狼よさらば』でのジェフ・ゴールドブラムの役柄に好意を持って共感するはずがあるだろうか？　映画を見に行ったら、ジェフ本人が実際に同じ部屋にいて、その場で自分をレイプするふりをされることなんかあるだろうか？　ジェフが第四の壁〔舞台の役者と観客との間にある見えない壁〕を壊し、カメラを指差してこんなことを言うはずがあるだろうか？「ヘイ、カレン・ファーガソン。この劇場にいる全員が今すぐあんたをレイプしたら、とてもおもしろいと思わないか？」どうして、「レイプはジョークにしていいものだ」という考えを聞かされることよりも、レイプシーンが演じられるのを見ることのほうがトラウマになると思われているのだろう？　誰が、あらゆるレイプ被害者の感情の代表者としてジム・ノートンを任命したというのだ？　もし、映画を見に行く人がいつでもどんな映画でも、どこからともなく無作為にレイプシーンが挿入される可能性に対処しなければならないとしたら、それはレイプ・ジョークと同じことになるかもしれない。だが『狼よさらば』はそうではない。その映画にどんな内容が描かれているかはレビューなどで文字情報としても警告されていて、あなたはトレイラー動画でも見て「ああ、これなら見てもいいかな」と判断して選択的に見に行くだろうから。

　マジで、ふざけんなよ。

「そのどちらか一つを選ぶ必要はありません」わたしは冷たく言った。「もし、ある人が映画を見に行って気分を害したとしたら、彼らは遠慮なくそれについて文句を言えるでしょう。わたしが今、仕事でやっていることです。説明責任というものです——もし、あなたがそんな作品を作り、傍観していたいなら、それはかまいません。でも、わたしはあなたをバカ者呼ばわりしてもかまわないし、非難してもいいんです。誰かの気分を害する内容は、見たものの反応を引き出したりショックを与えたりするために用いられる小道具や陳腐な設定にすぎないと、みんなが同意したとしましょう。でも、その場合、なぜわたしのヴァギナがあなたの小道具になる必要があるんでしょうか？　何かあなたのものを使えばいいじゃありませんか？　どうしてわたしを抑圧しておきながら、わたしをあなたの切り札として用いるんですか？」

「リンディにとってもわたしにとっても、この議論を終わらせるのに最高の方法は、ちょっといちゃついてみることだと思いますね」ジムはカマウのエンディングの言葉にかぶせるように、ジョークを言った——コメディにおける女性の人間性の喪失に関する議論の最後に笑いを取るため、わざとわたしを性的な対象にしてみせたのだ。

そして収録は終わった。ガイは正しかった。時間はあまりにも速く過ぎ、わたしは自分の最高のネタまでたどりつけなかった。でも、まあまあ気分はよかった。とにかくただ眠りたかった。

わたしのホテルの部屋にはＦＸ局が入らなかったから、自分が出演している番組は見られなかった。それをありがたく思った。

「これはミソジニーなんかじゃないんだ」

放送当日は、関連するいくつかのツイートが散見されただけだった――『トータリー・バイアスド』の常連の視聴者に加えて、わざわざケーブルテレビにチャンネルを合わせてくれた少数のわたしのファンやジムのファンたちからのものだ。こういうツイートは一様に、もともと持っているイデオロギーの路線に沿った分析をしていた。ジムのファンは彼が〝勝った〟と思っていて、わたしのファンはわたしの味方をしていた。誰もがレイプ・ジョークについての自分の意見が正当化されたと感じていたようで、見たところ、考えを変えた人はいないらしかった。「これは一時的なもので終わるかもしれない」話題になることは減るだろうと、わたしは思った。正直言うと、少しがっかりしていた。この討論をすることを承諾したのは、自分にとって重要なことだったからだ（そしてわたしの考えでは、もっと文明化された、もっと包摂的《インクルーシブ》な世界にするために重要だった）――わたしは影響を与えたかったし、ほんの少しでもあの討論に変化を起こさせたかった。自分の仕事ぶりには満足していた。テレビ業界のベテランの縄張りで、相手に引けをとらなかったのだ。自分のキャリアをただ台無しにするために、つらい経験をする人はいない。

二日目、わたしはスマートフォンの通知音で目が覚めた。

ブーー。

〈レイプされる心配なんかないよ、ブサイク女〉

ブーー。

〈まいったな、この女は服を着たままのレイプ並みにつまらねえ。元気出せよ、リンディ！〉

ブーー。

〈おまえ、本当にウザいんだよ。心配すんな、誰もおまえをレイプなんかしない。せいぜい健康と、必ず起きる心臓発作を心配するんだな。#uglycow《ブサイクな牛》〉

わたしたちの討論はユーチューブにアップロードされていて、ジムはそのリンクを自分のSNSのアカウントに載せていたのだ。

〈レイプについて文句を言ってるクソ女は絶対にレイプされるはずがないクソ女だ、ってのはお笑い種だな。そこのクソ女、鏡を見たことがあるのか?〉

何百件もこういったコメントがあった。もしかしたら、何千件もあったかもしれない。これほど硬質で辛辣な言葉の壁には出くわしたことがなかった。このようなコメントがツイッターやフェイスブック、ユーチューブ、わたしのメール、『ジェゼベル』の投稿欄にあふれた。

〈ちゃんとした頭の持ち主なら、おまえなんかレイプしたがるはずないだろう?〉

挑発的なメッセージなら、前にも受け取ったことはあった——ダンと対決したことに対して、「男性の権利」活動家を腐したことに対して、ドラマの『セックス・アンド・ザ・シティ2』を好きではないと言ったことに対して——けれども、こんな状況は初めてだった。性的魅力のない女性の挑戦を受けた男性コメディ・ファンたちの、ミソジニーからくる怒りに並ぶものはなかったのだ。

わたしはすべてのコメントに反論したかったが、そうしなかった。そんなことをしても焼け石に水だった。コメントは増えるいっぽうだったからだ。

〈彼女はめちゃくちゃヤラれたがってるんだ。賭けてもいいが、彼女がレイプを非難しているのは、自分がレイプされたいからに違いない〉

レイプされたいはずないでしょ。

〈誰もレイプしたがらないから、あのデブ女はつらいのさ。走ってみろよ、デブ。なんてこった、床に着くほど腹が垂れてるぜ〉

レイプは褒め言葉じゃないんだけど。

〈あの太ってムカつく、だらしない女をレイプしたい奴はいない〉

レイプは贈り物でも好意でも、何かの証明でもない。

〈たわごとはやめろ。あのデブ女はレイプなんか心配しなくていい〉

太った女性でもレイプは受けるものだが。

〈おまえはデブでブサイクで、性的魅力がない。レイプされる心配はいらないぞ!〉

本当に?

〈このデブのクソ女をヤってやろうと思うレイプ魔は、九千人は下らないな〉

「わきまえない女」をコントロールするために性的暴力の脅しを用いる男たちは、全然新しくもなければおもしろくもないし、公正でもない。これが、この社会がいつだって〝円滑に〟続いてきたやり方だ。「家にいろ、女たちよ。身の安全を考えろ。静かにしていろ。キッチンにいろ。妊娠し続けろ。世の中と関わろうなどと思うな」あなたが口封じや抑圧、女性だという理由で勝手に限界を設けられること、言論の影響などについて声をあげることを望んだら、わたしのようになるのだから。

〈彼女はレイプのことなどまったく心配しなくていい、まったく！〉

程度の差こそあれ、性暴力や性犯罪の餌食になったことがない女性をわたしは知らない。通りすがりに口笛を吹かれること、望んでもいないのにバーで口説かれること、感情を操られること、暴力的なレイプにいたるまで。間違いなく、わたしにも経験がある——〝レイプに値しない〟わたしでさえ。間違いなく、あらゆる女性がレイプの心配をしなければならないのだ。

〈自分をなだめようとしている人々を見下すな。レイプという最悪の考えを受け入れることは、ある人たちが実際には行動に移さないようにする抑止力だ〉

あなたはレイプ犯ね。

〈超いまいましいクソあまだ。死んじまえ、バカ女〉

いやだね。

〈男を嫌悪するほぼすべての女が、最も性的魅力がないのはなぜなのか〉

飛行機でシアトルに帰り着いた。ポケットいっぱいに詰め込んだ蜂みたいにスマートフォンが震えていた。地元のコメディ界もわたしを非難し始めた。わたしはクソ女で、詐欺師で、失敗したコメディアンということになっていた。コメディのことを何も知らず、コメディについてコメントする権利なんて全然ない人間なのだと（奇妙なことに、彼らはわたしが書いた記事を褒めそやすときには、わたしの専門知識を限りなく信頼しているようだったが）。わたしの〝パロディ〟として、「リンディ・イースト」というツイッターのアカウントを作った人（ワオ、さすがコメディがわかってるね！）もいた。そのアバターはわたしを隠し撮りした写真で、首と顔がグロテスクに膨らみ、食道まで巨大になっているという感じの写りだった。ある男性――個人的に会ったことはないが、わたしがよく行っていたのと同じクラブの常連――はフェイスブックに「おまえなんか階段から落ちればいい」と書いた。仮名を「デイブ」としよう。わたしの知人の中にも彼のコメントに〝いいね〟をつけた人がいた――その一人はわたしが司会を務める「ザ・モス」のレギュラーの演者で、数週間後、わたしは舞台で彼を笑顔で紹介しなければならなかった。でも、これも彼らに言わせれば、単なるコメディなのだ。わたしが身の安全を心配するのはヒステリーの表れということになる。どう考えても侮辱だが。あんたが善良な男なら、ただ自分の芸を守っていればいいんじゃないの？

〈ジャバ〔ジャバ・ザ・ハット。『スター・ウォーズ』に登場する巨大なナメクジのような悪役〕は何も心配しなくていい。脱獄囚でさえ彼女をレイプしないだろう〉

その週、わたしはどうあってもオープンマイクに出ようと決めた――脅されて服従したり、追い払われたりするつもりがないことをはっきりさせるために。「もし、わたしと話したい人がいるなら、今夜は〈アンダーグラウンド〉にいます」フェイスブックとツイッターにそう書いた。アハムに一緒に行ってもらうことにした。何も起こらないだろう。わたしたちは大丈夫なはずだ。少なくともこの一年間、わたしはスタンダップ・コメディを演じていなかったから、いくつか新しいジョークも出してみた。「わたしを侮辱したい人はいつも『ジャバ・ザ・ハット』を持ち出すけどさ、それって、本当の侮辱だよ……ジャバ・ザ・ハットに対しての。ジャバは銀河の悪の首領なんだから。モンスターも飼ってるし。わたしは単なるフェミニストのブロガーですよ、みなさん」

アハムとわたしはオープンマイクに行き、コメディを演じて楽しみ、帰宅した。

〈まともな男なら、あんな醜い女をファックするどころか、レイプするものか。なんてウザいクソ女だ〉

それから一年近く経ったあと、あのオープンマイクの夜についてデイブとやり取りした携帯メールを、共通の友人が見せてくれた。わたしたちは知らなかったが、デイブは〈階段から落ちればいい〉のコメントの件でアハムに攻撃されると確信していたのだった。〈おれは大人の男だ〉デイブは書いていた（すべて原文のまま）。〈自分の戦いは自分で始末できるし、パンチを繰り出されたら受け止められる。だが、正直なところ、あのことに折り合いをつけるまで、あいつと街中で喧嘩することになるはずだと思い込んでいた。あの晩、《アンダーグラウンド》へ行く前に二時間、喧嘩を思い浮かべながらトレーニングし、バッグに飛び出しナイフと九ミリ拳銃を入れて、あらゆる事態に備えていたんだ〉

デイブはコメディの公演にナイフと銃を持ってきたのだった。「女性にとってコメディ・クラブが安全な場所かどうか」という点に関する意見の対立のせいで。彼らに言わせれば、人々が舞台でどのように話すかということは、彼らが実生活でどのように振る舞うかということにまったく影響しないはずだが。恐怖心からタフガイを気取るのはずいぶん情けないが、それは有害でもある。つまるところ、そんな心理のせいで黒人たちが命を落としているからだ。お漏らしをするほど不安な白人男性たちは、どんな不一致も自分の生命に影響しかねないと思い込む。デイブはアハムが危険だと思い込み、銃で撃つ準備をしていた。どんな種類のものであれ、この状況で誰かに脅威を与えたのはデイブだけだったのに。わたしがこのような瞬間を人生で経験したことは数えるほどしかない――幸せで無傷な自分の世界と、完全に破壊された世界との間にはごくわずかな距離しかないことがわかった。平凡な世界と、想像を絶する世界との間には、ほんの数歩の差しかないのだ。人々が声をあげようとしない理由はわかるだろう。

でも、わたしが遠慮なく話す理由はわかるだろうか?

〈ジム・ノートンがあのデブ女をレイプすれば、最高の結末じゃないか〉

誰もがレイプを嫌悪する。レイプは法で禁じられている。レイプ文化なんてものは存在しない。レイプが悪いことについては誰もが真剣に考えている。誰もがスチューベンビルの事件にゾッとさせられた。誰でも、相手がジョークを言っているときとそうではないときがわかる。レイプについて笑っている有名な男性たちは、彼らのファンが嫌いなタイプの女性について話す方法に何の影響も与えない、云々……。

わたしを中傷した人たちは現実をわかっていない〝脳内お花畑〟だとわたしを表現するが、〝お花畑〟なのはジムのほうだ。あらゆるコメディアンが善良な意図を持って自分の芸に取り組んでいると思い込む――彼らはみんな人々を笑わせようとしているだけだ、と。それはこれっぽっちも真実ではないし、あまりに無邪気な考えでもある。今日、活動しているコメディアンの中で、個人的な虚無感を埋めたくてコメディを演じていない者は一人もいないと思う。だからこそ、コメディは彼ら自身にとっても非常に大事なものなのだ。これほど一筋縄ではいかないものに人生を捧げる代償が「ほかの人を笑わせる」だけでは、少しも充分ではない。とにかく、もし、ジムの仮定が真実だとしたら――コメディアンが常に高潔な意図を持っていて、誰かがジョークを言っているときといないときを人々が常に見分けられるとしたら――そもそもこんな議論をわたしたちがすることはなかっただろう。

〈こういうホールども、レイプしてやりたくなるくらいムカつく。あの女を魅力的だとはこれっぽっちも思わないし、ただの太った間抜けだ。彼女を道路コーンでレイプしてやりたい〉

〝ホール〟はジムのレギュラー番組『オピー・アンド・アンソニー』のファンウィキである「OAペディア」で独自の意味を持つ言葉だ。〈〝ホール〟は『オピー・アンド・アンソニー』で、出演したほとんどのラジオ番組を台なしにするタイプの女性を指す言葉である。ホールは、口を開けば『わかんない』と言うだけで、会話を広げることもせず、政治的に正しくない男性を厳しく非難する〉と書いてある。

クソリプを送ってくる人たちはコメディアンやコメディ・ファンの代表ではないんだから、と言ってきた人もいる。彼らは異常なインターネットトロールであり、インターネットは現実ではないんだから、ということなのか。現実の世界では、男のコメディ・ファンが、銃を持って来ていたわけだが。

インターネットで拡散されるヘイトモブの標的になったことがない人には、アドレナリンの急上昇と恐怖心がうなり声をあげるのを同時に体験する心境はなかなか伝わらないだろう。それは溺れるのと落下するのを一度に味わうようなものだ。だが、最悪の状況にあったとき、猛攻撃がいつまでもやまなそうだったとき、まるで夜に咲く花のように、ある考えがわたしの心の中で明らかになった。彼らがわたしに贈り物をくれたことに気づいたのだ。息が詰まるほど殺到する暴力的なミソジニーのコメントが、声をあげた女性に対するアメリカのコメディ・ファンの答えであるということは、コメディにミソジニーの問題が存在することの証左ではないかと。彼らは「コメディにはジェンダーに関する問題などない」という主張を、レイプしてやるとか殺してやると脅す行為によって行なおうとした。太りすぎてレイプの対象にならないわたしを悲惨だと言い、ジムがわたしをレイプすれば、討論はもっとよくなっただろうとほのめかすことによって。

なんだ！　わたし、勝ってるじゃん。

わたしを沈黙させようとする彼らの試みが、どんな解説記事や完璧な議論よりも、わたしの要点をより効果的に世に知らしめた――彼らは誹謗中傷の言葉を入力するのと同じくらいスピーディに、その証拠を大量生産していたのだ。何百人もがただで、わたしのために働いてくれたというわけだ。フェミニズムをやっつけようとしているうち、彼らはみんなボランティアでフェミニストのために搾取労働をさせられたようなものだった。

わたしは大量のコメントを集めた（どれも一様に卑劣なものだったから、〝最悪の〟コメントを見つけ出す必要はなかった）。わたしはリビングルームの大きなグレイの安楽椅子に腰を下ろした。コメントを声に出して読み、アハムがそれを撮影した。ほぼ五分間、厳しさと重々しさをたたえた顔でカメラをじっと見つめた。恐怖というものから感情の部分を取り除くと、人間性そのものが露になる。わたしが感情を前面に出さなければ、相手をコントロールしているとか、自分の信念を押し付けているとは言われないだろう。わたしは一人の人間で、ほかの人たちからこういうことを言われた。彼らはラップトップやスマートフォンに向かい、こういう言葉を入力してわたしに送ることを選んだ。これがそれらを受け取ったわたしの顔だ。これが言葉というものだ。〝ただのインターネットじゃないか〟というごまかしは通用しない。

その動画は、わたしについてのデマを爆破するものだ――わたしが検閲に励んでいるというデマ。感情的に不安定だというデマ。言論の自由に反対しているというデマ。悪辣な言葉に怯えているというデマ。わたしがそんな人のはずないでしょ？「棒を口に突っ込んで、セクシーなあんたたちをあぶり焼きにしてやりたい」なんて言葉が、NBCの木曜の夜に放映されるはずはない。この動画よりもひどいジョークをわたしに見せてみるといい。もっとリスクがあるコメディを見せてみるといい。もし、あなたたちがそんなにひどい気分だというのならば。もし、あなたたちがそんなにクールな人ならば。わたしに見せてみるといい。

効果はあった。

スマートフォンが別の理由で振動し始めた。わたしのツイッターのリプライ欄の調子は変わってきた。そういう意志を持って対処すれば、トイレの水も逆方向に渦巻くのだ。大好きだったあらゆるコメディアンが――前年の夏はレイプ・ジョークに関する自分の意見に固執していた人たちさえ――わたしの支持にまわった。ジョス・ウェドンが関わってくれた。レナ・ダナムも。たちまち、信じられないような状況になった。シアトル市長もこんなツイートをした。〈わたしはリンディ・ウェストを支持する！〉クール。ありがとう、市長。

相変わらず抵抗する人たちはいたが、彼らにとっては残念な事態になっていた。彼らが揺いでいるのが感じられた。本物のレイプ犯や虐待的な虚無主義者といった、しつこくクソリプを飛ばしてくる少数の連中以外、わたしに嫌がらせをする人の大半はコメディ・ヒーローの目に留まりたいにわかファンだけだった。〈レイプされろ、ブタ女〉を建設的な会話の方法だと思っている人々に協調することがPR上の災厄（道徳上の災厄であることは言うまでもなく）だと気づいた有名コメディアンたちが退却し始めると、追従者は彼らのあとに続くしか選択の余地がなかった。大衆の意見という潮流は必ずクールなほうへ引きつけられる。人々はクールになりたいだけなのだ。

ジムは自分の名を持ち出してわたしに繰り返し浴びせられる嫌がらせの言葉に頭を悩ませた

らしく（もっとも、ミソジニストのコメディとミソジニストのコメディ・ファンとのつながりについては相変わらず認めたがらなかったが）、あるエッセイを書いた。よりによって『XOジェーン』〔女性が主な読者層のオンラインマガジン〕――十代の少女たちの感情を守る砦のような媒体に。そして自分のファンたちに、そんなことはやめるようにと要請した。

〈わたしは他人に何を書くべきだとか、自分をどう表現すべきだとかいったことを語るのにかなり慎重な人間である。しかし、リンディに向けられてきた多くの言葉には心からの嫌悪を覚える。彼女に向けられる怒りは間違いだし、見当違いである。リンディの意見に異議があるのなら、それは別にかまわない。だが、彼女がレイプされることを願うとか、レイプされてしまえといったことをツイッターでつぶやくのは、まったくもって無作法なことだ〉

さらにジムは『オピー・アンド・アンソニー』でレイプ文化の概念について実際に説明した。

「リンディの要点は」――ジムはリスナーが理解できそうな言葉を探していた――「あー、『レイプ文化』という言葉がかなり広まっているということだ」

「レイプ文化か」オピー〔番組ホストの一人であるグレッグ・〝オピー〟・ヒューズ〕の顔に嫌悪が浮かんだであろうことは、そのうなり声からでも感じ取れた。

ジムは言葉をつないだが、それは肩透かしなものだった。ジムに期待されていたのは追い打ちをかけることだった――フェミニストに追い打ちをかけることが、彼の契約に入ってさえいたかもしれない――けれども、彼はそうしなかった。「もしかしたら、誰かが正確にレイプ文化というのがどういうものか説明してくれたら、ひょっとして、我々は……」

ごくわずかの間があったあと、オピーが尋ねた。「ちょっとばかりレイプを連想させるような物言いをしているってことかな？」

「ああ。たぶん」

彼らがレイプ文化について考えている様子がうかがえる。もちろん、彼らはレイプ文化の存在を否認しているが、刺激は与えた。レイプ文化が存在するか否かについてむにゃむにゃ言う（認めるのも否定するのも自分たちであると言わんばかりに）二人の著名な白人男性なんて画期的な図ではないだろうが、わたしにとっては奇跡だった。『オピー・アンド・アンソニー』——抑制が利かないミソジニーが存在し、ミソジニーを奨励する現場だ——を聴いている男性は何百万人もいるのに、ジム・ノートンはレイプ文化の概念を紹介しただけでなく、それが実在する可能性を認めたのだ（我が国の文化が〝ちょっとばかりレイプを連想させる〟かもしれないことにオピーとジムが興味を示しているか否かは、別の問題だ）。ジム・ノートンは「滅びの山」〔トールキンの小説『指輪物語』に登場する火山〕の炎の中にレイプ文化を投げ込んだ。三年後、「滅びの山」の炎は依然としてレイプ・ジョークを巡ってわたしを苦しめているが、ある程度の勝利もだんだんと増えている。

それから、とどめの一撃となったのは、パットン・オズワルトがブログでレイプ・ジョークに関する文章を公開したことだった。その中で彼は、レイプ・ジョークが女性にとってどういうものか、男性は理解していないかもしれないと認めた。オピーとジムが手探りしていたのも、それと同じような認識の芽生えだと感じられる。

〈ぼくはレイプは嫌悪すべきものだと思うし、そんな行動をとりたいという衝動に駆られたこともない。だからと言って、女性の心の中に飛び込んで、彼女たちが毎日毎日、一瞬一瞬に感じているものをないことにはできない。ほかの男たちから露骨に、またはさりげなく投げかけられたり、彼女たちが生きている世界でメディアが描写していたりするものを。耳に届く歌の中にある、目にする映画の中にある、またはコメディ・クラブの舞台で見させられる、彼女たちが『レイプだ』と感じるものを〉

自分個人が何かを思ったり経験したりしたことがないからといって、その何かがこの世に存在しないことにはならない、というわけだ。いい考えだと思う。

そして、この件については終わった(一時的にだが)。最も救いようのない反対者だけが、パットン・オズワルトでさえも「コメディの専門家でない」と断じたがっていた。人々は先を争って、オズワルトに厳しいことを言われないような新しい道を見つけようとした――突然、オープンマイクで公演するコメディアンの多くも、自分たちは前からずっと熱心にレイプに反対するジョークを言ってきたんだと言うようになった。オズワルトには多くの称賛が寄せられた。とうとう、こういうことを言う人が現れたのだ。彼はとてもとても勇敢だった。

わたしはオズワルトに感謝した。とはいえ、わたしやサディやモリーや、ほかにも何世代にもわたって自分の居場所を作り上げようと努力してきた女性のコメディアンすべてが表明したところで嫌がらせをされる結果にしかならなかったのと同じ考えを、オズワルトが言えば褒め称えられるのだという構造のことはわかっていた。だが、とにかく、それ以外のことは新たな局面に入った。ビル・コスビーを訴えた人々〔コスビーはアメリカを代表する黒人コメディアンだが、二〇一四年以降、薬を飲ませてレイプするといった過去の性的暴行で四十人以上の女性に告発された〕にみんなが関心を払うようになったのは、この件をハンニバル・バーエスが舞台で、男性優位の概念の薄っぺらさを語りながら繰り返し紹介するようになってからのことだった。別のどこかでは、たとえば愚劣なミソジニストになる可能性のあった十三歳の熱烈なコメディ・ファンがオズワルトの投稿を読み、すぐには何も変わらなくても、十三歳くらいのころによくあるように、その内容が彼の頭にこびりつくことになるかもしれない。オズワルトの世代の男たちには勇気がなくてできなかったことを、彼はやるかもしれない。そういうことを、わたしは勝利だと受け取るだろう。

わたしとの討論でジムが何気なく言った、あるジョークっぽい言葉が何よりも記憶に残った。人生におけるおぞましいことから多くのネタを引き出しているコメディアンたちに関して、ジムはこう言ったのだ。「題材がおぞましければおぞましいほど、我々にとってはいっそういいものとなる」ジムはふざけた口調で言ったが、それはコメディアンの間では珍しくもない決まり文句であり、同時に彼とわたしとの根本的な食い違いを示している。ジムにとって、人生のあらゆる恐ろしいことは脳内にのみあるものだ。実際に経験したにせよしていないにせよ、ジムはそれを自分の利益や喜びを砕いたり燃やしたりしてしまうものだと考えている。本物の戦闘地帯でもない限り、この世界のほぼあらゆる場所（有名なルイ・C・Kのコメディに至っては、歴史上のほぼすべての時代に行った）へ旅することができて、概ね快適で安全だと感じられる（自分たちに権力があると感じることも多い）唯一の人間は、同性愛者でない、シスジェンダーの、健常者の白人男性である。それ以外の人間にとって、恐怖は脳内の思考実験ではない――本物の、現実の、恐怖なのだ。

ジムのようなコメディアンたちにとって、ひどい大統領はすばらしいビジネスチャンスである。過酷な貧困のサイクルから抜け出せない家族にとって、ひどい大統領は電気と暗闇、食べ物と空腹、どちらが与えられるかを意味する重大事だろう。レイプはわたしにとって意味があるものだ。フェラチオをしろと言う奇妙な酔っぱらい男と一緒に、化粧室に閉じ込められる経験をしたからである。レイシズムはアハムにとってなんらかの意味があるものだ。一緒にアイダホ州へドライブ旅行するとき、彼は車から降りたがらないからである。コメディにおけるミソジニーはわたしにとって意味があるものだ。わたしのメールの受信トレイは、女性のコメディアンやコメディ作家たち――中には著名な人もいる――からのメッセージでいっぱいだからである。彼女たちは自分の仕事についての恐怖や欲求不満を吐露する場を必要としている人たちだ。彼女たちは仕事に関する愚痴を言うことができない。そんなことをしたら〝面倒くさい女〟の烙印を押されるからだ。彼女たちは人前で不満を言うことができない。ただでさえ、仕事や出演契約は手に入れにくいものだからだ。そんなわけで、彼女たちはわたしに打ち明けるのだ。

もしもあなたがコメディの世界でフルタイムで働く男性で、女性の同業者たちがどんな経験をしているか気づいていないなら（そもそも女性の同業者の知り合いがいるとしたらだが）、彼女たちが自分と同じような経験しかしていないと思わないでほしい。そして、なぜ彼女たちがあなたにそういうことを話さないのか、考え始めてほしいのだ。

ユーチューブの『トータリー・バイアスド』のチャンネルで最も再生回数が多い動画は、「アンロッキング・ザ・トゥルース」という名のティーンエイジャーのメタルバンドのプロフィールで、当時バズっていた。この本を執筆している現在、それは八十四万九百四十九回も再生され、千五百七件のコメントがついている。二番目は『ザ・デイリー・ショー』の司会者であるトレバー・ノアのインタビューだ――六十一万二千四百九十八回再生され、三百五十五件のコメントがついている。ジム・ノートンとわたしとの討論は三番目に再生回数が多く、四十万四千七百九十一回である。

だが、コメントは実に六千七百四十五件もついていた。

三年後、その動画には相変わらず少なくとも週に何件かは新しいコメントがついている。冗談抜きで、これはインターネット上のミソジニーの事例研究になるだろう。科学的メリットがある。ジムもわたしも超有名人というわけではないし、討論自体はとりわけ興味深いものでもない——まあ、悪くはないが、ニッチな話題だろう。では、何が呼び物になっているのか？わたしが反抗的な女性だということだ。わたしが太っていて、堂々とした態度で男性と話していることだ。何年もミソジニストによる罰を受けてもなお、わたしが引き下がろうとしないことだ。ほぼすべてのコメントに侮蔑の言葉が入っている——バカ女、デブ、フェミナチ。ジムがいちゃつこうと提案して、わたしが目をむいたシーンを具体的に非難するコメントが多い。ジムは笑いを取ろうとしただけだ、と彼らは言う。

最近も、『オピー・アンド・アンソニー』のあるリスナーが、めった切りにされた遺体だの、身の毛がよだつような交通事故だの、熟れたくだものさながらにぱっくりと割れた脳だのといった写真を送りつけてきてわたしを苦しめた。ほかのリスナーたちは彼に声援を送った——よくやったと言ったり、煽ったり、あとでオンラインの掲示板にまとめを作ったりして。わたしの考えでは、こういうサイクルは単なる異常者のものではない。ミソジニーは彼らにとって、明確な動機と見返りがあるものだ。そういう写真を送ってくる人は、ミソジニーが無限に存続していく様子を目の前で見ることができる。わたしはこういったリンクをジムに転送して訴えた。「まだこんなことがわたしに起こっているんです。わかるでしょう？　どうして、見えてないふりをするんですか？」

ジムの返事は簡潔で断固として、よりによってビル・コスビーを引き合いに出したものだった。人々の行動と彼らが見るコメディが無関係なのは、ビル・コスビーのコメディが彼の行動を反映していないのと同じだ、と。

だが、ビル・コスビーは女性に薬を飲ませてレイプすることについてのジョークを言っていたし、まさしく〝現実の生活で〟彼は女性に薬を飲ませてレイプしたではないか。

コメディは現実の生活であり、インターネットも現実の生活だ。わたしは悟ったが、ジムは自分の主張が妥当かどうかということに気を留めていないのだ——彼にとって、そもそもこんなことは本質的な議論ではなかった。わたしの正しさを認めれば、彼は自分が本当に悪質なひどいものに加担していると認めることになる。ジムは自らの立場を鮮明にした。彼は壁であり、扉ではないのだ。

とはいえ、今ではコメディアンたちはレイプについて話す場合、前よりも少し慎重になっている。観客は前よりも大胆に不満の声をあげるようになった。微妙な違いだが、感じることはできるだろう。そういうところから変化は始まるのだ。少しずつ生まれる、小さな動きから。わたしはそれを誇りに思っている。わたしは勝ったのだ。けれども同時に、多くのものも失った。

今やわたしはスタンダップ・コメディを見ることができない——スタンダップ・コメディを見ることを思うと、パニックのような激しい不安がどっと押し寄せてくる。こうした拒絶反応や、「おまえはお呼びでないんだ」という感覚が染みついてしまうほど、わたしは多くの敵意を受け取ってしまった。レイプ・ジョークに関してわたしが言いたいことは伝わったかもしれないが、おもしろい人間としての自分のアイデンティティ――人生で最も重要なものだ――は生き残れなかった。コメディアンや彼らのファンのサークルで「リンディ・ウェスト」といえば、今や「冗談の通じないクソ女」という意味だ。明白な政治性とともに見られることのない、同世代のおもしろい女性ライターたちをうらやましく思う（虫の居所が悪い日には腹立たしく思う）ときがある。彼女たちはおもしろさという手段を保つことが許されている。コメディと関わりを持ち、コメディをさらによいものにしようとすることによって。わたしはそんな手段を失ってしまった。

反フェミニストが話の中でうるさく主張することはいつも同じである。彼らはわたしたち女性からコメディを奪おうとしているのだ。ダニエル・トッシュは二度目のテレビ出演をしたが、わたしはと言えば自分にとってカタルシスであり無条件の喜びでもあったコメディという芸術に、今では気分が悪くなってしまう。

最も癪に障るのは、あのばかげたささやかな「自伝」の講座で発表したわたしの夢がとうとう現実になっていることだ。わたしはテレビの脚本の仕事を依頼され、パイロット版の話の執筆を頼まれ、仕事を選ぶこともできるし、ほかのコメディアンたちのために書いたジョークが放送されて笑いを取っているのを眺めてきた。いっぽう、オープンマイクに出演したい人たちは、相変わらずツイッター上でわたしを「反コメディの女」と呼んでいた。今では、アンディ・リクターとサラ・タイアー夫妻は友達だ（アンディはたゆまずサポートしてくれる、著名なコメディアンの一人である)。わたしは必死で前進し、不可能に思えた目標が実現しそうな、どうにか安定したところまでたどりついたのに、もはや自分がそういうものを求めているのかどうかさえわからない。

ビデオゲームの批評家であるレイ・アレキサンダーは「自分の娯楽でもあるゲームを、彼女はよくも批評できるものだ」と男性ゲーマーたちに絶えず批判されているが、自ら感じているそのもどかしさについて熟考し、「ボーイング・ボーイング」というブログに優れた文章を書いた——愛する業界で波風を立てることによる損失について。

〈わたしのパートナーはゲーム業界で働いているし、彼の友人たちやわたしの男性の友人も働いている。彼らは尽きることのない熱意の泉や、とぼけたユーモアのように存在している。わたしがいつも抑えられるとは限らない短気や皮肉、それに、ばかげたソーシャル・メディアのわめき声のせいで、彼らがうんざりするときがあるのはわかっている。わたしは彼らに言いたい。こういうことはあなたがたのためでないのと同様に、わたしのためでもない。この領域をよりよくするという喜びのため、喜びをあなたがたに与えるためなのだ〉

男性のみなさん、あなたたちは決して理解できないだろう。女性のみなさん、わたしが助けになれたことを願ってる。コメディ、あなたには悲しい思いをさせられたね。

倒れた大木

かつては二人のものだったベッドにわたしが一人きりで眠っている間に、その木は家の上に倒れた。その二週間後に父が亡くなった。木が倒れる四週間前には、アハムが「家を出ていく」とわたしに告げた。八週間前、わたしたちは壮大なプランを持って新天地に移り住んでいた。引っ越すべきではなかった。

なぜなら、その〝壮大なプラン〟についてさえ、わたしには話せるようなことがないからだ。あれから四年経って、そんなものがもはや必要ではない今でも。わたしたちが出発する前から、その計画は間違っていた。走っているトラックの中でも間違っていたし、わたしの両親の家の私道でも間違っていた。さよならと手を振り、格子柄の毛布に包まれた父が母にもたれていたときも。おそらくあれは父がベッドから出た、ほぼ最後だっただろう（そしてわたしは去った。去ってしまったのだ）。途上、ポートランドにいたときも間違っていたし、ユージーンでも、グランツパスでも、アシュランドでも、ワイリーカでも、ウィードでも、レディングでも、ウィローズでも、ストックトンでも、バトンウィロウでも、マッキトリックでも、キャスティークでも間違っていた。二百十号線を東に行くときも、二号線を南に行くときも、コロラド州に向けて進んだときも。左折、右折、右折、そしてまた右折。

引っ越すちょうど二カ月前、アハムの子どもたちと過ごした日の終わりのことだった。わたしたちはワシントン湖で泳ぎ、アハムのお気に入りの「誰が最初にみんなを投げ倒せるかゲーム」をやった。このゲームではいつもアハムが勝ったけれど、そこが肝心だった。彼は大きな子どもだったからだ。それから「ジャズレコードの希少盤あり」という看板が出ていたので、あるガレージセールに立ち寄ったところ、そこの女性はわたしをアハムの娘たちの母親――なんと、わたしのことを！――と思ったらしく、かわいいお子さんたちですねとお世辞を言った。「あなたたちのママ」と彼女は娘たちに向かってわたしのことを呼んだ。娘たちにじっと見上げられて、パニックになったわたしは大声で言った。「あら、まさか。この子たちのママじゃありません。わたしはそのへんの女性なので！」と。それは、この関係がだめにならないことを心から願っていたからだ。わたしが何らかの考えに取りつかれているなんて、アハムに思わせたくなかった。心配しないで、わたしはそのへんの女性。わたしたちは四カ月間、つき合ってきただけ。あなたは離婚したばかり。わたしはあなたの家族になろうとなんかしていない。そんなこと、ゾッとするよね。わかってる。わたしはまともな人。だけど。

それからわたしたちはブラックベリーを摘んでパイを作り、わたしの両親の家に立ち寄った

——そのころはまだ父母の家で、母だけの家ではなかった。まだ半分空っぽの状態ではなかったのだ——子どもたちがパイを持って家の中に入ると、アハムはわたしを引き止めて言った。

「今日はきみや娘たちと過ごして楽しかった」アハムはわたしを見つめながら言った。意味ありげな顔つきで。

「そうだね！」わたしは言った。

「ぼくはご両親の家が好きだよ」夕日に赤く染まっている白い切妻屋根の家を見上げながら、アハムは言った。

「わたしも！」わたしは言った。

「ぼくたちの家もこんなふうだったら、どうかな？」彼は言った。

意味深長な間があった。

「ロス・アンジェルスで」

「本当に？　本気なの？」わたしはアハムを抱き締めながら、ぴょんぴょん跳ねた。

一緒にLAへ引っ越すことにはならないと、わたしたちは互いに言い張っていた。実は、それぞれが別々に、偶然にも同時期にLAへ行く予定だったのだ。アハムはわたしが知らない女友達と暮らすために、わたしはアハムとの共通の友人であるソロモン・ジョルジオと共同生活を送るために行こうとしていた。そんなふうでなければならなかった。四カ月つき合ったくらいで、引っ越して同棲する大人なんていないのだ。けれども、あの完璧だった日、暑さで酔ったようになり、ブラックベリーの汚れをつけてバカ騒ぎし、家族と遊んだせいで痣ができていたあの日は、もはやそんな遠回りなんて意味をなさなくなっていた。

わたしたちが一緒に暮らすべきなのは明らかだった。親友だったし、口に出して言いはしなかったが、愛し合っていた。それで充分でなければならなかった。もっとも、初めて一緒に過ごした夜から、自分は傷ついた人間だとアハムはわたしに言い続けていたけれど——親に放棄され、貧しくて、十九歳で子どもができ、二十七歳までに二回離婚し（「結婚して十三年半で一回離婚するのを二回繰り返すのと同じくらいひどい」と彼はネタにしている）、シングルファーザーで抑鬱症で、人生で百回はめちゃくちゃバカなことをしでかしているからだと。いっぽう、わたしのほうは三十歳も間近だというのに、相変わらず親離れできずにいた。わたしたちは八年間、友達づき合いをしてきて、やっとキスした。「きみはぼくに恋したことがなかったのかい？こんなにイケメンなのに」のちにアハムはわたしをからかって尋ねた。「ないね。そんなこと、まったく思い浮かばなかった」わたしは偽ることなく答えた。アハムは大人の男だったし、わたしは相変わらず愚かな小娘だったのだ。子どもたち？　離婚？　そんなもの、手に負えないし。

二〇一一年の夏、アハムとソロモンは二人とも、NBCの「多様性のためのスタンダップ・コメディ・コンテスト」の準決勝に進んだ。これは毎年開催されるコメディの大会で、過小評価されたマイノリティ、とりわけ有色人種の受賞者たちが育成契約を結んでもらえることになる（毎年、何もマイノリティ性を持たない白人の嫌な奴が何人か、参加したいと主張する。「アイルランド系はマイノリティだ」と堂々と主張するのだ）。その契約が特に何かにつながるのかどうかわからないが、LAのコメディ業界の人々に〝見てもらう〟にはいい方法だった。それに、NBCが進歩的であるように見せるのにも役立った。

そのころ、わたしとアハムとソロモンの三人は自分を大きな魚のように感じていて、LAという川にすぐにでも飛び込んで、そこから海まで行けるかどうかを見てやろうというつもりでいた（この川について何か知っている人なら、わたしたちが始めから無茶だったのだとわかるだろう）[*1]。

とにかく、アハムが実際にはLAへ引っ越せそうになかったのは言うまでもないだろう。子どもが二人いる大人の男性が簡単に動くわけにはいかない――アハムはNBCのコンテストに出ることがよい結果につながるかどうかを判断するために数カ月間、長くても半年しか滞在しないつもりだった。どうなるかはわからないからだ。もしかしたら、彼は〝見てもらう〟ことができて、次のデヴィッド・シュワイマー〔俳優。ドラマ『フレンズ』の教授役が有名である〕になり、三百平方フィート〔約二十七平方メートル〕の家を出て、娘たちとすばらしい新生活を始められるかもしれない。もう誰も洗濯室で眠らなくても済むかもしれないのだ。もし、うまくいかなくても、ひどいことにはならない。失うものは何もなかったのだから。いっぽう、わたしのほうはLAで一年間、家を借りる契約をしていた。わたしのそれまでの恋愛はあり得ないほど長いものでも、せいぜい半年しか続いていなかった。でも、わたしは力強く前進した。現実なんてクソ食らえ。この人はかけがえのない人になるだろう。わたしにはわかっていた。

それに、あの日、両親の家の私道でアハムがはっきりと言ってくれたのだ——一緒に暮らそう、本物のカップルになろうと——わたしはときには公然と、ときにはひそかに、まわりからあれこれと警告を受けていた。アハムがわたしに夢中になっていたのは四カ月間にすぎない、彼は次の段階に進む心の準備ができていない、彼はつい最近離婚したばかりだ、前妻との争いはとても激しくてひどいものだった、彼の人生には不安定要因が多すぎる、と。そういった警告の言葉は消えていった。わたしがアハムにずっと知らぬふりをしていたことは正しかった。わたしにはわかっていたのだ。純粋に彼自身の意志で、一緒に暮らしても大丈夫だと思ってもらおうとしていた。そして、アハムはその言葉を言ってくれた。絆を結ぼうと、声に出して言ってくれたのだ。それを今さらダメにするなんてフェアじゃないだろう。そんなことを考えるのは子どもだ。愛とは忍耐なのだ。

いつか、わたしは大きく息をつきながらアハムに尋ねるだろう。「どうして、あんなことを言ったの？　なぜ、わたしに気のないふりをしてたの？　なぜ、あなたはここへ来たの？」

「きみを愛していただけさ」アハムは言うはずだ。「ただきみのそばにいたかった。きみと一緒でなければだめだと、ぼくは言った。ぼくの言葉を信じなかったのか？」

わたしはソロモンも含めた三人のために、イーグルロックに小さな黄色の家を借りた。裏庭には大きなユーカリの木が一本生えていた。家の持ち主は教会で、二軒隣にその建物があった。ときどき教会の人々が立ち寄り、わたしたちに罪悪感を抱かせるような話をして彼らの〝活動〟に参加させようとした。教会と我が家との間にも教会所有の似たような家があり、そこには中年夫婦とティーンエイジャーの息子が一人住んでいた。妻のキャシーは重度の若年性アルツハイマー病にかかっていた――五十歳を超えてはいなかっただろう――二、三日おきに彼女は泣きながら、うちの玄関に迷い込んできた。「ここはどこ？　ジェフはどこにいるの？　ジェフが見つからない！」わたしたちは彼女をなだめようとし、自宅まで送っていった。わたしたちの家をビックリハウスのゆがんだ鏡に映したような、薄暗くて汚れた家に――窓には何本ものタオルが鋲で留めつけてあり、キッチンカウンターにはファストフードのテイクアウト用容器が積み上げてあって、床に置いた数枚のマットレス以外、家具はほとんどなかった。暑くてたまらなかったある日の午後、家の奥のベッドルームでキャシーを落ち着かせて夫のジェフが仕事から帰るまで待たせようとしていたとき、わたしははっと気がついた。彼はそこにいたのだ。山積みになった毛布の下で酔い潰れていた。「ジェフ」わたしは彼を揺すりながら言った。「ジェフ。ジェフったら」彼はただ眠り続けていた。

ジェフは本当にいい人だった。一度、キャシーを我が家から連れ帰るために駆けつけてきたとき、絶えず浮かべていた陽気な表情が一瞬消え、ジェフはひどく静かに言った。「彼女が何でもできたときもあったんだ」

わたしの人生が崩壊する一週間前、姉と会ってコーヒーを飲んだ。その時にはもう、アハムはわたしのジョークに笑わなくなっていた。そのことを話した。

「あのねえ」姉は言った。世の中で最も明確なことだと言わんばかりに。「誰かを愛そうと思ったら手を開いてなくちゃだめだって、知らないの？」

「どういうこと？」

姉は天井を仰いだ。

「大好きな小鳥を手に入れたとして、その鳥に逃げないでそばにいて歌ってほしいと思うなら、逃げ出さないように掴んではだめ。手を差し出して開いて、そこに小鳥が止まるのを待つんだよ。掴んでいる間は、友達ってことにはならないの――囚人ってこと。愛って、手を開いた状態でいることなの。当たり前の話」

「ああ」わたしは生返事をした。聞いたばかりの話を遠くに押しやりながら。

わたしは子どもだったから、問題が生じていることがわからなかった。人との関係性とはどんなものかということを理解していなかったのだ――恋愛の完璧にすばらしいところは、毎日一緒にいることを二人の人間が選ぶ点だ。ラブストーリーに酔った一人が「これがわたしの求めているものだ」と思い込んだグロテスクな関係に相手と自分を押し込めることではないと、わかっていなかった。ジェフと〝体はここにあるのに、心はここにない〟キャシーの住まいの隣にあるわたしたちの小さな黄色い家がわたしの母校であるオクシデンタル大学のキャンパスからわずか数ブロックの場所にあったことは、何の役にも立たなかった。そこは十年前、自分はつまらない、愛されていない人間だと確信していたわたしが、体をこわばらせて重りのような脚をのろのろと引きずっていたところだ。断りもなく、わたしがアハムの肩にやたらと巻きつけたのはその脚だった——重みで彼の背骨は折れ、わたしたちの関係はだめになった。自分が必要としていたのはその余分な脚を動かすのを手伝ってくれる人ではないという考えは、まったくわたしの頭に浮かばなかった。必要なのは、その脚を切断してもらうことだったのに。

二人の関係はたちまち悪化して退屈なものになった。わたしは言動の匙加減がうまくできなくなった。アハムは落ち込んでよそよそしくなり、扱いにくくなった。わたしはいっそう激しく、いっそう取り乱して彼にしがみついた。アハムの目は焦点を失い、心はいつもどこか別のところにあった。わたしが迫ると、彼は引いた。わたしは毎日泣いていた。アハムはコメディのコンテストで敗退した。そして腹を立てた。ハロウィーンの日、彼はあるパーティへ出かけた。きみは行けないよ、と言って。悪いね、招待されていない人は連れていけないんだ、と。アハムは午前五時に帰ってきた。わたしたちはセックスし、それからわたしは泣いた。

「わたしたちは大丈夫だよね。そうでしょ？」

アハムは背を向けた。

「いや」彼は言い、すべてが変化した。「大丈夫だとは思わない」

それまでもずっと、わたしは悲しかった。とても悲しかった。そして、このときの気持ちは新しいものだった。自分が液体と化したように感じたのだ。あれから何年か経ち、こうして執筆している今でさえ、アハムが死んでしまったような気がしてすすり泣いてしまう。

わたしは誰かに選ばれるのを長い間待っていた。なのに、アハムの気持ちは変わってしまったのだ。

わたしは何週間か、同じ街の友人であるエラとオーウェンの家に滞在した。彼らはわたしがソファに座って一日じゅうぼんやりしたり泣いたりするのを、ほうっておいてくれた。エラはわたしのためにセラピーの予約を取ったり、外食に連れ出そうとしたりした。オーウェンは三匹の大きくて間抜けな犬たちの間で複雑な室内劇を演じて、笑わせてくれた。夜になると、犬たちはわたしが誰かを忘れて激しく吠えかかり、二人がやってきて助けてくれるまでバスルームから出られなくなった。

わたしはティーンエイジャーみたいに、長くて熱烈なメールをアハムに送った——要点はこうだった。「理解できない。わたしたちは愛し合っているはずだよ。それで充分でしょ」

アハムからは短い返事が来た。「そのとおり、きみは理解していない。それだけでは充分じゃないんだ」

感謝祭の集まりのためにシアトルに戻るアハムを、わたしは空港へ車で送っていった。道中、彼は自ら書いた話の一つをプロデュースする予定のラジオ番組のことばかりしゃべっていた。

アハムは今や、自分たちはただの友達になるのだと思っていた。彼は自分と同じように、わたしが恋愛と友情をはっきり区別できると考えていたのだ。「きみと話せないのがとても残念だったよ」アハムは微笑しながら言った。わたしはぽかんとして彼を眺めた。翌日には、わたしもシアトルに出発することになっていた。

その日の午後、わたしは銀行取引明細書に奇妙な手数料が掲載されていることに気づいた。誰かに小切手帳の一つを盗まれたのだ——落としたに違いない。小切手帳を取ったらしい女性は、自分自身に七百五十ドルの小切手を書いていた。わたしは不正利用を担当する銀行の部署に電話をかけた。対処します、と彼らは言った。翌朝、目が覚めたときには預金口座の残高がマイナス九十万ドルになっていた。どうやら小切手の詐欺が報告された場合、そうするのがバンク・オブ・アメリカの方針らしかった。銀行はこれ以上不正な引出しをされるのを防ぐため、口座から九十万ドルを差し引いたというわけだ。[*2]

わたしはマイナスの百万長者になった。そして肩をすくめ、飛行機でシアトルへ帰った。[*3]

感謝祭のディナーで、わたしたちは通りの向こうのデリカテッセンのカウンターから買ってきたマッシュポテトと、おいしくない詰め物を食べた。父はテーブルで吐いてしまい、泣き出した。アハムが電話をかけてきて、母親が七面鳥に詰めた何かへんてこなものについて話してくれた。わたしは笑い声に近いものをあげた。わたしは一階で服を脱ぎ、よろよろとベッドへ向かった。月経の血液が凝固した巨大な塊が体から出て、母の白いカーペットに深紅色の水風船さながらに落ちた。それに目をやり、ベッドに入った。

ＬＡに帰る飛行機はサンタアナの風に揺れてよろめいたが、特にトラブルもなく空港に着いた。わたしはタクシーで家に帰った。ソロモンは街を出ていた。アハムはまだシアトルにいる。風が強くなってきた。停電した。家じゅうの窓がガタガタと鳴った。わたしは向精神薬のアンビエンをのみ、ベッドで体を丸めて暗闇や風から隠れようとした。アハムとわたしのベッドで。それは、わたしを愛してくれた人と初めて分かち合ったベッドだった。わたしを選んでくれて、それから心変わりした人と。何時ごろだっただろうか、うなるような大きな音が聞こえたかと思うと、何かが裂ける音に続いてドンドンという轟音がした。巨大な獣たちが家に猛然とぶつかっているような音だった。これほどやかましい音は初めてだった。成長過程で、わたしは何度も洪水の悪夢を見てきた。夢の中では水位がベッドルームの窓の高さまで上がり、動物たち――異常に大きなカバや、暴れている象――が嵐の中から飛び出してきて、巨体で窓ガラスを粉々にしている。アンビエンのせいに違いないと思った。悪夢が現実の生活ににじみ出したのだろう。四方の壁がわたしのまわりに落ちてくるような音がする。何者かが屋根をこじ開けているような音も。アンビエンをもう一錠のんで、身震いした。

朝になって目が覚めると、昨日の幻覚が恥ずかしくなった。あれはただの嵐だったのだ。わたしはそんなに情けない人間だったのか？　キッチンに入っていった。

世界が消失していた。すべてのものが葉っぱになっていた。生い茂った葉があらゆる窓を押し破り、網戸から入ってきて、窓の敷居を越えていた。裏口のガラスドアは葉の壁と化していたし、ソロモンの部屋はどこもかしこも葉っぱ、葉っぱ、葉っぱ。何がドアをバンバンと叩く音がする。わたしは飛び上がった。

サンタアナの風は、ユーカリの古木には強烈すぎたのだった。わたしが眠りかけていたとき、木は泣き叫んで抵抗していたが、やがて真っ二つに裂けて小さな黄色の家を押しつぶした。わたしたちの愛の物語の舞台になるはずだった小さな家を。フィクションでも、こんな比喩は使えないだろう。あまりにも鼻につく。どれだけ優しい編集者もそんな比喩を削除して、たぶんあなたをクビにするだろう。

母が電話をかけてきた。泣いていた。そのときが来たのだ。わたしは空港へ引き返した。

＊注1
シルバーレイクにある姉の家の近くの橋を車で渡るたび、父は川が氾濫してコンクリートの土手が決壊した一九三八年の大洪水の話を持ち出したものだ。「おまえのおじいちゃんはいつもおれに言ったものだ。水はこの橋の高さギリギリまで来たんだと。おやおや大変だ、こんなところまで！　信じられるか？」わたしには信じられなかった。わたしが思い描いていたＬＡ川は茶色の水がチョロチョロ

流れる溝だったから――いや、これはジョークだ。一九三八年は父が三歳のときで、その十五年後、祖父は世を去った。残された祖母はまだ若かった伴侶を失ってひどく悲しみ、酒浸りになって初期の認知症になった。祖母はわたしが生まれる前に亡くなってしまった――彼女を殺したのは愛だった。それは世の中で最も一般的なことだから、わたしにも容易に理解できた。

＊注2
ねえ、銀行さん！　ほかの方針を提案させて！　もしくは、マイナスの百万長者にさせるという方針を顧客にあらかじめ話しておいてほしい。父親が死にかけていて、恋人が心変わりしたばかりというまさにそのとき、顧客をマイナスの百万長者にさせる前に。

＊注3
結局、銀行はわたしに七百五十ドルを返金し、警察に被害届を出すかどうかはお客様が決められますと言った。届けは出さなかった。わたしは喜んで、盗みを働いた女性にお金をあげたのだ――彼女が窮地を脱するのに、そのお金が役立ってくれたならいいと思う。

人生の終わり

父の死を間近で看取るまで、わたしは悲しみや悲嘆に暮れる人々を避けて通りたいと、いつも感じていた。それは最も嫌悪していた自分の性質の一つだった——悲しみに打ちひしがれた人々に囲まれていると、少しも円滑に社交性を発揮できないのだ。そういう状況は珍しくもないことはわかっていたが。わたしは心底から臆病な人間で、誰かの悲しみは臆病な人間にとって悪夢なのだ。言うべき〝正しいこと〟をわかっていなくてはならないというプレッシャー。本心をあらわにした人たちを目にすること。突然、誰かの心により深く飛び込み、相手を不安にさせないため、問題ないというふりをしなければならなくなること。どれくらい相手との距離を取るべきか、本能的に理解すること——あるいはさらに悪い場合、相手に思い切って尋ねてみること。

子どものころは、一人で過ごすことが多かった。わたしは誰のことも、めったにハグしなかった。人と人とを隔てたり引き離したりし続ける社会的慣習——境界線、エチケット、プライバシー、個人空間——は、いつもわたしにとって大いなる安心の源だ。わたしはルールを重んじる。親しくなる相手は自分で選びたい。死に伴う緊急事態という心の状態は、そのような社会的慣習をどうしても壊してしまう。そして残念ながら、わたしは社会的慣習がないと、人としてうまく行動できないのだ。

　もちろん、そこから逃げたいという衝動に屈服したことはない――それはぞっとするほど利己的だし、そんなことをここで認めるだけで、わたしは血が出そうなほど強く頬の内側を噛むだろう。ほかの人の悲嘆はわたしの問題ではないと、自意識を共感よりも優先させるのは残酷なことだ。不幸があった家にわたしは誰よりも先にキャセロールを届けるし、花やカードを贈る。「わたしにできることがあったら、何でも言って」「あなたのことをたくさん思っています」といった文面で。けれど、死に直接触れるまで、こういったやり取りはまぶしいほど明かりに照らされた部屋で素面のままダンスするときのようなイメージだった。

　空港に誰かが車で迎えにきてくれ、両親の家まで乗せていってくれた。そこに父がいたのかいなかったのか、わたしは思い出せない。当時、父は入院と退院を絶えず繰り返していたから、経過を追うのは大変だった。高揚感はあっという間に失望感に取って代わった。わたしの子ども時代の最後の日々を描き出している回転覗き絵《ゾーエトローブ》のようにすばやく、パッ、パッ、パッと。

　母は看護師だったので、わたしは病院の文化に浸りながら成長した――夕食をとりつつ眼球の手術について話したこともあったし、学校のお弁当には標本カップいっぱいのマンダリンオレンジジュースを持っていった――けれど、わたしは病院についてこれっぽっちも理解していない。最もましな病院ですら、みじめで孤独な場所で、一度に二、三時間以上は眠れないようなところだと知らなかったのだ。そこでは一秒ごとに退院の見込みが失われていき、自分の死の輪郭が震えて焦点が合うものになってくる。病院には薬や機械があふれ、医師やわたしの母みたいにすごく有能な人が大勢いる。病院は体を治すために行くところだと、わたしは思っていた。死ぬために行くところだとは思っていなかった。

癌には旅程表などない。ある時点まで問題なかったのに、ある日、医師が「なんてことだ！増えすぎてる！」と言うようなことにはならないし、そのあと、愛する者全員が病人のベッド脇に駆けつけ、冷静に思慮深く別れを告げる、なんてことにもならないのだ。少なくとも父の場合、癌とは体の多数の機能がゆっくりと、しかも突然に複雑な壊れ方をしていくものだった。六カ月かかって壊れていった機能があるかと思うと、それから六時間で壊れてしまうものがある。治療は面倒で痛みを伴い、屈辱的なものという場合も珍しくない。費用対効果もまったく明確でないのだ。

父は死にたいなどと思っていなかった。その年に七十六歳になったが、前立腺のせいですべてがだめになるまで、それまで常にそうだったように疲れを知らない元気いっぱいの様子だった。母の話によると、父は自分の病気の予測について聞きたがらなかったという。だから母が医師と面談し、たった一人で将来のことを抱え込む羽目になった。相変わらず母は現実主義者で、父は夢想家だったのだ。

けれども最後の数週間は、父ですら自分の体が弱っていくことを否定するわけにはいかなかった。あの悲惨な感謝祭の日、ディナーのテーブルで空っぽのマーガリンの容器に吐いたのを見て、わたしは父が弱っていることに初めて気づいた。父は嘆き悲しむようになった――自分自身のこと、去るという心の準備がまだできていない人生のことを。そして、いつものとおり、わたしは父の悲嘆に怯えていた。

あの日々のことがわたしの心を蝕んでいる。どうして、もっと父のそばに座っていなかったのだろう？　どうして、わたしはあんなに眠っていたのだろう？　どうして、わたしたちのお気に入りの本を父に読んであげなかったのか？　幼いころ父が読み聞かせてくれた本を。真実をごまかそうと必死になって、父とのやり取りであんなに陽気に振る舞ったのはどうしてか？　父のことで心を痛めているところを、なぜ見せなかったのか？　いったいどうして、父が亡くなる三カ月前にＬＡに引っ越したりしたのだろう？　わたしの何がだめだったのか？　そんなこと、誰もしないはずでは？

でも、父はわたしがＬＡへ行くことを望んだ。それは、自分が死にかけていることを認める前だった――もしもわたしがシアトルにとどまったら、本当に何か悪いことが起きているのだと認めることになっただろう――それに、我が子たちが世の中へ飛び出していって活躍するのを見ることを、父は何よりも愛していた。「奴らをびっくりさせてやれ、おまえたち」と父は言った。だからわたしは出ていった。成功するところを父に見せられなかったのは、とんでもなく不公平だった。

結局、わたしは父のそばに座って心を痛めている姿を見せたり、真実を話したりする機会を失ってしまった。わたしたちは最後のお別れをするために病院へ行った。

父が意識を取り戻したり失ったりしている間、姉とわたしは当時、彼が読みかけだった本を声に出して読み聞かせた。それは『ジャズ・オデッセイ：オスカー・ピーターソンの生涯』〔A Jazz Odyssey: The Life of Oscar Peterson・未邦訳〕だった。アハムからかつて聞いたことがあったが、父のヒーローであるオスカー・ピーターソンはジャズの殿堂の愛すべき愚か者だったらしい。「彼は信じられないほどの尊敬を受けている」とアハムは曖昧な言い方をした。「彼はすばらしい——ちょっとばかり先端的すぎる演奏者だった。スーパーマンみたいなものだったんだ」ピーターソンはドラッグの問題を起こしたことがなかった。彼は四回結婚し、妻たちを愛していた。カナダで大成功した。だから意外でもなかったが、姉と選んだ部分に書かれたピーターソンの趣味についての話は、断言できるが、不倫をしているニューヨークの薬物中毒者というジャズマン一般のイメージとは正反対だった。新しいキャンピングカーのウィネベーゴで、最後の妻のケリーとアメリカの公園や記念像をうろつき回るというものだ。

父はときどき意識を回復すると、ピーターソンが畏敬の念に近いものを込めて、ウィネベーゴのピカピカのクロームアクセントや運転席の上にある広いロフトベッドのことを詳しく書いているのを聞き、くすくす笑った。目の前に広がる道路、広大な平原、隣にいるケリー――それが人生だった。ウィネベーゴの汚水タンクから汚水が漏れて、タンクが空になるまでの話だったが。ピーターソンは、自分は独力でこの問題を解決できるとかなり確信を持っていた。

わたしは本から目を上げ、続きを待っている姉の顔を覗き込み、意識のない父の顔を見やった。オスカー・ピーターソンはこれから、自分と妻の液化した排泄物がウィネベーゴから何ガロンも何ガロンもまき散らされたことについて語るつもりだろうか？　わたしは父の死の床で、なだめるような声でその話を読むつもりなのか？　イエスだ。そう、そのつもりだった。

父の病室は狭かった――そこで快適にくつろげるのはせいぜい二人の見舞客だっただろう――だから、母と姉とわたしは父の手を握りながら、ベッドの横の椅子で交替に眠った。三人のうちの一人は窓の下のクッションソファで横になり、残る一人はカフェテリアか、廊下の先にある〝家族用ラウンジ〟に避難した。家族用ラウンジは狭くて窓のない部屋で、古ぼけたテレビが一台と、空港のカーペットの余りで布張りしたようなソファが一つあった。使い古されて捨てられた映画のVHSテープの山があったのは、『スピード2』なんて父親がゆっくりと窒息していく苦しみをやわらげはしないからだろう。

父親を救ってもらいたくても医師にできることはほとんどない場合があると、あなたは知っていただろうか？　これまで頭ではそういうことを知っていたが、実際にはわかっていなかった。現実にはある時点で、医師と呼ばれる、誤った判断をする可能性も大いにある人間が主観的判断をくださなければならなくなる。あなたの父親の内出血も、同時に起こる脱水症も緩和するためにできることはもはやないから、あとは相当量のモルヒネを投与するだけだと。そうすれば、自分の体の中で溺れているような苦痛を患者がそれほど覚えることはないからだ。あなたは「わかりました」と言うしかなく、医師たちにその処置を任せる。そして待つことになるのだ。

父は土曜の夜に意識不明になった。母は家に帰って眠るようにとわたしに言った。父が危篤になりそうだったら電話をかけるからと。わたしは両親のソファで気を失ったように眠った。おそらく父の最期に間に合わないだろうという思いと折り合いをつけながら。それでかまわなかった。父にはさよならを言った。愛していると告げたのだ。でも、翌朝わたしが目を覚ましたとき、父はまだ持ちこたえていた（父はいつも強かったし、この世を去りたくなかったのだ）ので、病院へ戻った。わたしたちはいつもの日課――椅子の人、ソファの人、家族用ラウンジで過ごす人に分かれること――に戻り、座っていた。待ちながら。日曜の間ずっと待ち、月曜になった。呼吸するごとに父の息遣いはゆっくりになっていき、荒くなっていった――それ以来、わたしはコーヒーを淹れるのにフレンチプレスを使っている。パーコレーターのゴボゴボいう音に耐えられないからだ――そしてわたしたちは座ったまま、父のすべての呼吸に耳を澄ませた。

ときどき医師の一団が入ってきて、よく修練された、冷静な関心を込めた態度で、わたしたたちにのしかかるようにして患者を診た。「みなさんはちゃんと過ごせていますか？」彼らはよく尋ねた。ああ、この三十六時間、病院のプラスチック製の椅子に座って、世界一すばらしい男性が必死に呼吸する音を聞いている以外に、何かできることがあるというの？　最高のドクターね。「わたしたちにできることが何かありますか？」明らかに何もなかった。今現在、この部屋に訪れつつある、緩慢な死のことを考えると。それに、あなたは医師でしょう。何ができるかはあなたが言うべきことじゃないの。

わたしが何よりも願ったのは、そのひどい苦行が早く終わることだった。たった一つを除いて、何よりも――つまり、そのひどい苦行が決して終わらないことを一番に願ってもいた。それが終われば、本当に終わりになってしまうから。そして、とうとう終わるときが来た。月曜の午後、父は呼吸するのをやめ、昔の白黒映画のように色を失っていき、そして――ほかにどう表現したらいいかわからない――かすかにしぼんだ。父を三次元のものにしていた力がふいに作動しなくなり、どこかへ行ってしまったかのように。今ここにいた父が、たちまちいなくなっていた。たった今まで父という人間がいる場所だった体は次の瞬間、わたしたちの記憶によれば、持ち上げなければならない、たるんだ物体になっていたのだ。

看護師が小さなカートにグラノーラバーを数本と紙パックジュースを載せて持ってきた。まるで「お父さまが亡くなりましたパーティ」でもらえる賞品のように。モップを持った男性が、次の患者のために部屋を掃除し始めた。クリップボードを手にした誰かがいくつか質問を浴びせてきた。「少しは時間をくれてもいいんじゃありませんか？」母はぴしゃりと言った。「三十秒前、夫が亡くなったばかりなんですよ」

わたしたちはそれまで父のものだった体とともに座っていた。正直なところ、わたしには状況がよくのみこめていなかった。

十一月の時点に戻ろう。感謝祭よりも前、家に木が倒れたよりも前、父の病院へ来ることになったよりも前、アハムとわたしはキャピトル・ヒル〔バーやカフェの立ち並ぶシアトルの文化地区〕のバーで偶然に出会った。一週間ほど言葉を交わしていなかったし、わたしの苦悩や怒りは前よりも耐えられるものに落ち着いていた。友人や家族と過ごし、飲んだり食べたりして前進し続け、自分自身に戻ろうとしていた——アハムとつき合う前、さらにはその前のマイクとつき合うよりも前のわたしに再会しようとしていたのだ。男性との交際以外にも、自分にはアイデンティティがある——今やそのことを思い出した——し、自分で自分を閉じ込めてしまった薄汚れた水槽は、わたしのためにもならなかった。

嫌々ながら、わたしはアハムの言いたかったことを少しはわかるようになっていた。アハムはわたしという人間と恋に落ちた。なのに、必死で彼にしがみつこうとしているうち、わたしはすっかり別の人間に変わってしまった。アハムはパートナーを求めたのに、わたしが彼の人生に放り込んだのは寄生性の双子だった。しかも、より始末が悪い双子だったのだ。しじゅう泣き声をあげている、寄生性の双子。『Ｘ－ファイル』のどのエピソードより最悪のものというところだろう。

　アハムとわたしはバーでテイタートッツ〔すりおろしたじゃがいもを揚げたスナック〕を食べて酒を飲んだ。自分たちの関係については話さなかったし、わたしは泣かなかった。冷静な気分だった。悲しみの容量は限度いっぱいになっていたのだ。アハムに戻ってきてくれと無理強いするのは諦めたし、彼はわたしを無理やり友人にしようとしたことを謝った。どういうわけか、楽しかった。二人の間では安堵感が行ったり来たりしていた。静かだけれど、電気を帯びたように。アハムはわたしが何カ月間も見ていなかった笑顔になっていた。つかの間、わたしたちは手を握り、小さいけれども明らかな何かがわたしの胸の中で目覚めた。外では雪が降っていた。水分が多くて重い、大きな雪片が。わたしはバス停で車からアハムを降ろし、ＬＡで会いましょうと言った。その一カ月で初めて、絶望そのものではない感情を覚えながら。おしゃべりをしよう、とアハムは言った。もちろん、それは実現しなかった――アハムが飛行機で帰ってきたのは木が倒れた翌日で、わたしはすでに母の報せで家を離れていたからだった。

　わたしはお悔やみのしるしの紙パックジュースを取って家族用ラウンジへ持っていき、ＬＡにいるアハムに電話をかけた。

「とにかく来てくれない？」わたしはすすり泣いた。

「もちろんだよ」彼は言った。
わたしたちは元どおりになったわけではなかったけれど、一緒にいることになった。体の関係はなかったが、アハムはわたしと同じベッドに眠り、わたしが求めるだけ抱き締めてくれた。母の使い走りをして、母を笑わせ、エッグ・ベネディクトを作り、葬儀のためにピアノ演奏者を予約し、宴会を予約する方法を探し出した。その間わたしは酒屋で泣いていた。おじとおばがアリゾナからやってきて我が家に滞在した。週末にはアハムの娘たちが来ることになっていた。ほぼ毎日、友人たちや身内が家に立ち寄った。わたしたちは座ってくつろぎ、ビールを飲んでフットボールを観戦した。あの白い小さな家に、みんなが一緒にいた。すばらしいとっ散らかりようだった。母が育ってきたのと同じ環境、彼女がとても愛していたのと同じ状況だったのだ。一人で成長してきたわたしには決して理解できなかった種類のもの。わたしの人生で最も悲しかった一カ月を振り返り、ほんの少し喜びがあったことを思うと、奇妙な気持ちになる。

アハムとよりを戻したわけではなかった——そんなことにはならないと、わたしたちは断言した。それは無理だと——でも、いずれにせよ、わたしが気づかないうちに、アハムは我が家の一員になっていたのだった。

新しい始まり

わたしたちはLAへ戻り、何カ月かの間、中途半端な状態で暮らした。アハムは巡回公演に出かけ、わたしは『ジェゼベル』で働き始めた。〝一緒になる〟ことはなかったが、まったくなじみのないやり方で幸せに暮らしていた。

恋愛がうまくいかなくなったら、おまじないのしるしに指をクロスして父親の死を願うべきだなどと言っているわけではない。[*1] とにかく、父の葬儀後、わたしは前よりも大人になった。もはや自分の世界でアハムが唯一のものというわけではなくなっていた。わたしの苦悩、そしてのちにはキャリアが少しばかりアハムを脇へ押しやったのだが、そういうスペースこそ、まさに彼が必要としていたものだった。「ぼくはナルシストなんだ」とアハムは冗談を言う。「だけど、自分自身の姿とつき合いたいとは思わなかったよ」〔「ナルシスト」の語源になった、ギリシア神話に登場するナルキッソスが水面に映った自分の姿に恋をしたことを意味している〕感情に優先順位をつけることが必要だったあの一カ月、アハムはわたしの力になってくれた。彼にもわたしにも意外だったに違いない、無私無欲の心で――義務感からではなく、彼は本当にあの場にいたいと思ってくれたのだ。母の地下室で、わたしのおばのためにジントニックを作ることを厭わなかった。

とても大変な時期だったが、わたしたちはどうにか楽しみを見いだした。お互いを笑わせようと必死になった。わたしたちはふたたび、ただの自分たちになれたのだ。リセットされたような感じだった。

アハムが巡回公演から戻ってくると、わたしたちは二日間にわたって、腰を据えて互いの感情を話し合った。悲しみをダダ漏れさせることに関してはプロのようなわたしにとってさえ、それは悪夢だった。あらかじめ決めておいた休憩があった。わたしたちは重い足取りで歩く炭鉱作業員のように、話し合いを始めたりやめたりした。どの程度なら泣いてもいいか明記した契約書を書いた（わたしの最初の提案は「いつでも百パーセント許される」だった。アハムはぽかんとした顔で、わざと低い見積もりを提示してきた）。細かい話は退屈なので――わたしにとってはだが――省くと、最終的に彼とまたカップルになった。〝よりを戻した〟とは思わない。以前の恋愛関係をもう一度始めるようには感じられなかったからだ。それは新しい関係だった。

「もし、ぼくたちがこのとおりにやっていくつもりなら」アハムは最も〝真剣な顔〟でわたしを見ながら言った。「本当にちゃんとやっていこう。ぼくへの気持ちを変えないでくれよ」

わたしにとっては口にしづらいことだ。自分の中の現実主義者の部分（すなわち、わたしの母だ）は「よりを戻すカップル」を現実的なものと信じていないからである。それは子どものころのわたしの信念であり、恋愛関係とはたまたまそうなるもので、一緒に築き上げるものではないと考えていた。そして『ファミリー・ゲーム／双子の天使』を究極のラブストーリーだと思っていたのだ。けれど、わたしたちは本当にそのとおりに行動した。わたしに言えるたった一つのことは、この「恋愛関係」での自分たちが、前と同じ人間ではないことだ。わたしたちはこの関係における第二弾だった。いわば「ファントム・メナス」〔『スター・ウォーズ』シリーズのエピソード1の副題〕のようなものである。

アハムは自分が結婚というものをまだ信じられるのかどうか、相変わらず確信が持てずにいた。それは理解できた――彼はこの六年間に二度、離婚を経験していたからだ。そのことで、わたしは流してもいいと言われた涙の割り当て分を使い果たしてしまった。結婚という制度に執着していたからではなく、自分は結婚する価値がある人間だと世間に証明したい気持ちがあったからだ。わたしは、自分は決して結婚できないだろうと思い込みながら成長した。結婚とは痩せた女性のためのもの、価値があるとされる女性のためのものだったからだ。「妻がそうなったらどうしよう」と男性が最も恐れる状態に最初からなっているわたしが、花嫁になどなれるはずがあるだろうか？　すでに中年の危機の下ごしらえができているみたいな存在なのに。わたしは「将来の不倫の可能性はわずか」な人だった。少なくとも、そういうふうに言われていた。アハムは、わたしがそんな存在ではないという証だった。考えてみてほしい。わたしたちが生涯にわたる法的な約束を交わしたら、太った女性たちをどんなに元気づけられるか！

「オーケイ、もしも五年後もこんなにお互いのことが好きだったらどうする？」わたしは駆け引きした。厄介なほどしつこかったが、魅力的な言い方だったと思う。「そのときは、結婚についても話せる？」

「五年後、ぼくたちがまだお互いをこんなに好きだったら、もちろん、結婚について話そう」アハムは目をくるりと回して言った。「きみくらい、うっとうしい人もいないよ」わたしにはそれで充分だった。プロポーズに近い言葉だったのだ。

それから数週間後、わたしたちはシアトルに戻った。家を借り、日常の生活に落ち着いた。別れる前の暮らしはすでに遠ざかり、無縁のものとなっていた。ほかの人に起こったことのように。わたしは毎日、アハムの顔を両手で挟んで、ぎゅっと押す。幻かもしれないと思うからだ。アハムは二番目に好きなゲームの「カニばさみ」をやると言い、ベッドから落ちるまでわたしをつねる。わたしはアハムにいろんな品のないことを言う。「あなたを抱き締めてキスしたい！」みたいなことを。すると彼は続ける。「誰だい？　ジェシンシアかい？」秘密の家族がいるようなふりをするのだ。わたしたちはさまざまな方法で愛情を表現する。でも、愛し合うことにはそれなりの難題も伴う。

アハムとバーに座って手を取り合っていたとき、ある女性がわたしに気づいたことがあった。彼女はわたしの記事のファンだったので、近づいてきて自己紹介した。わたしたちはおぼつかないながらも何分間か、当たり障りのないおしゃべりをした。会話が行き詰まりそうになったのを感じた彼女は、そういうぎこちなくて気まずい状態になったときに人がよくする質問の一つをした。「それで、家で仕事をするというのはどんな感じなんですか？　孤独じゃありませんか？」

「そうとは言えないですね」わたしは言った。アハムのほうを身振りで示した。「彼も自宅で仕事しているんです。トランペットを吹いてばかりいる人が目の前にいたら、孤独なんてなかなか感じられないですよ」

彼女は声をあげて笑い、アハムのほうを向いた。「じゃ、お二人はルームメイトなんですね？」

そうですね。わたしたちはバーで手を握り合っている、プラトニックな関係の大人のルームメイトなんです。明らかに、唯一の論理的な説明がこれなのだろう。実を言えば、わたしはてのひらに深い切り傷を作ったばかりで、救急医療隊員が到着するまで、アハムは傷口をしっかりと押さえていただけなんです。それに、毎晩寝る前にわたしはガラガラヘビに口を噛まれるから、彼は毒を吸い出さなければならないんですよ。本当に不気味。そんな家からは引っ越すべきですよね。

この女性がわたしたちの関係性を理解しようとする一瞬のうちに「カップル」を勝手に飛び越えて「ルームメイト」へ着地したことは、驚くようなことではなかった——こんなことは年がら年中起こる。けれど、わたしの人生を制限してきた言葉を思い出させられて、落胆した。

カップルは「お似合い」であるべきだ、というものだ。アハムとわたしはそうではない。わたしは太っているのに、彼は違う。アハムは一般的に魅力があるタイプなのに、わたしは「欲求よ、消え失せろ！」（©わたし）と言いながら食べ物に振りかける、液体にしたミツバチの卵のようなダイエット食品の広告の〝使用前〟の写真みたいな姿なのだ。アハムがわたしといることを選ぶなんて、とてもあり得ないと思われるのだろう――男性が自分たちの充足のためだけでなく、ほかの男たちと張り合うために隣の女性を〝最も魅力的な人〟へと〝アップグレード〟することを絶えず促される我が国の文化においては。花を添える（とても狭い範囲で）のは女性の仕事で、彼女たちを収集することが男性の仕事だ。そういった通念にどっぷり浸かったどちら側も、わたしとアハムの交際によって混乱させられるのだ。そして、多くの人たちは贔屓目に見てもそのことに当惑し、最悪の場合は激怒する。

わたしと、痩せて一般的な美人タイプであるアハムの二番目の妻との写真を比較した、異常なほど長いネット掲示板のスレッド（最初の妻の情報はアハムが削除の方法を知らない古い「マイスペース」から幸いにも消えてしまっていた。二番目の妻のものはそれほどの幸運に恵まれなかった）がいくつもある。そして、どんな人格の障害のせいで、アハムはそこまでひどく基準を下げることになったのかと、詳細に分析している。レストランの接客係たちはいつも、わたしたちが割り勘で払うだろうと推測する。女たちはわたしの目の前でアハムに言い寄る――そして絶えず、深夜にフェイスブックでメッセージを寄こす――アハムを〝手に入れる〟ことができて、彼が「ああ、ようやくきみが現れてくれた。ありがたい」と言ってわたしから去り、悲惨な宇宙のアンバランスが修正されるはずだとでもいうように。これは個人的な問題ではなく、彼らなら〝お似合い〟だからというだけのことだ。彼女たちとアハムなら、魅力的な人々が抱える問題を一緒に話せるだろう――「服の選択肢がありすぎて困る」とか「ヘイター〔人を憎悪して悪口を言う人〕がいる」といったことを。わたしには理解できない。

わたしが太った男性を引きつけないわけではない――あらゆる体形の男性とデートした経験はある――けれど、太った人は太った人とだけつき合うべきだという前提は非人間的だ。そう言う人は、単に人間が体だけの存在であると思っている。ふうん、ごめんなさいね。わたしは人間だし、一番好きな人と一緒にいたいと思うの。アハムはたまたま太っていないけど、もし太っていたとしても、やはり彼を愛したはず。それが最も重要な点じゃないの？　単に体だけの存在ではないことが。

十代のころの自分が何よりも聞きたかった言葉は「人間として適切なくらいまで体重を減らせたら、いつかは誰かに愛されるかもしれない」などというものではなかった――ありのままの自分に、今のわたしに愛される価値があるということだった。「太っていて」「幸せで」「恋人がいる」状態は、相変わらずスタンダードでないとされている。だからこそ、結婚はわたしにとって重要なものなのだ。ドレスやダイヤモンドやケーキや、お祝いにもらうミキサーが理由ではない。もしかしたらケーキは重要[*2]かもね。

わたしの三十二歳の誕生日に、アハムはディナーに連れ出してくれ、近所のバーで〝ちょっと寝酒でも〟飲んでいこうと提案した。そこにはみんながいた――サプライズ・パーティだったのだ――友人や家族や子どもたちがいて、ケーキがあった。わたしはとても幸せだった。アハムに手を取られ、店の奥へ連れていかれた。わたしの名前が書かれた紙の横断幕（常連のわたしたちのために、バーテンダーが作ってくれたのだ）があった。友人のエヴァンとサムがチェロとベースで二重奏をしていた。わたしは困惑していた。どうして、わたしの誕生日パーティに弦楽器で厳粛に演奏を？　どうしてアハムは真剣な顔なの？　ちょっと待って、学校がある日の夜十時になろうとしているところなのに、いったいなぜ、子どもたちがここにいるの？　それから、あっという間にあらゆることが起こった。ひざまずくアハム、指輪、スピーチ、質問、涙。すべてが大成功だった。それは完全で壮大な意思表示だったのだ。

アハムはわたしをだましたのだ！　彼は五年後と言ったのに。わたしは五年待つつもりでいた。彼にはたった二年で充分だったのだ。

のちに、どうしてあんなやり方をしたのとアハムに尋ねた――あれほど大がかりな見世物にして、あんな派手なイベントにしたなんて、わたしたちのスタイルらしくなかった――何か陳腐だけれど甘い言葉が返ってくるものと期待した。たとえば、「ぼくたちのコミュニティも結婚の一部だと確かめたかった」とか「ぼくがどんなにきみを愛しているかをみんなに知ってもらいたかった」とかいうような。けれども、彼はこう言った。「きみが酔っ払って言ったことがあっただろ。『もし、あなたがわたしにプロポーズするなら、男たちが太った女の子にいつもやるような、ろくでもないやり方はやめて。秘密にするとか、わたしをつかまえておきたいだけだ、みたいなプロポーズは。痩せた女性は公開プロポーズをされるでしょう。男たちはすばらしい商品を獲得したと言わんばかりに。太った女性だって、同じことをしてもらう価値があるんだから』と」

わたしは特に大きな意思表示を切望していたわけではなかった——大切な関係は自分たちのささやかでプライベートな時間に存在している——けれど、年を取るにしたがって、太った体で生きてきた時間が長くなるにしたがって、ごく単純な行動さえも政治的な色彩を取り除くのがだんだん難しくなっていった。世間で高く評価される体の持ち主への公開プロポーズは、個人的には意味があるかもしれないが、文化的には何も変えはしない。世間で酷評される体の持ち主への公開プロポーズは、一種の政治的な声明だろう。

結婚式の計画を立て始めたとたん、女性は結婚前の減量プログラムの集中砲火（ほかにも結婚にはたくさんの金食い虫が手ぐすね引いて待ってるってのに）を浴びせられる。特別な日に、あなたはできるだけ痩せていなければならないからだ。なんといっても、写真撮影がある！　それに、今のお尻があなたのお尻だという印象を残したらどうするの？「結婚式まではグレープフルーツと蒸気しか食べないんだから」「結婚式の関係者すべてをブライダル・ブート・キャンプに入隊させた」「わたしのサイズは6だけど、サイズ4のドレスを買ったの」言うまでもなく、そういったことはまったく問題ない。それがあなたの最優先事項ならば。でも、わたしの最優先事項ではない。

わたしはもはや毎日の暮らしで何も隠さないし、自分の結婚式でも何も隠すつもりはなかった。

プロポーズから一年半後の七月、わたしたちは結婚した。シアトルから車で数時間離れた、わたしの両親の小さな家で。死を意識することはつらいが、この家ではいつも父の存在を感じられる。そこは父のお気に入りの場所だった。父がピアノで演奏した「サムワン・トゥ・ウォッチ・オーバー・ミー」の録音が流れる中、わたしは通路を歩いた。アハムはブルーの格子柄のスーツを着ていた。白頭ワシが羽ばたいていた。誰かがベッドの一つに赤ワインをこぼしたが、上機嫌だった母は許した。わたしはいまいましい月経中だった（わたしから絶対に離れないつもりなのか、この残忍な悪魔は?）。一カ月間、ずっと晴天だったあとで雨が降っていたが、ふいに止んだ。ちょうど、わたしたちがダンスをしようと外に出たときに。ミーガンは乾杯の挨拶で、自分とわたしがレズビアンの恋人同士だと信じたまま大おばのエレノアが亡くなった話をして、みんなを大いに楽しませた。わたしの友人の一人は深夜に浴槽へ入ろうとして、バスルームへ行くのに迷い、母の寝室に裸で入ってしまった。ああ、それから、アハムの百歳になる曾祖母が結婚式へ来る途中で心臓発作を起こし、病院へ搬送されたが、回復してパーティにちゃんと来てくれた。ゴージャスで騒がしくて、愛のこもった完璧な日だった。
わたしたちは式の五分前に、自分たちの誓いの言葉を走り書きした。
それをアハムが読んだ。

〈きみがひどく嫌っていることをぼくがやろうとしているのはわかる？　何年か前、まだぼくたちが友達だったころ、どんなふうだったかを話すことだ。ぼくはいつもきみとつき合いたいと思っていて、メールを送ったものだった。きみに会って「ぼくたちはつき合うべきだよ！」と言うと、いつもふられたよね？　ぼくはそのことを持ち出すのを決してやめるつもりはない。自分が正しかったことを気に入っているからだ。つき合ってほしいと懸命になっていた間ずっと、ただきみと一緒にいたいと思っていた間ずっと、ぼくは人生で最も正しかったんだ。このことを表現するために考えられる唯一の言葉は、きみほどすばらしい人間はいないということだ〉

わたしほど幸せな人間はいないと思う。

＊注1

あなたが父親を憎んでいなければ、という話だ。父親が大嫌いなら、指をクロスして何でも願えばいい。彼を殺すために銃の引き金に指をかけない限りは！（これだけは聞いてほしい。父親を殺してはいけない。そんなことをしても、あなたは彼氏とよりを戻せない。これ以上、明確に言う方法がわたしにはわからないが）

＊注2

わたしたちは結婚式で六つくらいのケーキを食べた。

トロールをやっつけろ！

二〇一三年のいつもどおりの真夏の午後、わたしは父からのダイレクトメッセージを受け取った。どんなものだったか正確には覚えていないし、そのコピーを保存しておかなかったが、意地悪な内容だった。父が意地悪だったことは一度もなかった。本当に父から来たはずがない。そもそも父は亡くなっていたし――つい一年半前、わたしは父から血の気が失せていき、自身の大きくて立派な肺の中で溺れるように呼吸ができなくなっていくのを見守ったのだ。だから、わたしはそれが父のメッセージではないことに、約八十パーセントの確信を持っていた――そのうえ、わたしは天国を信じていないし、たとえ天国があると信じていたとしても、存在しないはずの神があの世でいまいましいツイッターなんかやっていないことを願っている。なにしろ天国なんだから！　雲の上でジェリー・オーバック〔アメリカの俳優〕や子ども時代に飼っていた猫と、チョコレートのバドミントンでもやってたらいいじゃないの。

とはいえ、確かにこのメッセージは存在していた。

それはレイプ・ジョークの一件があった夏になってかなり経ったころで、わたしはすっかり防御を固めていた。そのころ、「レイプするぞ」という脅し（もっと正確に言うなら、「おまえはおれがいつもレイプしている女どもよりもデブだ」といったたぐいのツイート）を朝食時に三十件は読んでいて、自分が厳重に武装し、正しい行動を取っていると感じていた。もはや誰もわたしに手出しできないだろう。「父」からのツイートの文面には特筆すべき点などなかった――ああ、またどこかの白人男がわたしを醜い／デブ／バカ／ユーモアがわからない／退屈だと思っているってこと？　ローマ教皇はラテン語でおならするとでもいうの？――考えられるあらゆる論理に照らせば、そのツイートは印象深いものですらなかった。文面だけなら間違いなく、わたしにダメージを与えるようなものではなかったのだ。

　アカウントは「Paw West Donezo《ポー・ウェスト・ドネーゾ》」（Paw West《ポー・ウェスト》なのは、父の名がPaul West《ポール・ウェスト》だったからだ。Donezo《ドネーゾ》なのは、父が生きるのを終えた《ダン=done》からであり、おもしろい歌を作るのを終え《ダン》たからであり、クロスワードパズルを解くのを終え《ダン》たからであり、プリンターを作動させられない人生を終え《ダン》たからであり、ポプシクル〔棒付きアイスキャンディー〕に取りつかれることを終え《ダン》たからであり、とても強い人間であることを終え《ダン》たからであり、わたしの父であることを終え《ダン》たからだろう）。

〈愚かな子どもを恥じている父親〉アカウントのプロフィールにはそう書いてあった。〈しかし、ほかの二人の子どもは優秀〉と。

　彼の居住地は〈シアトルの汚い穴ぐら〉となっていた。

　プロフィールに使われていたのは見覚えのある父の写真だった。父はほほ笑みながらピアノに向かって座っている。ピアノがあるのはわたしが育った家のリビングルームだった。ピアノの鍵盤のいくつかには、木目に入り込んで灰色になった汚れがついたままだ。幼かったころのわたしのために父は鍵盤に鉛筆で音の名前を書いてくれたが、その黒鉛の名残りだった。わたしはあまりピアノの練習をしなかった。父はいつも失望していないふりをしていた。あの家が売られた日、わたしは二十五歳だったが、階段に座ってそれまでにないほど激しく泣きじゃくった。場所というものは、なんだか人間みたいに感じられるものだ。この場所が死んでしまうような気持ちだとわたしは思った。家族が壊れてしまったと思ったのだ。次にあれほど激しく泣いたのは、父が去った二〇一一年十二月十二日だった。場所なんて、人間とは比べ物にならないのだと学んだ日。人間なのは人間だけで、死とは、本当の死だけを意味するのだということを学んだ日だ。

現実の生活で誰かが死ぬのを見守ることは、映画の中の出来事とは大違いだ。このような四日間の出来事では映画が作れないだろうから。全体のプロットは泣いたり、キャンディを食べたりしている三人の女性の話だけで、合間に無愛想な看護師がうわの空で尿カテーテルバッグを調整し、ぬるい水の入ったコップを持ってきて彼女たちをなだめようとするといった出来事しか起きないのでは、映画になどなりはしない。

土曜の午後、父の意識が混濁しかけているのを感じると、わたしたちはボストンにいる兄に電話をかけた。父にとって初めての子どもだった。「おまえはとても特別な男の子だったよ」

父は言った。「心から愛してる」そのあと、父はほとんど言葉を発することがなかった。

もう一言だけでも父が話してくれるなら、わたしは何でも差し出しただろう。あと百四十文字〔ツイッターの文字数の上限〕だけでも、父が話してくれるのならば。


「ポー・ウェスト・ドネーゾ」のアカウントを作った人間が、このために時間をかけたのは明らかだった。彼はわたしの父や家族について調べていた。父の名前を探し出し、検索結果の何千というポール・ウェストの中のどれがそのポール・ウェストかを突き止めた。きっと父の死亡記事も読んだに違いない。それは、父の肺がとうとう動かなくなってから二日後にわたしが書いたものだった。彼は父が前立腺癌で亡くなったことや、〈シアトル癌ケアアライアンス〉で治療を受けていたことを知っていた。わたしに兄が一人と姉が一人いることを知っていた。そして彼が何もかもわかっていたなら、当然、わたしたちが父を失ったのがどれほど最近かも、悲しみを癒すほど長い時間が経ったわけではないこともわかっていただろう。

そのことに充分耐えられるほど、わたしの防御は強靭ではなかった。

わたしが頼ることができるものは何だろう？　自分には何ができるのか？　これはツイッターに「報告」機能（わたしの知るかぎり、どっちみち気休めの薬程度にしかならないものだが）がつく前の話だった。それに、誰かの最も安全で最も大事な思い出に肘まで手を突っ込んで、それに触れたりゆがめたりして、レニー・ブルース〔ユダヤ系アメリカ人のスタンダップ・コメディアン〕の亡霊でも何でも感心させるための武器として利用することは、非合法というわけではなかった。なんてことだろう、それは非合法じゃないばかりか、言論の自由と解放のための勝利だと、こいつは言外に言っている。インターネットとはそんなふうに機能するものなのだと。自然なことだ、避けられないことだよと。もっと面の皮が厚くならなくてはだめだよ、子豚ちゃん。

〈居住地：シアトルの汚い穴ぐら〉

わたしには無視することしかできなかった。「ブロック」機能を使って先へ進むことしか。例のアカウントがまだ存在し、いくつもの蜘蛛の巣のようなソースコードの裏に隠れていることを知りながら。「ポー・ウェスト・ドネーゾ」は依然として亡き父の口に言葉を詰め込み、彼の思い出に触れて、彼の遺体を操り人形のように見せびらかしている。わたしを罰するために……何かに対して。何のためにそんなことをしているのかさえ、わたしにはわからなかった。

相手をブロックして見えなくするだけで、わたしは大丈夫だと思っていいのか？　そのとおり。見えなければ、大丈夫と思うべきだとされている。ほかに方法はないのだよ、と言われる。文化を変えることはできないのだ、と。

インターネットトロールに対処する場合、〝勝利〟というものはない。これまでの賢人たちは言う。「反応してはいけない。それこそ彼らが求めていることなんだ」と。そうだろうか？　わたしたちの沈黙を、彼らが望んでいないことは確かだろうか？　そもそも、本当にわたししたちのことなど、彼らは気にかけているのか? わたしの見たところ、もしも反応すれば餌に引っかかるカモだろう。もしも反応しなければ、サンドバッグになるだけだ。わたしは子どもを恥じている死んだ男性の、バカな娘というわけである。そんなふうにされてしまう。永遠に。

そのように、どっちにしても勝ち目がない場合、あなたならどうするだろうか? 「ポー・ウェスト・ドネーゾ」を無視したところで、彼を罰することにも、わたしの気分をよくすることにもならない。父が戻ってくるわけでもないのだ。

だから、わたしは応戦した。自分の心の健康——どこかのトロールの個人的な満足感ではなく——が最優先事項だからだ。ほかの女性がインターネットや実生活で言い返せるように励ますことにもなるからだ。過去にわたしがそうしたおかげで「自分の人生にいるモンスターたちに対処するための台本を与えられた」と言ってきた女性たちがいるからだ。そして、わたしが応戦した理由として最も重要なのは、インターネットトロールたちは実際のところモンスターではないことだ。彼らは自分の道を見失った人間で、ほかの人間ももがき苦しんでほしいと願っているだけだ——わたしを非人間的に扱おうとする人々に対して、こちらも相手を非人間的に扱うことで対抗するのがいいとは思えない。

その出来事があってから一週間後、わたしは『ジェゼベル』の記事に、トロールという行為について、「ポー・ウェスト・ドネーゾ」の例をあげて書いた。はっきりと苦悩を表し、悲嘆に暮れた調子で、また率直に怒りも込めて書いたのだ。

それが公開されてから数時間後、一通のメールを受け取った。

〈こんにちは、リンディ、

ぼくがどういう理由から、またいつから、あなたをネット上で挑発するようになったのかはわかりません。レイプ・ジョークに関するあなたの態度が原因ではありませんでした。ぼくもレイプ・ジョークをおもしろいとは思いません。

たぶん、あなたへの怒りは、あなたが自分自身でいることに幸せを感じているらしいことが原因だと思います。それにぼくは腹が立ちました。そのせいで自分の不幸が強調されてしまったからです。

これまでほかの二つのGメールのアカウントでもあなたにメールを送ったことがあります。ばかげた侮辱の言葉を投げつけるためだけに。

そのような行為を謝罪します。

ぼくはほかに「PaulWestDunzo@gmail.com」というアカウントとツイッターのアカウントも作成しました（どちらももう削除しました）。

いくらお詫びしても充分ではないでしょう。

これは今までぼくが取った行動の中で最低でした。最新の『ジェゼベル』の記事であなたがそのことを取り上げたとき、ようやく目が覚めました。こんなひどい投稿を読んでいる、生きて呼吸している人間の存在に思い当たったのです。ぼくはどんな方法でも自分に害を与えたことのない誰かを攻撃しているのだと。しかも何の理由もなしに。

ぼくはもうトロールをやめます。

もう一度、お詫びを申し上げます。

お父さまを追悼して寄付をしました。

あなたのご活躍をお祈りしております〉

彼は〈シアトル癌ケアアライアンス〉に五十ドルの寄付をしたという領収書を添付していた。「最も必要とされる分野」のために「ポール・ウェストを追悼して」と指定してあった。

今でもこのメールを読むたびに、わたしは驚きに打たれる。トロールが謝罪するなんて——それまでにこんなことは一度もなかったし、その後も一度もなかった。ほかの誰かにこんなことが起こったという話も知らないし、インターネットの広い世界を見ても、聞いたことがない。学問的な視点からトロールについて研究している学者たちのインタビュー記事を読んだことがある。トロールから決して得られないものの一つは公に後悔の念を示されることだと、明確に述べてあった。

わたしはどう言ったらいいかわからなかった。それでこんな返事を書いた。

〈このメールは本物でしょうか？　もしも本物なら、お礼を言います。わたしにとって本当につらい出来事でしたが、何であれ、こういうことをせずにはいられない気持ちにさせられたという、あなたの経験については心から残念に思います。あなたの幸運をお祈りしています。そして寄付についてはありがとうございました――とても重要な意味があるものです。わたしは父を心から愛しています〉

彼はまたメールを書いてきた。わたしたちの最後のやり取りとして。

〈はい、これは本物です。ぼくにはふさわしくないほど親切なお返事をありがとうございます。ぼくのせいで感じたに違いない喪失や苦痛の念については申し訳ありませんでした。
ご多幸をお祈りします。
〔編集済み〕（本名）〉

わたしはいつもの日課に戻った。毎日のようにヘイトメールを受け取り、何度も何度も似たような意見をスクロールする――無視する？　ブロックする？　報告する？　反応する？――けれど、そういう選択に向き合うたび、後悔の念を示したあのトロールのことをつかの間考えた。彼から学べたことはあるだろうか、彼が本当に変わったなら、わたしにどうしろと言うだろうかと思い巡らせた。それから、はっと気がついた——なんてこと。わたしはまだ彼のメールアドレスを保存していた。ただ本人に尋ねればいいのだ。もし、彼が結局、嫌な奴だということがわかったとしても、おもしろい話にはなるだろう。

わたしはメールを送った。拷問のように長い数カ月が経ったあと、ようやく返事が来た。「できるだけの方法で、喜んであなたの力になります」と書いてあった。


それから何日も経たないうちに、わたしは受話器を手にレコーディング・スタジオにいた——電話の向こうには例のトロールがいる。わたしたちは人気の公開ラジオ番組である『ディス・アメリカン・ライフ』の収録をしていた。

なぜ、わたしをターゲットに選んだのかとトロールに尋ねてみた。メールにはレイプ・ジョークの件が理由ではないと書いてあった。だったら、正確にはわたしのどんな行動が理由だったのか?

トロールの声は柔らかで、ためらいがちだった。わたしと同じくらい緊張しているのは間違いなかった。「そうですね」彼は言った。「あなたがたくさん書いていたことの一つが問題の中心でした。あなたが重い——あるサイズの女性だと自分自身をみなしていたこと、またはそういった言葉についての葛藤です」

わたしはさえぎった。婉曲表現は大嫌いだ。とにかく、〝あるサイズの女性〟って、いったい何？　誰にだってサイズがあるでしょう？　「太っている、と言ってかまいませんよ。わたしはそう言っていますから」

「太っている。オーケイ、太っている、ですね」

話してくれたところによると、当時の彼は自分の望む体重よりも七十五ポンド〔約三十五キロ〕多かったという。彼は自分の体が大嫌いだった。みじめに感じていた。ありのままの自分を受け入れて愛している太った人々、とりわけ太った女性の話を読んで、そのころは明確にならなかった理由から彼は怒りを覚えた。

「あなたが自分という人間や自分の立ち位置、それに自分の進む道について誇りを持っていると書いていたとき」彼は続けた。「ぼくが抱いていた怒りがかき立てられたんです」

「わかりました」わたしは言った。「それじゃ、わたしの記事を見つけたんですね。わたしの記事を読んで、気に入らなかったと」

「その中のある部分が嫌でした」

「なるほど」

「あなたは大文字を多用していた」彼は言った。わたしは声をあげて笑い、彼も軽く笑い声をたてた。「あなたはただもう、とても――あなたの記事はほとんど恐れを知らないという感じでした。なんというか、デスクのところで立って、こう言っているみたいに。『わたしはリンディ・ウェスト。これがわたしの信じているもの。賛成できない人は消え失せて』。実際にはあなたがそんなことを言っているわけじゃないですが、ぼくはこう受け取ったんです。何でも知っていると思い込んでいる、このクソ女は誰だ、と」

わたしが女だから、そんなふうに感じたのかと尋ねてみた。

彼はためらいもしなかった。「ああ、もちろん。もちろんです。女性の書くもののほうが、歯に衣を着せない感じですからね。話したり書いたりするとき、女性は物怖じしない。彼女たちは大声で意見を言う。で、ぼくは最初に思ってしまうんです――ぼくにとってそういうことは、そもそも脅迫的な行動だと」

「そうですか」彼が認めるのを聞いて、なんだか安堵した。あまりにも多くの男性が、ミソジニーの存在はフェミニストのでっち上げだという嘘にしがみついている。それに、わたしの仕事が目的を正確に果たしていることが、そこまで明確に検証される場合は滅多にない。「わかっていると思いますが、わたしは――だからこそ、わたしはやっているんです。人々は女性からそんな意見を聞くことを予期していないからです。そういうことをやっている自分をほかの女性に見てもらいたいし、女性の声をもっと大きくしたいとも思っています」

「わかります」彼は言った。「わかります」本当に理解したのだと、わたしは感じた。「実は」彼は続けた。「ぼくは一日じゅう女性たちと一緒に働いていて、誰との間にも問題なんかありません。誰かに『ああ、あなたはミソジニストですね。女性を嫌悪している』と言われたら、ぼくは言い返したでしょう。こんなふうに言ったはずです。『いや、違います。ぼくは母親を愛しています。姉妹も愛しています。それに、愛してきました――これまでの人生でつき合った女性たちを』と。しかし、女性たちとうまくいっているとは主張できないでしょう。問題ないと言いながら、インターネットでは彼女たちを侮辱しているのですから――感情を傷つける相手を探しているのですから」

わたしの経験によれば、ミソジニスト呼ばわりされた場合、トロールは必ずこう言うはずだ。「いや、ぼくは女を嫌悪なんてしていない。ただあんたが言っていることや、ほかの女が言っていることが気に食わないだけです。それから、あの女やあいつを、まったく関係のない理由から嫌っているだけですよ」。だから少なくとも、そう、このトロールが自分のミソジニーを認めるのを聞いて、満足感を覚えた。

わたしたちは二時間半、神経をすり減らしながら話した。時間は飛ぶように速く過ぎたが、一秒一秒がつらかった。彼は衝撃的なほど、自己を認識していた。自分はもうトロールではない、本当に変わったのだと彼は言った。大声で意見を言って太っているからと、わたしに嫌がらせしたあのころは自分の最悪の時期だったと。彼は自分の体を嫌悪していた。恋人にふられた。来る日も来る日も、満たされない仕事でコンピューターの前に座っていた。熱中できるものがない暮らしだったと彼は表現した。どういうわけか、インターネットで女性たちから〝熱中できるもの〟を引き出すことが〝簡単だ〟と気づいた。

わたしは理由を訊いた。どうして女性は簡単なターゲットなのか？　今振り返ると、もっと明快な質問をすればよかったと思う。なぜ、女性を傷つけると、そんなに満足感が得られるのか？　なぜ、女性を同じ人間であると思わなかったのか？　あれこれと自分を省みた彼でも明確に話せなかった点がそれだった――一人の女性に対する怒りが、どうして女性全体への嫌悪につながるのかということだ。男性が自己を嫌悪するとき、攻撃性を向ける相手がどうして女性なのか。

彼はどんなふうに自分が変わったかについてはきちんと説明した。健康に気をつけるようになり、新しい恋人を見つけ、教師になるために学校へ戻った。彼が話したところによると――真剣そのものの口調で――学校でボランティアをしている今、ハグをされることが多いという。「子どもたちが同級生からどんなふうに傷つけられているのかを目にします」彼は言った。「わざとだろうと、わざとじゃなかろうと、そのせいで彼らは一日じゅう調子が悪くなってしまう。彼らは机に頭を載せ、話そうとしないでしょう。こんなことが起こるのを見ていると、ぼくが傷つけた人たちの感情を考えずにはいられません」本当に申し訳ないと思っている、と彼は言った。

最後に、わたしは父のことを持ち出した。

「わたしの父が亡くなっていると、どうやって知ったんですか？　どうやって――」わたしの声はかすれ、小さくなった。質問を言い終える手間を彼は省いてくれた。

「ネットで調べました。あなたのことをグーグルで検索して――お父さんが亡くなっていることを知りました。あなたにはきょうだいがいることを発見しました。全員で三人だったか、どうだったか忘れてしまいましたが」

「きょうだいは二人います」

「それで――」

「父の死亡記事は読んだのですか？」

「そうだと思います」彼は言った。「たしかミュージシャンだったかと」

「そう、わたしがあれを書いたんです」わたしの声は震え始めた。感じていた親密さは冷ややかなものになっていった。「父の死亡記事を、わたしが書いたの」

わたしの口調に辛辣な響きを聞きとって、彼は躊躇した。「ぼくはあなたのお父さんの名前を使ってフェイクのGメールアカウントを作りました。フェイクのツイッター・アカウントも。プロフィールは何かの影響を受けたもので、名前は――すみません、忘れてしまいました――ファーストネームが何だったかを」

「父の名はポール・ウェストでした」

「ぼくはこう書いたんです。〈わたしの名前はポール・ウェスト。三人の子どもがいる。そのうちの二人は優秀で、残りの一人は――〉」彼はまた躊躇した。「愚かだと」

「そう、あなたは〈愚かな子どもを恥じている父親〉と言ったのよ」

「はい」

「だけど、ほかの二人の子どもは優秀だと」

彼は息を吐いた。「ああ、そのほうがもっと悪い言い方だ」

「それに、あなたは父の画像を手に入れたのね」わたしは言った。

「確かに、ネットで拾いました」

「父について、何か覚えていることはありますか？」この時点でわたしは涙声になっていた。

「父を人間として感じましたか？」

「死亡記事を読みました。彼が我が子を愛していた父親だと知っていました」

「そのことでどう感じましたか？」わたしは無慈悲になるつもりはなかったが、そう簡単に彼を解放するつもりもなかった。

「あまりいい気分ではなかった」彼は言った。「つまり、そのあとほとんどすぐに嫌な気分になったということです。あなたは『今日はいい仕事をしましたね、みなさん』みたいな内容の記事を書いて、ツイートしていました。それで――初めて、そのことがぼくの心から離れなくなったんです。いつもなら、自分が書いたヘイトのことなんてすべて頭から追い出していたし、ただ忘れてしまうこともしょっちゅうでした。でも、今回のことは頭から離れませんでした。決して離れないでしょう。あなたがメッセージを読んだことはわかっていたので、あなたのことを考え始めました。どんな気持ちなんだろうかと。それで次の日、あなたにメールを書いたんです」

「そうね」わたしはつぶやくように言った。「あのね、あなたは誰かを失ったことがありますか？　想像できる？　想像できますか？」

「できます。想像できますよ。すみませんでしたと謝る以外、どう言ったらいいかわかりません」

彼は打ちのめされたような口調だった。そのとおりなのだろうとわたしは思った。彼を許すつもりはなかったが、許すことにした。

「まあ、ご存じだと思うけれど」わたしは言った。「わたしは毎日ずっと嫌がらせを受けています。それはわたしの仕事の一部です。今回のことはこれまで誰かがわたしにやった中で、最も卑劣な行動でした。つまり、まだ記憶に生々しいことなんです。父が亡くなってからそれほど経っていないから。でも、あなたは謝罪した唯一のトロールでもあります。わたしだけでなく、ほかの人にこんなことが起こったのも聞いたことがありません。つまり、謝罪を受けた人の話なんて聞いたことがない。だから、わたしはただ――そう、お礼を言います」

「そのことがいくらか慰めになったならよかったです」彼の口調は驚いたようであり、ほっとしたようでもあった。わたしが冷酷に追い打ちをかけなかったからだろう。わたしは、ただもう疲れていた。怒りはそれほど残っていなかったのだ。互いに二言三言、社交辞令としての言葉を交わし、わたしが礼を言い、彼も礼を言って、電話は終了した。

トロールと話すのは実に簡単だったし、楽な気分でさえあった。わたしは彼に好意を抱き、その気持ちを持て余した。

トロールが普通の人だとわかったことは恐ろしかった。彼には一緒に楽しく仕事をする女性の同僚がいる。彼を愛する本物の人間である恋人がいる。彼女たちは、彼がインターネットで楽しみのために女性に心の痛手を負わせていたなんて思いもしないだろう。そんな二つの人格が、同じ一人の人間によくも存在していられるものだ。

トロールは普通の人たちの中に存在している。「映画館であんたを見かけたが、クソ女だな」といった匿名のコメントを、わたしはいくつももらったことがある。あるいは「レストランであんたに給仕したが、写真で見たほどオッパイはデカくなかったな」というコメントも。または、五年前にあるバーでわたしの隣に座ったと言う人から「あんたが食った料理の全リストだ」というものを見せられたこともある。インターネットで何が起こっても問題ではない、それは現実の生活じゃないからと言う人がいる。しかし、インターネットトロールたちのせいで、文明化された世界とわたしたちの中にある最悪の自己との間に存在すると思っていた境界なんてただの幻想だということを絶えず思い出させられるのだ。

トロールは相変わらずわたしの時間を奪い、日常的に心の健康に負担をかけている。だが、正直言って、わたしは彼らが苦悩することを願っているわけではない。そもそも、彼らが苦悩を覚え、それをわたしにぶつけてきたせいで、こんな状況になっているのだ。

もし、わたしに謝罪したトロールの言ったことが本当なら、彼が人生に何らかの意味を見いだしたかっただけだったら、今も嫌がらせを続ける人たちはみなどれほど悲痛な思いをしているのだろうか。何百万もの匿名の見知らぬ人たちに目的や充足感を与えることは、わたしにはできない。でも、彼らがわたしの人間性を見失ったような方法によって彼らの人間性を見失うことはするまいと、心しておくことはできる。

人間は、手を伸ばせば届く存在なのだ。わたしにはその証拠がある。


この話は規範的なものではない。[*1]自分に嫌がらせする人間を誰もが許さなければならないわけではないし、わたしを青いクジラとやかましく呼ぶティーンエイジャーの少年たちに対して、友好的で思いやりのある態度を示そうと思っているわけでもない。しかし、この出来事により、わたしにとってインターネットの音色は変わった——たとえば、わたしの父を〝ホモ〟と呼んでラジオ番組に反応してきた男性とのやり取りが一例だ。その男性もまた、いい人生を送っていなかった。また、『ディス・アメリカン・ライフ』でトロールとわたしの会話が放送されてから、父の名前と写真を用いたツイッター・アカウントがさらに六つ出てきたことをここで書かざるを得ない。その一つは、わたしが自分の妊娠中絶について書いていることを叱ったものだった。〈なぜ、おまえはわたしの孫を殺したんだ？〉と尋ねていた。そういうメッセージにいちいち対処するのが、前よりも楽になった。

哀れみの気持ちでいっぱいのときは、なかなか傷ついたり怯えたりできるものではない。人間でいることは誰しも大変だと思い出せば、なかなか冷たい仕打ちをしたり、残酷な仕打ちをしたりできないものなのだ。

＊注1
ところで、〝クジラ〟は最も程度の弱い侮辱である。あら、わたしには巨大な頭脳があるし、自分の威厳で海を支配しているってこと？
最近、あなたは何か成し遂げた、スティーブ？

だからわたしはノーと言う（し、あんたの機嫌は取らない）

わたしが出演した『ディス・アメリカン・ライフ』のコーナーが放送されてからちょうど二週間後、ツイッター社の元CEOであるディック・コストロの流出したメモをコピーしたメールが、息を切らした友人たちから続々と受信トレイに入り始めた。ある従業員がツイッター社の内部フォーラムにわたしの記事を投稿し、それが同社のお偉方たちの注目を集め、結局、コストロ自身が次のような強い声明という形で反応したのだった。〈わたしがCEOとして在任していた間、このような問題への取り組みが非常にお粗末だったことを、率直に言って恥じている〉と彼は書いていた。〈これはばかげたことである。弁解の余地はない。この問題に対してもっと積極的に取り組まなかったことは、わたしに全面的に責任がある〉

それからこう述べていた。〈我々はこのような人々を片っ端から追い出し始め、彼らが愚かな攻撃をするときは、確実にそれが誰の耳にも入らないようにさせるつもりである。首脳陣の全員はこれがきわめて重要であることを知っている〉

〈我々は何年もこの件についていらだってきた〉コストロは続けていた。〈それを修正するつ

もりである〉
わたしはあ然とした《フロアード》。文字どおり床《フロア》に倒れて転がっている感じだった。ブロガー、活動家、研究者といった人たちが何年もの間、ツイッターの不透明なインターフェイスに全力で取り組んできた——助けを懇願し、インターネット上の嫌がらせに関するデータを集め、心のこもった個人的なエッセイや事実に即した論理的な分析を文字にしてきたのだ——すると、突然、一転してツイッター社が耳を傾けてくれたのである。彼らのロゴマークである鳥の裏には人間の心があり、本当に関心を示してくれたのだった。

ツイッターの〝修正〟の長期にわたる効果はまだ決定的でない。不可能ではないとしても、いったん悪い行動が定着したコミュニティをさかのぼって変えるのが困難なことは、ほかのさまざまな事例が示している——ひとたびユーザーがあるシステムを不当に利用する方法を知ってしまったら、システムそのものをゼロから再構築せずに彼らを立ち退かせることは難しい。それでも、ツイッター社が認識して試みているのだとわかったこと——トロールと共にではなく、彼らの言うフェミナチと共にある姿勢を元CEOが公然と示したこと——は勝利だ。そしてわたしたちの文化が正しい方向へと、その巨体をゆっくり持ち上げていることのサインでもある。

文化的な戦いにおいては、決定的な勝利というものが非常に稀だ。比較的短い自分のキャリアの中で、勝利として数えられるものが三つあるという事実——幸運にも貢献できた明らかな三つの文化的な変化――のおかげで、わたしはこの仕事にとどまっている。言うまでもなく、コストロの件とトロールの件がある。それからレイプ・ジョーク。コメディアンたちは好むと好まざるとに関わらず、今や以前よりも慎重になっている。もっとも、だまされやすい愚か者やへそ曲がりの嘘つきたちは、いまだにコメディにミソジニーの問題などいっさいないと主張しているが。「ハロー、わたしは太ってます」というタイトルの投稿は、太った人間を嘲ったり辱しめたりすることが彼らを〝助ける〟ことにつながるという考え方を徐々に崩していった。今では肥満について、多くの場所では五年前と違う方法で語られている――太った人々はもはや安全に攻撃できるターゲットではない――わたしは自分が役割を果たしたことを願っている。

こういった変化はどれもわずかなものだが、大きなことを伝えてもくれる。わたしたちの世界が不変ではないことだ。今の世の中がどう変わっているかを見れば、それを信じられるだろう。それはほかのことにも応用可能なものだ。

幼いころ、わたしはロバータ・ウイリアムズというビデオゲーム開発者に夢中だった。彼女はポイント・アンド・クリックのアドベンチャー・ゲームを製作した――『キングズ・クエスト』『スペース・クエスト』『クエスト・フォー・グローリー』――ほとんど廃れてしまったジャンルで、そこでは戦いや反射神経よりも、調査や好奇心、問題解決が優先された。プレイヤーは陳腐な王様や間抜けな宇宙飛行士として、鮮やかでインタラクティブな風景の中をうろつく。むかつく小人を蜂の大軍から助け出すのに役立つかもしれないと願って、無作為にくだらないものを拾い上げたり、「死の王」に目隠しするのに必要な魔法のハンカチをお礼にもらえるように、しゃべるコリーを犬の収容所から脱出させたりしながら。

わたしはロバータ・ウイリアムズになりたかった。世界を構築したかったのだ。

中学三年生のとき、家の近くのコミュニティ・カレッジで初心者向けのプログラミング講座に入った。そこでわたしは一番年下だったし、唯一の女の子だった。それに、コーディングについての予備知識（必須条件ではなかった）がない、唯一の生徒でもあった。教師はわたしを無視し、とてもついていけない専門用語を使って男の子たちとおしゃべりした。わたしは二コマの講座の間、恥ずかしさと失望でぼうっとなったまま座っていて、二度とそこに戻らなかった。ビデオゲームからは心が離れていった。ゲームの世界はわたしを求めていなかったのだ。わたしはロバータを忘れて成長していった。

この仕事をしている以上、現在のわたしの活動において最も重要なことは、断固として「ノー」を言い続ける態度を一般に広めることだろう。わたしは善良であることよりもクールであることを優先する人々にノーを言う。わたしの体を、わたしを攻撃する武器にしたがるミソジニストたちにノーを言う。わたしの注意を引いたり尊敬されたりする資格があると感じている男性たちにノーを言う。自分を興奮させるための資源として、あらゆるものに軽く触れる男性たちにノーを言う。わたしが一個の胚ほども重要ではないと主張する、宗教に熱狂する人々にノーを言う。黙っていようという自分の本能にノーを言う。

それは、社会が女性のために作った境界――従順になりなさい、人の世話をしなさい、静かにしなさい――を蹴っ飛ばす方法だ。そして、わたし自身を作り上げるための方法である。わたしはこれをやる。わたしはそれをやらない。あなたはわたしが服従すると信じているだろう。でも、わたしはあなたの機嫌を取る必要はない。わたしは忙しい。わたしの時間は公共の商品ではない。あなたは退屈だ。消え失せろ。

そういうことが、世界を築くものなのだ。

わたしのささやかな勝利――トロール、レイプ・ジョーク、太った人たちの人間性について――は世界を築くものだ。多様な声のために戦うことは世界を築くものだ。太った人々の生まれつきの価値を明らかにすることは世界を築くものだ。レイプの被害者を信じることは世界を築くものだ。妊娠中絶に着せられる汚名に屈することを拒むのは世界を築くものだ。投票は世界を築くものだ。親切も思いやりも、話に耳を傾けることも、相手と自分との間にスペースを作ることも、イエスと言うことも、ノーと言うことも、世界を築くものなのだ。

わたしたちはみな、今現在、リアルタイムで世界を築いている。一緒に、もっといい世界を築こう。

謝辞

最初に、ウェスト家とオルオ家のみなさんに感謝します。わたしはとても幸運です。

母のイングリッドにお礼を言います。よい方法と悪い方法があることを教えてくれたこと、わたしの面倒を見てくれたこと、そしていつも最後までやり通してくれたことに感謝します。父のポールにお礼を言います。優しさと情熱のお手本を示してくれ、創造性と無条件の愛情をはっきりと示してくれたことに感謝します。お父さんがいなくてさびしいです。お父さんがわたしの本を読んでくれたらよかったのにと思います。

エージェントであり友人であるゲーリー・モリスに感謝を。わたしがまったくどうしようもない本だと考えていた間、非常に忍耐強く励ましてくれた最高の人です。アシェット・ブックスのチーム全員に感謝します。とりわけマウロ・ディプレタに。この太ったフェミニストの妊娠中絶に関する声明に、あなたが大きな野心を抱いてくれたこと――わたしを信用してくれたことは重要です――は、とんでもなくすばらしいことです。それに、〝おなら〟という言葉を連発してごめんなさい。ちょっとブレーキをかけてくれとお願いされたのに。

ポール・コンスタント、ラフィル・クロール＝ザイディ、ガイ・ブラナム、コリアントン・

ホール、アメリア・ボノウには助言をもらい、元気づけてもらいました。「シークレット・ブック・ライティング・アカウンタビリティ・アンド・クライング・グループ」のすべてのメンバーに感謝を――あなたたちはわたしにとっての薬です。孤独とウーピーパイ〔アメリカの伝統菓子の一つ〕を提供してくれたシャーロットとジョンのマックバン夫妻に感謝します。超自然的なほど完璧なタイミングで救いの手を差し伸べてくれたヘッジブロック〔シアトルの沖にある島〕に感謝を。あまりにも完璧なタイミングだったから、わたしは神を（あるいは、盗聴の存在を？）信じそうになっています。わたしのさらによいバージョンであるミーガン・ハッチャー＝メイズに感謝します。十三個目のビスケットを食べたのはあなたですね。アニー・ワグナーとジェシカ・コーエンに、わたしが大きなチャンスをつかむことができたお礼を申し上げます。アイラ・グラスとチャナ・ジョフィ・ウォルトに感謝を。メールをくださったあらゆる太めの方々にお礼を申し上げます。『ストレンジャー』紙の仲間、GHSの仲間、オクシデンタル大学の仲間に感謝します。タモラ・ピアス・オーディオ・ブックスと、バナナ味以外のあらゆる「ランツ」キャンディに感謝を。

ありがとう。

それからわたしの夫、アハメフレ・J・オルオに感謝します。あなたは世界で一番の思想家で、最もおもしろいコメディ作家で、最も才気あふれたアーティストというだけでなく、すばらしいパートナーでもあります。愛してる、愛してる、愛しています。

訳者あとがき

本書はアメリカの文筆家・批評家のリンディ・ウェストによる *Shrill: Notes From A Loud Woman* の全訳である。一九八二年生まれのリンディは、コメディアンや活動家としても活躍している。この本は彼女の自伝的な作品でもあるので、リンディの生い立ちやキャリアについては本文をお読みいただくことにして、ここでは、五年前にアメリカ人によって書かれた作品が今の日本でも読まれるべき理由などについて述べたい。

この本がアメリカで刊行された二〇一六年は大統領選挙でトランプが勝利した年であり、原題にある「甲高い声、耳障りな声」を意味する「shrill」が、大統領候補だったヒラリー・クリントンの代名詞ともなったことを覚えている方もいらっしゃるだろう。ヒラリーは「ガラスの天井」を打ち破れなかったが、その後のバイデン政権でカマラ・ハリスが副大統領となり、女性の地位もかつてより向上してきたように見える。しかし五年前にリンディ・ウェストが、ある人たちからすれば「shrill」に聞こえる声をあげた、女性が遭遇するさまざまな問題は今読んでも少しも古さを感じさせない。それはアメリカのみならず、世界中で女性たちが日々悩まされ、依然として解決されていない問題ばかりだからである。

まずは「ルッキズム」の問題があげられる。ルッキズムとは一般的に「外見による差別」のことである。用語は比較的新しいものだが、現象自体ははるか昔から存在している。著者は太っていることで、自分の体にコンプレックスを持ち、さまざまな差別を受けてきた。痩せていることが美しいとされ、ダイエットに励む人も多い社会の中で、太っている人の生きにくさを当事者の視点から包み隠すことなく描いている。日本でも東京オリンピック・パラリンピック開閉会式の演出統括を務めていた男性によって、女性タレントの体形を侮蔑する演出案が、（まさに本書で繰り返し指摘されるように）〝ジョーク〟として提案されていたことが問題になったのは記憶に新しい。洋の東西を問わず存在するこうした視線の中で、著者は自分の体に引け目を感じてできるだけ目立たないようにしていたが、やがてありのままの自分でいいと思えるようになる。「これがわたしの体だ。これがわたしなのだ……自分のどこもかしこも愛しているのだ」とリンディは高らかに宣言する。

次に、「ミソジニー」、すなわち女性に対する嫌悪や蔑視の問題がある。コメディに夢中になった著者だったが、女性はコメディの世界にあまり受け入れられていないばかりか、きわどいジョークのネタにされがちなことに気づくようになる。その最たるものが「レイプ・ジョーク」だ。女性をレイプする、あるいはそれに等しい性暴力的な言動をぶつけることがジョークのネタになっている現状は、女性蔑視が業界全体に内在化したものにほかならないと、リンディは「レイプ・ジョーク」を得意とするコメディアンたちと真っ向から対決する。「コメディの世界は女性に対する敵意で満ちている」と。コメディだけでなく、男性優位の世界でミソジニーの問題に悩む女性なら、リンディに声援を送らずにはいられないだろう。

ひところ、ツイッターで「#わきまえない女」というハッシュタグをつけた投稿が広がったことがあった。東京オリンピック・パラリンピック組織委員会の森喜朗元会長による「女性が入っている会議は時間がかかる」「組織委員会にも女性は（中略）七人ほどおりますが、みんなわきまえておられて」などといった女性蔑視発言に対して、多くの女性たちから反発の動きが起こったのである。#MeToo ムーブメント以降、このようなSNSでの抗議運動は社会を揺るがす力も持つようになってきたが、一方、自らが体験した女性差別や性被害のことを口に出し、声をあげる女性が攻撃されるケースもまた、SNSでは増えている。

こうした嫌がらせの対象になりうるのは男性だって同じだという声もある。それは個別ケースで考えれば事実であっても、その性質や統計の上では圧倒的に男性優位社会におけるジェンダーバイアスの産物である（本書では著者の経験上、ミソジニーを中心に書いているが、標的は女性だけでなく、あらゆる性的少数者にも向けられる）。まだフェイスブックがよちよち歩きでツイッターは誕生直前だった二〇〇六年の時点でさえ、SNSで女性であることを示唆するユーザー名を使用すると、男性名の場合に比べてオンラインで性的なコメントや嫌がらせを受ける頻度が最大で二十五倍にもなったという調査結果がある。[*1] ユーザー数が当時とは比べ物にならないほど増え、そして#MeTooを経た現在、この問題はさらに深刻になっている。SNSとジェンダーバイアスの関係についてはさまざまなレポートが書かれているので、ぜひ調べてみていただきたい。

　フェミニストを公言している著者はさんざんインターネットトロールたちに悩まされたが、日本でもSNS上のいじめは深刻な問題である。リンディのように作家やライターとして文章を発表している人だけでなく、SNSで何気なく日々の出来事や考えを発言した一般の人が被害に遭うこともあり得る。姿が見えない相手からの嫌がらせに悩まされ、なぜこのような目に遭うのかと苦悩する人には、リンディがトロールと対決する場面をぜひお読みいただきたいと思う。

　そして、本書では妊娠中絶や生理に対して社会が押しつけるスティグマも取り上げられている。初潮が来るのを女の子が恐れたり憧れたりする気持ち、月経が始まって女性であることを意識させられるようになってからの心情、そうさせられていった理由を明快に描き、また、望まない妊娠をしたときに女性が直面する心理や社会規範の問題についても、著者は自身の体験を踏まえて語っている。正面切って中絶や生理を語るリンディの見解には賛否両論があるかもしれない。しかし、女性を語るうえで避けて通れないこうしたテーマをタブーのように思わせてきた社会や文化の構造そのものに、ミソジニーは内在しているのだ。リンディの言葉は、その構造に対する異議申し立てでもある。アメリカではキリスト教右派を中心に妊娠中絶に対する抵抗感も強く、二〇二一年にテキサス州で、妊娠六週目以降の人工妊娠中絶を禁止する州法が発効され、全世界に波紋が広がった。アメリカでも、そして日本でもこの先がどういう展開になるのか目が離せないところである。

このように多くの問題点を提起している本書だが、堅苦しく一般論を語られたものではない。コメディを愛する著者の作品だけあってユーモアに満ちており、恋愛や結婚、キャリア、家族、死といった、生きていくうえで出合う重要な出来事が飾らない筆致で描かれ、等身大の女性の成長物語となっている。読者は著者と共に泣き、笑い、ときには怒りながら、女性がぶつかる問題、今の社会を考えることになるだろう。

本書はアメリカでベストセラーとなり、二〇一九年にはＨｕｌｕで『Shrill』のタイトルでドラマ化された。駆け出しのライターであるアニー（エイディ・ブライアントが演じている）を主役としたコメディである。体形にコンプレックスを持つ、仕事も恋もダメダメなアニーが次第に自信をつけていく過程が描かれたこのドラマは「ＵＳＡトゥデイ」紙が選ぶ二〇一九年上半期のトップ10入りした。二〇二一年現在、シーズン３まで制作されている。

ベストセラー作家の仲間入りをしたリンディはその後、環境問題にも関心を向けるようになった。二〇一九年に発表された作品 *The Witches Are Coming* では、反フェミニズムの男性たちの偏見やマスコミの功罪、環境問題への懸念などについて語られている。また、二〇二〇年にはコロナ禍のステイホーム中に書いていたという、映画に関する著書 *Shit, Actually: The Definitive, 100% Objective Guide to Modern Cinema* が刊行された。リンディのますますの活躍が今後も楽しみである。

本書がジェンダーやルッキズムによる差別について、また、自分が自分であることを肯定する意味について考えるきっかけになることを心から願っている。

最後になったが、翻訳の機会を与えてくださり、大変お世話になった編集者の安東嵩史氏にこの場を借りてお礼を申し上げる。

二〇二一年十一月　金井真弓

＊注1
PHYS.org “Female-Name Chat Users Get 25 Times More Malicious Messages” MAY 9, 2006　https://phys.org/news/2006-05-female-name-chat-users-malicious-messages.html

わたしの体《からだ》に
呪《のろ》いをかけるな

2022年1月23日　第1刷発行

著　　者　リンディ・ウェスト
訳　　者　金井《かない》真弓《まゆみ》
発 行 人　島野浩二
発 行 所　株式会社双葉社
東京都新宿区東五軒町3-28
03-5261-4818（営業）
03-6388-9819（編集）
http://www.futabasha.co.jp
（双葉社の書籍・コミックが買えます）
印刷・製本　中央精版印刷株式会社
装　　丁　佐藤亜沙美（サトウサンカイ）
装　　画　山本美希
編　　集　安東嵩史

ISBN 978-4-575-31692-6 C0095
Printed in Japan